別れのワルツ

ミラン・クンデラ
西永良成 訳

集英社文庫

目次

別れのワルツ

初日

1

秋になり、木々の葉が黄色や赤や褐色に染まって、美しい谷間にあるその小さな温泉町は、まるで火災の炎に囲まれたように見える。女たちがアーケードの下を行き来して、温水の噴出口のほうに体をかがめる。それは子供を産めない女たちで、温水に生殖力を恵んでもらおうとしているのだ。

湯治客の男性の数はごく少ないが、それでもいるにはいる。この温泉は婦人科系の効用のほかに、心臓にも効くとされているからだ。そうはいってもひとりの男性客につき九人の女性客という割合なので、ここで看護師として働き、不妊治療のために温浴場にやってくるご婦人がたの面倒をみている、その若い独身女性は憤慨しているのだった！

ルージェナはここで生まれ、父親も母親もこの地にいる。彼女はいつか、この場所、このおぞましい女たちの群れから逃れられるのだろうか？

今日は月曜日で、一日の仕事も終わりにさしかかっている。何人もの太ったご婦人がたをタオルでくるみ、休息用のベッドに横たわらせてやってから、ご婦人がたの顔を拭き、笑顔を見せてやらねばならない。

「で、あんた電話するの？　と同僚たちがルージェナに尋ねた。ひとりはでっぷりした四十女で、もうひとりはそれより若くて痩せている。

——するけど、とルージェナ。

——さあ！　びくびくするんじゃないったら！　と四十女が言って、更衣室のうしろにルージェナを連れていった。そこに看護師たちの戸棚、机、電話があったのだ。

——あんた、彼の自宅に電話しなくちゃね、と痩せた女が意地悪そうに口をはさみ、それから、三人ともぷっと吹き出した。

——あたし、劇場の電話番号を知っているのよ」と、笑いがおさまったときにルージェナが言った。

2

それは恐ろしい会話だった。ルージェナの声が受話器にきこえると、彼はすっかり脅《おび》えきってしまった。

彼はいつだって女たちが怖かったのだ。しかし女たちは誰ひとり、そんなことを信じず、それを気取った冗談としかみなさなかった。

──どうしてもあなたに話さなくちゃならないことがあるのよ」と、彼女は悲痛な声で言った。

──どうしたんだい？

──あんまり元気じゃないわ、と彼女が答えた。

「どう、元気？　と彼が尋ねた。

その悲痛な声こそ、彼が数年来脅えながら待っていたものだった。

「何だい？」と、彼は喉《のど》の詰まったような声で言った。

彼女は繰り返した。「どうしてもあなたに話さなくちゃならないことがあるのよ。

──どうしたんだい？

──あたしたちふたりに関係のあること」

彼は口がきけなくなった。しばらくして同じことを繰り返し、「どうしたんだい？

──六週間、あれがないのよ」

彼は自制するのに大層苦労しながら言った。「きっと、それ、何でもないよ。時々あること

とだし、別に大した意味なんかないさ。

──いいえ、今度ばかりは、きっとそうだわ。

──まさか。そんなことは絶対ありえない。いずれにしろ、そいつはぼくのせいなんかじ

ゃないね」

彼女はむっとして、「ねえ、あなた、あたしをどんな女だと思っているの!」

彼は彼女を怒らせるのが怖かった。というのも突然、何もかもすべてが怖くなってきたからだ。「いや、ぼくはきみを傷つけたくなんかないんだ、馬鹿げたことだよ、それは。いったい何だって、ぼくがきみを傷つけたいなんて思うんだ? ぼくが言っているのはただ、それはぼくが相手だったら起こらない、きみは何も怖がることなんかない、それは絶対不可能だ、生理的に不可能なんだ、ということだけだよ。

——それなら、言っても無駄ね、とだんだん苛立ってきた彼女が言った。お邪魔してごめんなさい」

彼は電話を切られるのが怖かった。「とんでもない、そんなことは、まったくない。きみが電話をしてくれてよかったんだ! ぼくが力になってあげよう、これは絶対にだ。きっと万事うまく片づくだろう。

——それ、どういうこと、片づくって?」

彼は困惑を覚えた。事柄をその真の名前で呼ぶ勇気はなく、「つまり……そう……片がつくってことだよ。

——あなたが何を言いたいのかわかるわ。でも、それは当てにしないで! そんな考えは忘れて。自分の人生が台無しになったって、あたし、そんなことはしないからね」

彼は再び恐怖で身がすくんだが、しかし今度はおずおずと攻撃に出た。「じゃあ、どうしてぼくに電話なんかしてくるの、ぼくと話したくないというんなら？　きみはぼくと話し合いたいの？　それとも、もう自分で決心してしまったの？

——あたしはあなたと話し合いたいのよ。

——ぼくが会いにゆこう。

——いつ？

——いずれ連絡する。

——いいわ。

——じゃあ、近いうちに。

——近いうちにね」

彼は電話を切って、バンドのいる小さな部屋に行って、

「みんな、練習はお終いだ、と言った。今度こそ、おれはお手上げだ」

3

電話を切ったとき、彼女は興奮のあまり真っ赤になっていた。その知らせを受け取ったクリーマの態度に気を悪くしたのだ。それに彼女は、もうずいぶん前から彼には怒っていたの

だ。

　二カ月前、その有名なトランペット奏者が彼のグループと一緒に温泉町で演奏した晩、ふたりは知り合った。ライブのあとに、どんちゃん騒ぎがあって、彼女もそこに招かれた。トランペット奏者は女たち全員のなかでとくに彼女に目をつけ、その夜を彼女とともに過ごした。

　それ以来、彼から何の音沙汰もなかった。彼女は挨拶の言葉をそえて二度絵はがきを送ったが、一度も返事をしてこなかった。首都に立ち寄ったある日、彼女は劇場に電話してみた。彼がそこで、彼のグループと練習をしているときいたのだ。電話に出た男は、おれと付き合ってみないかと彼女を誘ったあと、これからクリーマを捜しにいってやろうと言った。その男はしばらくして戻ってくると、練習が終わって、トランペット奏者は帰ってしまったと告げた。もしかすると、それがあたしを追い払う手かもしれないと彼女は疑い、すでに妊娠していることを恐れていただけによけい激しい悔しさを覚えた。

「あの人は生理的に不可能だなんて言い張っている！　よく言うわ、生理的に不可能だって！　赤ちゃんが生まれてきたら、あの人、いったい何て言うかしら！」

　ふたりの同僚は、彼女の熱心な味方だった。ある日彼女が蒸気のむんむんする部屋で、昨夜あの有名な男と、とっても言葉では言い尽くせない時を過ごしたと告げると、そのトランペット奏者はたちまち同僚たち全員の財産というべきものになった。トランペット奏者の亡霊が行く先々の部屋につきまとい、彼女たちはどこかで彼の名前が発せられると、それがまるで親密にしている人物だとでもいうように、忍び笑いをした。そして、ルージェナが妊娠したのを知ったとき、不思議な快感にみたされた。というのもそれ以後彼は、看護師の腹の奥深くにいて、いわば彼女たちと肉体的に同席することになったのだから。

四十女は看護師の肩甲骨を軽く叩いて言った。「まあまあ、あんた、落ち着きなさいよ！　わたし、あんたに見せたいものがあんのよ」。それから看護師の前に、どちらかと言えば汚く、皺くしゃのグラビア雑誌を広げて、「見てよ！」

三人の女はいずれも、口の前にマイクロフォンをもってステージに立っている、褐色の髪の若くきれいな女性の写真に見入った。

ルージェナはその数平方センチメートルのうえに自分の運命を解読しようとして、

「あたし、彼女がこんなに若いってこと知らなかった、と心配でたまらなくなって言った。

――まさか！　と四十女は微笑《ほほえ》んだ。これは十年前の写真よ。ふたりは同い年なの。この女があんたのライバルなんかには、とてもじゃないけどなれっこないわよ！」

4

クリーマはルージェナとの電話のあいだ、ずっと前からそのおぞましい知らせを待っていたことを思い出した。たしかに彼には、あの運命の晩にルージェナを孕《はら》ませたと考えるどんな根拠もなかった（それどころか彼は、不当に非難されていると確信していた）。しかし彼は、何年も前から、ルージェナを知るずっと前から、この種の知らせを待っていたのだ。

二十一歳のとき、彼に夢中になったひとりのブロンド娘が妊娠したようにみせかけて、結婚を迫ろうと考えた。それから数週間、過酷な日々が続き、彼は何度も胃痙攣《けいれん》をおこしたあと、とうとう寝込んでしまった。それ以来、妊娠とはいつ、どこからでも生ずる災難、それに対抗する避雷針などなく、突然電話の悲痛な声で到来する災難なのだと知った（そう、あのときもやはり、ブロンド娘はまず電話でその不吉な知らせをもたらしたのだった）。二十一歳のときのその出来事の結果、彼はいつも、ある不安感を抱きながら（といっても、かなり熱心にだが）女たちに近づくようになり、女性と逢引きをするたびに必ず、あとで忌まわしい結末になるのを恐れるようになった。おれは病的なくらいに慎重にやっているんだから、そんな災いは十万分の一パーセントの確率しかない、と理屈のうえでいくら自分を納得させても、その十万分の一パーセントが彼をぞっとさせるのだった。

一度、ひと晩暇になったのを幸い、彼は二カ月前から会っていない例の若い女に電話した。彼女は彼の声だとわかると、「ああ、あなただったの！　あなたの電話が待ちどおしくて、待ちどおしくて仕方がなかったのよ！　どうしても電話をしてもらいたかったの！」と叫んだ。しかも彼女が何とも執拗《しつよう》に、悲壮にそう言ったので、いつもの不安がクリーマの心を締めつけ、今こそ恐れていた瞬間がやってきたのか、と全身で感じた。そして彼は、できるだけ早く真実を直視したくなって攻撃に出た。「どうしてそんなことを、そんな、この世の終わりみたいな調子で言うんだ？

——昨日、母が死んだの」。若い女がそう答えたので、彼は内心ほっとしたものの、それでも、恐れているその不幸を逃れられなくなる日が、いずれ必ずくるだろうと感じた。

5

「いい加減にしろよ。それがいったいどうしたっていうんだ？」とドラム奏者に言われ、クリーマはやっと気を取り直した。まわりには、自分の音楽仲間の身の上を心配してくれる者たちの顔が見えて、彼はわが身に起こったことを説明した。彼らはそれぞれの楽器を置き、さまざまな忠告で彼を助けようとした。

最初の忠告は過激なものだった。十八歳のギター奏者が、自分たちのリーダーのトランペット奏者に電話してきたような女など、厳しく撥《は》ねつけてやって当然だと言ったのだ。「好きなようにしろと、言ってやりなよ。子供はおたくの子じゃないんだし、おたくはまったく無関係なんだ。女がそれでもしつこかったら、その子の父親が誰かは、血液検査が証明してくれるさ」

クリーマは、血液検査はだいたい何も証明しないし、そうなれば女の非難が正しいことになるじゃないかと言った。

ギター奏者は、女はどのみち血液検査なんかするはずはないと答えた。そのように手荒く扱ってやれば、女は以後注意して、無駄な動きをしないようになるだろうし、また非難している男が腑抜《ふぬ》けじゃないとわかれば、自分で金を払って子供の始末をするだろう。「それでも女が子供を産んでしまったら、法廷でおれたち、このバンドのミュージシャン全員が、あのとき、あの女と寝たんだと証言しよう。このなかの誰が父親か、捜すんなら、さあ捜してみろ、とね！」

しかしクリーマは反論した。「きみたちがおれのためにそうしてくれるだろうと信じているよ。だけど、さしあたって、おれはずっと不安と恐怖で気が変になりそうなんだ。この手のことでは、おれは太陽の下で生きている男のなかで最も意気地のない男なんだ。だからおれには何よりもまず、確かなものが必要なんだよ」

みんなそれには同意した。ギター奏者のやり方は原則的にはよいものだが、誰にでもよいわけではない。とくにそれは、強靭《きょうじん》な神経をもちあわせていない男にはふさわしくない。またそれは、相手の女が危険な企てに走るだけの価値があるほど有名で、男が金持ちの場合にも勧められない。そこで彼らは、その若い女を厳しく撥ねつけるのではなく、女が中絶に同意するよう説得すべきだという意見に落ち着いた。しかしどのような説得手段を選ぶべきか？　三つの基本的な仮定が考えられた。

最初の方法は、若い女の思いやりのある心情に訴えるというものだった。つまりクリーマが最良の女友だちにでも話すようにその看護師に話し、率直に心を打ち明ける。そして、彼の妻が重大な病気にかかっていて、夫が別の女に子供を産ませたと知ったら、きっと死んでしまうだろうと言う。クリーマとしては、道徳的な観点からも神経の面からも、そんな状況には耐えられないので、どうか許してくれるようにと看護師に懇願する。

その方法は原則的な異論にぶちあたった。それは戦略全体の基盤を看護師の魂の善良さという、じつに疑わしく、危なっかしいものに置いているということだ。そのやり方がクリーマの不利にならないように働くためには、彼女がそれこそ、じつに善良で思いやりにみちた心をもっていなくてはならない。へたをすれば、彼女は自分の選ばれた子供の父親が他の女にたいして示す、そんな過剰なまでの配慮に侮辱されたように感じ、さらに攻撃的な態度をとるかもしれない。

第二の方法は、若い女の良識に訴えるというものだった。つまりクリーマは若い女に、その子が本当に自分の子だという確信はもっていないし、またそんな確信をもてることはけっしてないだろうと説明しようと努める。彼が看護師と知り合ったのは、たった一度だけ偶然出会ったからにすぎないのだし、彼女のことはまったく何も知らないといってよい。あなたが他の誰と付き合っているのかも、ぼくは全然知らない。いや、いや、こう言ったからといって、あなたがわざとぼくを陥れようとしているなどと疑っているわけではないですよ。しかしそれでも、あなただって他の男と付き合っていないとは断言できないでしょう！　と言う。そして、かりに彼女が誰とも付き合っていないと断言したとしても、クリーマとしては、彼女が真実を言っているという保証を、いったいどこで見つけられるのか？　だからこう言うことができる。父親が父親であるという確信がけっしてもてないような子供を産むことが、はたして分別のあることだろうか？　またクリーマとしては、自分の子供かどうかもわからない子供のために、はたして妻を捨てられるだろうか？　さらにルージェナとしても、けっして自分の父親を知ることが許されない子供を産むのを望むのだろうか？

その方法もまた疑わしいことが明らかになった。というのも、コントラバス奏者（彼はグループで最も年長の男だった）が、その若い女の良識を当てにするのは、彼女の思いやりを信頼するよりずっと愚かだという意見を述べたからだ。そんな理詰めの理屈など空振りに終わるだけで、愛する男に自分の誠意を信じるのを拒まれたことで、若い女の心は動転してしまい、その結果彼女はさらに依怙地《いこじ》になり、涙の入りまじった頑固さで、ますます彼の子だと言い張るだろうし、どうしてもその子供を産むと言い張るにちがいないと言うのだ。

最後にまだ、第三の可能性があった。それは、クリーマが未来の母にたいして、彼女を愛していたし、今も愛していると誓うというものだった。子供が他の誰かのものかもしれないという可能性については、間違っても言及してはならず、それどころかクリーマは、若い女を信頼と愛と優しさの風呂に沈めてやらねばならない。彼は離婚することもふくめて、すべてを彼女に約束し、ふたりのすばらしい未来を描いてやる。そしてまさしくその未来の名のもとに、やおら彼女に、ぜひ中絶してくれるよう頼んでみる。子供をつくるのは早すぎる、子供が生まれてきたら、ふたりの愛の初期の、最も美しい時期を台無しにしてしまうだろうと説明してやればいいのだ。

この理屈には、前の理屈にはあふれていたもの、すなわち論理が欠けていた。クリーマが二カ月のあいだその看護師を避けていたというのに、いったいどうして、突然そんなにも激しく夢中になれるのか？　しかし、恋人というものはいつも非論理的な振る舞いをするものだから、その若い女に何とかそのように説明するのは何でもないことだとコントラバス奏者が断言した。そして結局、第三のやり方がたぶん最も満足のゆくものだということでほぼ全員の意見が一致した。というのも、このやり方は現在の状況では唯一確かなもの、つまり若い女の愛の感情に訴えるものだったから。

6

彼らは劇場を出て、道端で別れたが、ギター奏者がクリーマを家の門まで送ってきた。彼だけが先に提案された計画を認めなかったのだ。じっさい彼には、その計画が敬愛するリーダーにはふさわしからぬものと見えたのだった。「〈女を見つけにゆくときには、鞭で武装せよ〉というではないですか、と彼はニーチェを引用しながら言ったのだが、そのニーチェについては、全集のなかでただその一つの文句しか知らなかった。

——ぼうや、とクリーマは嘆いた。その鞭をもっているのは彼女のほうなんだよ」

ギター奏者はクリーマに、車で温泉町まで一緒に行って、その若い女を道路に呼び出し、ひき殺してしまおうかと持ちかけた。

「女がみずから進んで車輪の下に飛び込まなかったとは、誰にだって証明できないだろう」

そのギター奏者はグループのなかで最も若いミュージシャンだった。彼はとてもクリーマが好きだったので、クリーマのほうもその言葉に心を打たれ、「おまえはじつに優しいやつなんだな」と言った。

ギター奏者はその計画の細部を披瀝《ひれき》したが、その頬はかっと赤くなっていた。

「おまえはじつに優しいやつなんだな。でもな、それは不可能だよ、とクリーマが言った。

――なんでためらうんだい、あれはあばずれだぜ！

――おまえはほんとうに、何とも優しいやつだよ。でも、それは無理だ」と、クリーマは言ってギター奏者と別れた。

7

ひとりになったとき、彼はあの若い男の提案と、自分がその提案をしりぞけた理由とをよく考えてみた。それは、彼がギター奏者より高潔だからではなく、勇気がなかったからだった。殺人の共犯者として告発されるという恐れが、父親だと宣告される恐れと同じくらい大きかったのだ。彼には自動車がルージェナを転倒させ、血の海のなかに横たわる彼女の姿が見えた。そしてしばらくのあいだ安堵《あんど》感を覚え、せいせいした気分になった。しかし、幻想の錯覚に身を任せたところで、何の役にも立たないことがわかった。そして彼は今や、深刻な懸念にとりつかれることになった。彼は妻のことを考えた。ああ、明日は妻の誕生日だったよ！

六時数分前だった。店は六時ちょうどに閉まる。彼は急いで花屋に行き、とてつもなく大きなバラの花束を買った。何と辛い誕生日の晩がこのおれを待っているんだ！　おれは心も考えもすっかり妻のところにあるふりをしなければならない。妻に専念し、妻を楽しませ、一緒に笑ってやらねばならないというのに、そのあいだずっと、遠くにいるあの女の腹のことを考えるのを、一秒だってやめられないだろう。愛想のよい言葉を口にする努力をしても、おれの心は遠くにあって、まるで独房のなかに閉じ込められたみたいに、あの暗く奇怪な腹のなかに閉じ込められることだろう。

彼はその誕生日を家で過ごすのは自分の力に余ることだと理解し、ルージェナに会いに行く時をこれ以上遅らせてはならないと決意した。

しかしそれもまた、あまり心弾む見通しではなかった。山の真ん中にあるその温泉町は砂漠のように思えた。そこには誰ひとり知り合いはいない。たぶん、旧時代の豊かなブルジョワのように振る舞い、ライブのあと、自分が占領しているホテルのアパルトマンにグループ全員を招待してくれた、あのアメリカ人の湯治客を除いては。彼は上等なアルコールと温泉施設の従業員のなかから選んだ女たちとで、グループをたっぷりもてなしてくれた。だから彼は、そのあとでルージェナとクリーマとのあいだに生じたことについては、間接的に責任があったのだ。ああ、あのときおれに手放しの好意を示してくれたあの男が、まだ温泉町にいてくれさえすればなあ！　クリーマはまるで頼みの綱のように彼の面影にしがみついた。というのも、クリーマがいま経験しているような瞬間においては、他の男たちの友情あふれる理解ほど、男が必要とするものは何もなかったから。

彼は劇場に戻り、守衛室に寄った。そして市外電話を申し込んだ。しばらくすると、受話器にルージェナの声がきこえた。彼は明日にも会いにゆくと言った。彼はその数時間前に彼女が伝えてきた知らせにはいっさい言及せず、まるで呑気な恋人同士のような口をきいた。

彼は話のついでに、何気なく尋ねた。「例のアメリカ人はまだいる？

——ええ、いるわよ」とルージェナが言った。

ほっとした。彼はそれまでよりいくらか軽薄な口調になって、会えるのは嬉しいと繰り返し、それから、

「いま何を着ているの？　と言った。

——どうして？」

それはここ数年、彼が電話でふざけるときによく用い、成功している悪知恵だった。「きみがどんなものを着ているのか、ぼくは知りたいんだよ。

——赤のドレスよ。

——赤はきみにとってもよく似合うだろうな。

——そうかもしれない、と彼女は言った。

——で、そのドレスの下は？」

彼女は笑った。

そう、彼がその質問をしたとき、彼女たち全員が笑ったのだ。

「きみのパンティーは何色？

――やっぱり赤よ。

――その赤のパンティーのきみに会えるのが嬉しいね」と言って、彼は電話を切った。彼は正しい調子を見つけたと思い、しばらく気分がよくなるのを感じた。しかし、それはやはり、ほんのしばらくのあいだにすぎなかった。彼はすぐに、おれはルージェナ以外のことが考えられなくなっているのだから、今晩の妻との会話は最小限にとどめなくちゃならないと理解したのだ。彼はウェスタンをやっている映画館の切符売場で立ち止まって、切符を二枚買った。

8

病んでいるというよりは、きわめて美しいという印象を与えるとはいえ、それでもカミラ・クリーマは病気だった。数年前、彼女はその不安定な健康のせいで、彼女を現在の夫の腕のなかに導いた歌手としてのキャリアを断念しなければならなかったのだ。

ひとから褒めそやされるのに慣れていたこの若く美しい女性は、突然、病院のホルマリンのような臭いで頭がいっぱいになった。彼女は、夫の世界と自分の世界のあいだに山脈が広がっているような気がしてきたのだ。

そこで、彼女の悲しげな顔が見えると、クリーマは心が引き裂かれるのを感じ、愛の手を（その虚構の山脈を越えて）彼女のほうに差しのべた。カミラは自分の悲しみのなかに、クリーマを惹きつけ、優しくさせ、眼に涙を浮かべさせるという、今まで思ってもみなかった力があることを理解した。だから彼女が、思いがけず発見したその手段を（たぶん無意識のうちにだが、しかしそれだけによけいひんぱんに）使いだしたとしても不思議ではない。というのも、その痛ましい顔に眼をむけるときだけは、クリーマの頭のなかで他のどんな女も自分のライバルにならないことを、彼女は多少なりとも確信できたのだから。

実際、この大変美しい女性は、女たちを恐れ、いたるところに女の影を見た。女たちは、どこでも、けっして彼女から逃れられなかった。クリーマが家に戻って「ただいま」と言うときの口調のなかに、彼女は女たちを発見することができた。彼の衣服の匂いから女たちを嗅ぎ出すことができた。最近も、日誌から引きちぎった紙片を見つけた。そこにはクリーマの手で、ある日付が書かれていた。もちろんそれは、ライブの練習とかマネージャーとの会合といった、じつに様々な出来事のことでもありえたわけだが、しかし彼女はまるひと月のあいだ、クリーマがその日にどんな女に会いに行くのだろうかと考えることしかできず、よく眠れなかった。

女たちの油断のならない世界がそれほどまで彼女を怯えさせるのなら、なぜ彼女は、男たちの世界に慰めを求めることができないのだろうか？

それは難しかった。嫉妬は唯一の存在を無限の光で照らす一方で、無数の他の男たちを完全な闇のなかにとどめておくという、驚くべき力をもっていたからだ。クリーマ夫人の考えはその痛ましい光の方向とは別の方向にむかうことができず、夫が世界で唯一の男になったのだった。

いま彼女は、錠前に差し込まれた鍵の音をきいたところだ。やがて、バラの花束をもったトランペット奏者が見えた。

彼女はまず喜びを感じたが、しかし間もなく疑いの声がきこえてきた。わたしの誕生日は明日なのに、どうしてこのひとは今晩花をもってくるのかしら？　これはいったい、どういう意味なのかしら？

そこで彼女は、こう言って夫を迎えた。「あなた、明日は家にいないのね？」

9

その晩彼女にバラをもって帰ったということは、必ずしも明日彼が家を留守にすることを意味しているわけではない。しかし、永遠に警戒し、永遠に嫉妬深い不信のアンテナは、隠されたどんなささいな夫の意図をも、事前にみごとに察知できるのだ。彼を裸にし、彼の様子をうかがい、彼の仮面を剝いでしまうその恐るべきアンテナの存在に気づくたびに、クリーマは絶望的な疲労感に押しつぶされた。だから彼は、ふたりの結婚が脅かされることがあるとすれば、それはそのアンテナによってだと確信していた。よく妻に嘘をつくのはただ、妻をいたわり、どんな失望をも免れさせてやりたいためなのだし、妻が自分で自分を苦しめるのは、みずからの猜疑《さいぎ》心によってだといつも思い込んでいた（そしてこの点について彼は、攻撃的なまでに何の疚《やま》しさも感じていなかった）。

彼は妻の顔のほうに身をかがめ、いつもの不信、悲しみ、不機嫌をそこに読み取った。そしてバラの花束を地面に投げ捨ててやりたい気持ちになったが自制した。これからの数日間、それよりもずっと困難な状況のなかで自制しなければならないのを知っていたから。

「今晩花をもってきたことが、きみの気分を損ねるの？」と彼は言った。その声に苛立ちを感じ取った妻は、彼に礼を言い、花瓶に水を入れに行った。

「この社会主義というやつも困ったものだよ！　しばらくして彼が言った。

――どうして？

――きいてくれよ！　連中はしょっちゅう、ただでぼくらに演奏させるんだから。一度は帝国主義との闘いのため、次は革命の記念のため、その次はあるお偉方の誕生日を祝うため、という具合さ。そのうえ、連中にバンドを潰されたくなければ、ぼくは何だって引き受けなきゃならない。今日もまた、ぼくがどんなに頭にきたか、きみには想像できないだろうな。

――どんなことで？　と彼女はさして興味なさそうに言った。

――練習のあいだに、ぼくらは市役所のある委員会の議長だという女性の訪問を受けたんだ。その女性は、ぼくらが演奏しなければならないもの、してはならないものなどを説明しだし、あげくの果てに、どうしても〈青年同盟〉のために無料のライブを開け、とそう言うんだ。だけど最悪なのは、ぼくが明日、社会主義建設における音楽の役割、なんて話をきかされるグロテスクな講演会で、まる一日過ごさなきゃならないことだよ。また一日無駄に、完全に無駄にされるんだ！　しかもそれがちょうど、きみの誕生日なんだからね！

――彼らだってまさか、夜まで引き止めはしないでしょう！

――たぶんそんなことはしないだろう。だけどぼくには今からわかるんだ、どんな状態でその晩家に戻ることになるかってね！　そこで今晩からふたり一緒に、しばらく落ち着いた時間を過ごしたっていいじゃないかと思ったんだよ、と妻の両手を握りしめながら言った。

――それはご親切なこと」とクリーマ夫人が言った。だがクリーマはその声の調子で、翌日の講演会について自分がいま言ったことなど、妻がひと言も信じていないのを理解した。クリーマ夫人はもちろん、夫の言葉を信じていないというそぶりを露骨に示しはしなかった。そんな不信が夫を怒らせるのを知っていたから。しかしクリーマは、ずっと前から妻の信じやすさを信じることをやめていた。真実を言おうが嘘をつこうが、いずれにしろ彼はいつも、妻が疑っているのではないかと疑うのだ。とはいえ、賽《さい》は投げられた。彼は妻が信じていると信じるふりをしながら、そのはずみに乗って続けなければならず、彼女のほうも（悲しげでよそよそしい顔で）その翌日の講演会について質問したが、それはただ、その事実を疑っていないことを示すだけのためだった。

やがて彼女は、夕食の支度に台所に行った。彼女は塩を入れすぎた。いつもの彼女は喜んで料理をするうえに、じつに上手だった（彼女は派手な生活によって女らしさを損なわれることはなく、熱心に家事をする習慣を失っていなかったのだ）。だからクリーマには、その晩の夕食がまずかったとしても、それはひたすら彼女が悩んでいるからにすぎないことはわかっていた。痛ましく荒々しい身振りで、食べ物に余分な塩を振る彼女の姿が眼に浮かび、心が締めつけられた。嚙《か》みしめる料理の塩辛すぎる味のなかにカミラの涙の味わいが認められるような気がした。だから彼が呑み込むのは、自分自身の後ろめたさだった。カミラが嫉妬に苦しめられているのも、またひと晩眠れぬ夜を過ごすのもわかっていた。そこで彼は彼女を愛撫し、抱きしめ、慰めてやりたくなった。だがたちまち、妻のアンテナはそのような優しさのなかに、ただ後ろめたさの証拠しか見ないだろうから、そんなことをしてみても無駄だと理解した。

結局ふたりは映画に行った。スクリーンのうえのヒーローが、油断のならぬいろんな危険をじつに自信をもって切り抜けるのを見ていると、その自信が自分にも伝わってくるようで、クリーマは何となく励まされる気がした。自分がそのヒーローになったように想像し、ルージェナに中絶を納得させることぐらい何でもない、おれの魅力と運があればたちどころにやってのけられるかもしれないな、と時折思った。

それから、ふたりは大きなベッドに並んで横たわった。彼は彼女を見た。彼女は頭を枕のなかにうずめ、顎《あご》を軽くうえに上げて、眼をじっと天井にむけたまま仰向けに寝ていた。彼女の体のそんな極度の緊張（彼女はいつも楽器の弦を連想させるので、彼はよく、きみは「弦のような心」をしているんだね、と言っていた）のなかに、彼は一瞬、彼女の本質のすべてを見たように思った。そう、彼は時々（それは奇跡的な瞬間だった）、ひとつの身振りや動きのなかに、突然彼女の体と心のすべての歴史をとらえることがあったのだ。それは絶対的な透視の瞬間だったが、また絶対的な感動の瞬間でもあった。何ていったって、この女はまだまったく無名のころのおれを愛してくれたんだし、おれのためにすべてを犠牲にする覚悟をしてくれたんだ、おれの考えることなら何でも構わず理解してくれる、だから彼女には、ルイ・アームストロングのことだってストラヴィンスキーのことだって、くだらないことだって重大なことだって何だって話せるんだ。おれにとって彼女は、あらゆる人間のうちで最も近しい存在なんだ……それから彼は、その愛すべき体、その愛すべき顔が死んでしまうことを想像した。そして、そうなったらおれは一日だって生きられないだろうな、と思った。彼は彼女が息を引き取るまで守ってやれるし、彼女のためなら自分の命を投げ出せることを知っていた。

しかし、そんな息詰まるような愛の感覚も、束の間の微光でしかなかった。なぜなら、彼の気持ちはそっくり不安と恐怖に占められていたから。彼はカミラのそばに横たわり、かぎりなく彼女を愛しているのを知っていたが、心はそこにはなかった。彼は彼女の顔を愛撫した、まるで何百キロも隔てた広大無辺の距離から愛撫するように。

二日目

1

およそ朝の九時頃だった。一台の優雅な白い車が、温泉町の近郊にある駐車場にとまり（自動車にはそれ以上町中に侵入する権利はなかった）、そこからクリーマが降りてきた。

その温泉場の主要道路の中心地帯には、まばらな木立、芝生、砂の敷かれた並木道、ペンキを塗ったベンチなどのある公園が広がっている。両側に温泉施設の建物が立ち並び、そのひとつがカール・マルクス寮だった。いつかの夜、トランペット奏者はそこの看護師ルージェナの小さな部屋で運命の二時間を過ごしたのだ。カール・マルクス寮の正面の、公園の向こう側には、この温泉場でも最も立派な建物がそびえていた。二十世紀初頭のアール・ヌーヴォー調の建物で、スタッコ装飾で覆われ、入口にモザイク模様が施されている。その建物だけが、ずっと昔の名前を保持するという特権を与えられた。それがリッチモンド・ホテルだ。

「バートレフさんはまだホテルにいらっしゃいますか？」と、クリーマは管理人に尋ね、そうだという返事を受け取ると、赤い絨毯《じゅうたん》のうえを走って二階にゆき、ドアを叩いた。

なかに入ると、パジャマのままやってくるバートレフが見えた。彼が気まずそうに不意の訪問の非礼を詫びると、バートレフはその言葉をさえぎった。

「ねえ、あなた、そんな弁解はやめてください！　朝のこんな時間にここで与えられる最も大きな喜びを、あなたはわたしに与えてくださったのですから」

彼はクリーマの手を取って続けた。「この国の人々は朝の時間を尊重しませんな。斧《おの》の一撃で眠りを断ち切ってしまうような目覚めによって荒々しく眼を覚まされ、悲しいことに、それからたちまちあたふたし始める。そんな暴力的な行為によって始められた一日が、それ以後どのようなものになるか、おわかりになりますか？　毎日そんな目覚めによって電気ショックを与えられる人々に、いったいどんなことが起こるのですか？　彼らは日々暴力に慣れてゆき、日々楽しみを忘れてゆく。ねえ、あなた、ひとりの人間の気質を決するのは、その人間の朝の時間なんですよ」

バートレフは優雅にクリーマの肩を抱き、肘掛け椅子に座らせてから続けた。「ところが、このわたしときたら、その朝の無為の時間がたまらなく好きで、まるで彫刻の縁飾りのついた橋をわたるように、ゆっくりと夜から昼へ、睡眠から覚醒した生へと移行するのです。一日のこの時間にこそ、わたしは小さな奇跡、すなわち夜の夢が続き、眠りの冒険と昼の冒険は絶壁によって隔てられてはいないのだと確信させてくれる、その突然の出会いにかぎりなく感謝するんですよ」

トランペット奏者は、パジャマ姿で部屋を歩きまわりながら、白くなりかけた髪を片手でなでつけているバートレフを見守って、そのよく通る声には消しがたいアメリカ訛りがあり、語彙《ごい》には時代後れな上品さがあると思った。もっともこれは、バートレフが一度も自分の出身国で生活したことがなく、ただ家族のしきたりだけによって母国語を教えられたということで簡単に説明がついた。

「ところが、ねえ、あなた、誰ひとり、と今度は信頼しきったような微笑を浮かべながら、彼はクリーマのほうに身をかがめて説明した。この温泉町の誰ひとりとして、そんなわたしのことを理解できないんですな。看護師たちでさえもです。もっともこれを別にすれば、むしろ愛想がよいひとたちなんですが、わたしが朝食のあいだに愉快な時間をともにしようと誘うと、憤慨した面持ちになるんですね。だから、わたしはすべての約束を晩に、すなわちわたしがやはり少しは疲れている時に延ばさねばならないんですよ」

それから彼は、電話の置いてある小テーブルのほうに近づいて尋ねた。「あなたはいつお着きになったんですか？

——けさ車で、とクリーマが言った。

——きっとおなかがお空きでしょう」とバートレフは言って受話器をとり、朝食をふたつ注文した。

「ポーチドエッグを四つ、チーズ、バター、クロワッサン、ミルク、ハム、それに紅茶を」

そのあいだ、クリーマは部屋を眺め回していた。大きな円形テーブルが一台、椅子が数脚、肘掛け椅子がひとつ、鏡、ソファがふたつ、浴室と隣室に通じるドア。彼はその隣室にバートレフの寝室があったのを思い出した。ここの、この豪華なアパルトマンで、すべてが始まったんだ。ここにおれのバンドのミュージシャンたちが上がり込み、おれたちを喜ばせようとして、この金持ちのアメリカ人が看護師たちを招待したんだ。

「そうです、とバートレフが言った。あなたがごらんになっている絵は、あのときここにはありませんでした」

トランペット奏者はそのときやっと、奇怪な青白い輪のようなものを頭にのせ、絵筆とパレットを手にもつ髭面の男を描いた、一枚の画布に気づいた。その絵は稚拙に見えたが、トランペット奏者は稚拙に見える多くの絵こそ、有名な作品であることを知っていた。

「この絵は誰が描いたんですか？

——わたしですよ、とバートレフは答えた。

——あなたが絵を描かれるとは知りませんでした。

——わたしは絵を描くのが大変好きでしてね。

——ところで、これは誰なんですか？　とトランペット奏者は思い切って尋ねた。

——聖ラザロです。

——何ですって？　聖ラザロが画家だったんですか？

——これは聖書にでてくるラザロではなく、聖ラザロ、つまり紀元九世紀にコンスタンティノープルに生きていた修道士で、わたしの守護聖人なのです。

——ああ、そうでしたか！　とトランペット奏者は言った。

——これはじつに奇妙な聖人だったんですね。彼はキリストを信じていたために異教徒によって迫害されたのではなく、絵画を愛しすぎたために悪しきキリスト教徒によって迫害されたんです。たぶんご存じでしょうが、八世紀と九世紀には〈教会〉のギリシャの一分派が厳密な禁欲主義の虜《とりこ》になっていて、世俗のあらゆる喜びにたいして不寛容だったんですね。絵画や彫刻でさえも不敬虔な享楽の対象だと見なされました。テオフィロス皇帝はあまたの美しい絵画を破壊するよう命令をくだし、わが親愛なるラザロに絵を描くことを禁じました。しかし聖ラザロには、自分の画布が神の栄光をたたえるものであることがわかっていたので、屈伏することを拒んだのです。テオフィロスは彼を投獄し、拷問させ、絵筆を断念するよう要求しました。しかし神は慈悲深く、その残忍な刑罰に耐える力を彼にお与えになったのです。

——それは美しい話ですね、とトランペット奏者は礼儀正しく言った。

——すばらしい話です。しかし、あなたがわたしに会いに来られたのは、きっとわたしの絵をごらんになるためではないのでしょう」

そのときドアをノックする音がし、給仕が大きな盆をもって入ってきた。給仕はその盆をテーブルに置くと、ふたりの男のために朝食の用意をした。

バートレフはトランペット奏者に座るようにすすめてから、こう言った。「この朝食はとくにすばらしいというものではありませんから、わたしたちは話が続けられるでしょう。あなたが何を気にされているのか、どうか話してみてくださいませんか?」

そのようにしてトランペット奏者は、朝食を咀嚼《そしゃく》しながら、自分の災難を語ることになったのだが、興味をそそられたバートレフは、話の様々な節目に鋭い質問をした。

2

彼はとくに、なぜクリーマが看護師の二枚の絵はがきに返事もしないまま放っておいたのか、なぜ電話を避けたのか、そしてなぜふたりの愛の夜を静かで晴れやかな余韻で引き延ばせたかもしれないような、心のこもったただひとつの身振りもしなかったのか知りたがった。

クリーマは、自分の振る舞いが思慮あるものでも、礼儀にかなったものでもなかったと認めた。しかし、彼の言を信ずるなら、それはどうしようもないことだったのであり、若い女性とのどんな新しい接触も怖いのだという。

「女性を誘惑するのは、とバートレフは不満そうに言った。どんな愚者にだってできることですよ。しかしまた、別れ方も知らなくてはいけません。それによって、成熟した男性かどうかが決まるんですから。

――わかっています、と悲しそうにトランペット奏者が言った。しかしぼくの場合、その嫌悪感、その乗り越えられない不快感がどんな善意よりも強いんです。

――ねえ、あなた、とバートレフは驚いて叫んだ。もしかすると、あなたは女嫌《ミゾジーヌ》いなんですか?

――みんながぼくのことをそう言っています。

――しかし、そんなことはありえないでしょう? あなたは別に不能者《インポ》らしい様子も、同性愛者《ゲイ》らしい様子もしておられないから。

――たしかにぼくは、そのいずれでもありません。これは、それよりもずっと具合の悪いことなんですよ、とトランペット奏者は物悲しそうに認めた。ぼくは妻を愛しているんです。それが、大部分の者たちがまったく理解不可能だと言っている、ぼくのエロスの秘密なんです」

　それはじつに感動的な告白だったので、ふたりの男はしばらく沈黙を守った。それからトランペット奏者が続けた。「誰もそのことを理解してくれないんですよ。しかも他の誰よりもぼくの妻が、そのことを理解してくれないんですね。妻は、大きな愛があれば浮気などしないものだと思っているんです。しかし、それは間違いなんですよ。たえず、何かがぼくを別の女のほうに駆り立て、その女をものにすると、たちまち強力なバネによってその女から引き離される。そして、そのバネがぼくをカミラのもとに投げ飛ばすんです。時々、ぼくが別の女を捜すのはただ、新しい浮気をするたびにますます愛するようになるこの妻のもとに、ぼくを連れ戻してくれる、そのバネのため、その（優しさ、欲望、恭順にみちた）すばらしい飛躍と飛翔のためではないのだろうか、という気さえするんですよ。

――だから、あなたにとって看護師のルージェナは、あなたの一夫一婦主義《モノガーム》的な愛の確認にすぎなかったというわけですね？

――そうなんですよ、とトランペット奏者は言った。しかも、きわめて愉快な確認でした。というのも、看護師のルージェナは初対面だと大変な魅力がある女性だからです。そしてその魅力が二時間で完全になくなってしまうのもまた、じつに好ましいことなんですね。その結果、それ以上何をしようという気も起こさせずに、例のバネがぼくをすばらしい帰還の軌道に乗せてくれるわけです。

――ねえ、あなた、過剰な愛というものは罪つくりな愛なんですよ。おそらくあなたこそ、その最良の証明ですな。

――ぼくは、妻にたいするぼくの愛が、自分のなかにある唯一の善いものだとばかり思っていました。

――ところが、そうではなかったんですね。あなたが奥さんに抱いておられる過剰な愛が、他の女性たちにたいする無感覚の埋め合わせをしてくれる反対の極となるのではなくて、むしろその源泉になるのですよ。あなたにとって奥さんがすべてであるからには、他のすべての女性は何でもなくなる、言い換えれば、あなたにとっては売春婦となってしまう。しかしそれは大きな冒瀆《ぼうとく》、神によってつくられた人間にたいする大きな侮蔑です。ねえ、あなた、その種の愛は異端なのですよ」

3

バートレフは空いた茶碗を片づけ、テーブルから立ち上がって浴室に引っ込んだ。その浴室からまず、水の流れる音がきこえたが、しばらくしてバートレフの声がきこえた。「ひとにはまだ生まれてもいない子供を死なせる権利があると、あなたは思われますか？」

しばらく前、輪光を頂いた髭面の男の肖像画を見たとき、彼は面食らった。バートレフについて快活なよき生活享受者だとばかり考えていたので、まさかキリスト教信者だとは思いも寄らなかったのだ。これから道徳の講話をきき、この温泉町という砂漠の唯一のオアシスが砂で覆われることになるのだと考えると、心が締めつけられるように感じられた。彼は喉の詰まったような声で答えた。「あなたはそれを殺人と呼ぶひとたちのひとりなんですか？」

バートレフはなかなか返事をしなかったが、やがてタウンウェアを着、髪を念入りに整えてから、やっと浴室から出てきた。

「殺人というのは、いささか電気椅子を連想させすぎる言葉ですな、と彼は言った。わたしが言いたいのはそうじゃないのです。ご存じのように、わたしは与えられているがままに人生を受け入れるべきだと確信している人間です。それは十戒以前の、最初の戒律ですよ。あらゆる出来事は神の手のうちにあるので、それがどうなるかはわたしたちには何もうかがい知れません。わたしが言いたいのは、わたしたちに与えられているがままの人生を受け入れるとは、予見しえないものも受け入れるということです。ところが、子供というものはその予見しえないものの真髄ではありませんか。子供は予見の不可能性そのものです。子供がどうなるのか、何をもたらすのか、あなたにはわからない。そしてまさにそうだからこそ、子供を受け入れねばならないのです。そうでなければ、あなたは半分しか生きないことになる。大海が真に大海になるのは、ひとがまさに足場を失うところだけだというのに、まるであなたは泳ぎを知らず、海辺でもたもたしている人間のように生きることになるのですぞ」

トランペット奏者は、その子供は自分の子供ではないと指摘した。

「そうだと認めましょう、と彼は言った。ただ今度はあなたのほうが率直に認めてください。かりにその子供があなたの子供だったとしても、やはり同じように中絶してくれるよう、熱心にルージェナを説得しただろうと。奥さんのため、奥さんにたいして抱いておられる罪深い愛のために、あなたはそうされるでしょう。

——そうです、それは認めます、とトランペット奏者は言った。どんな状況であれ、ぼくは何としても彼女に中絶をさせるでしょうね」

バートレフは浴室のドアに背をもたせかけて微笑した。「わかります。だからわたしは、あなたに意見を変えさせようなどとはしません。わたしは年をとりすぎて、世の人々を改心させようと望むことはもうできません。わたしはあなたに、わたしが考えていたことを申し上げました。たとえあなたがわたしの信念に反する行いをされようと、わたしがあなたの友人であることに変わりはありません。したがって、たとえわたしがあなたに反対でも、助力はいたしましょう」

トランペット奏者は、その最後の文句を思慮深い説教者のような柔和な声で発したバートレフをしげしげと眺めた。彼はそんなバートレフを立派だと思い、バートレフが言ったことはすべて、ひとつの伝承、ひとつの箴言《しんげん》、ひとつの手本、現代の福音書からとったひとつの章になってもいいものだという気がした。彼は（これは理解してやろう、彼は感動し、大袈《げ》裟《さ》な身振りをしやすい心理状態になっていたのだ）、バートレフの前で深々とお辞儀をしたくなった。

「わたしはできるだけあなたをお助けしましょう、と再びバートレフが言った。しばらくしたら、わたしの友人、ドクター・スクレタに会いに行きましょう。彼があなたのために医学的な側面を解決してくれるでしょう。しかし、あなたがどのようにしてルージェナに、彼女の嫌がる決意をさせるおつもりなのか、わたしに説明してくれませんか？」

4

それが彼らの注意を惹いた第三の主題だった。トランペット奏者が自分の計画を説明し終えると、バートレフが言った。

「それはわたしが向こう見ずな青春時代を送っていたときに、個人的に生じた出来事を思い出させますね。そのころ、わたしはドックの荷揚げ労働者として働いていたのですが、そのドックに弁当を届けてくれる娘がいました。その娘は並外れた善良な心の持ち主で、誰にも何も断ることができなかったのです。だが残念なことに、その心の（そして体の）善良さは男たちに感謝の気持ちを起こさせるよりも、むしろ男たちを粗暴にし、その結果として、ただわたしだけがその娘にたいして唯一敬意のある心遣いを示す男となったのですが、それでいてまた、ただわたしだけが娘と一度も寝なかった男になったのです。わたしの親切のせいで、娘はわたしを恋するようになりました。もしわたしが娘とセックスしなかったなら、きっと娘を苦しめ、辱めたことでしょう。しかしそのことはただ一回しかなく、わたしはすぐに、娘を大きな精神的な愛で愛しつづけはするけれども、ふたりは今後恋人同士にはなれないだろうと説明したのです。娘はわっと泣き崩れ、走り去ってしまいました。それからわたしには挨拶もしなくなり、以前よりもさらにこれみよがしに他のすべての男たちに身を任せるようになったのです。やがて二カ月が過ぎて、娘はわたしの子供を宿していると告げました。

——じゃあ、あなたは今のぼくと同じ状況になられたんですか？

——ああ、あなた、とバートレフは言った。今あなたに生じているのは、この世のすべての男たちの共通の運命だということをご存じないのですか？

——で、あなたはどうされたんですか？

——わたしはまさに、今のあなたがなさろうとしておられるのと同じように振る舞いましたよ。ただ、ひとつだけ違っていたことがあります。あなたはルージェナを愛しているふりをされたいようですが、わたしのほうは本当にその娘を愛していたのです。わたしは目の前に、みんなから辱められ、傷つけられた哀れな人間、かつてこの世でたったひとりの存在によってしか親切にしてもらえなかった哀れな人間を見ていました。だから娘は、その親切な存在を失いたくなかったのです。娘がわたしを愛していることが、わたしにはわかりました。わたしとしては、彼女がそのことを、彼女の能力の範囲内で、すなわちその無垢な卑劣さによって与えられる手段を使って表したことを、どうしても恨むことはできなかったのです。そこでわたしが何と言ったか、きいてください。〈きみが他人の子供を孕んでいるのは、わたしにはよくわかっている。しかしわたしには、きみが愛のためにそんな計略を使ったこともわかっている。だからわたしは、きみの愛には愛をもって報いたい。子供が誰の子かはどうでもよい。きみが望むなら、わたしはきみと結婚しよう〉

——無茶ですよ、それは！

——しかしあなたが入念に準備されておられる術策よりは有効なものですよ。わたしがそのちっぽけな売春婦に何度も何度も繰り返し、彼女を愛している、子供ともども結婚したいと言ったとき、娘ははらはらと涙にくれ、わたしを騙していたことを告白したのです。わたしの善意を前にして、自分はこのひとにはふさわしくない、このひととはけっして結婚できないとわかった、そう娘がわたしに言ったのです」

トランペット奏者が黙って考え込んでいると、バートレフは付け加えた。

「この話が譬《たと》え話としてあなたのお役に立ってくれるなら、わたしは嬉しいんですがね。ルージェナには、あなたが彼女を愛していると信じさせようとはしないでください。そうではなく、本当に彼女を愛するよう努めてください。彼女を哀れんでやるよう努めてください。たとえ彼女があなたを陥れようとしているのだとしても、その嘘のなかに彼女の愛のかたちを見るよう努めてください。そのあとでは、彼女はあなたの善意の力に抵抗できなくなり、あなたに迷惑がかからないように、自分のほうからすべての措置をとるようになると、わたしは確信しています」

バートレフの言葉はトランペット奏者に強烈な印象を与えた。しかしもっと明るい照明のもとでルージェナを思い浮かべてみて、彼はたちまち、バートレフが示唆する愛の道は自分には実行不可能であり、それは聖者の道であっても、凡人の道ではないと理解した。

5

ルージェナは温水治療センターの大きなホールにある小さなテーブルに座っていた。そこには、治療を受けたあとの女たちが、壁に沿って並べられたベッドのうえで休んでいる。彼女はふたりの新しい患者のカルテを受け取ったところだ。彼女はそこに日付を書き込んで、女たちに更衣室の鍵、タオル、白の大きなバスタオルを渡した。それから時計を見て、奥のホールの温浴場のほうに向かった（彼女は素肌にじかに白衣を着ていた。タイル張りのホールは熱い蒸気でむんむんするからだ）。温浴場では、二十人ほどの裸の女たちが奇跡の泉のなかをよたよたと歩いていた。彼女はそのうちの三人の名前を呼び、予定の入浴時間が過ぎたことを告げた。その婦人たちがおとなしく浴槽《よくそう》から出て大きな胸を揺すると、湯がしたたり落ちた。それからルージェナのあとについて、ベッドに連れてゆかれ、横たわった。ルージェナはその婦人たちひとりひとりにタオルをかけ、布切れで眼を拭き、そして温かい毛布でくるんでやった。婦人たちは微笑みかけたが、ルージェナは微笑み返さなかった。

毎年一万人の女たちがやって来るけれども、事実上ただひとりの若い男性もやって来ないこの小さな町に生まれてくるのは、たぶん愉快なこととはいえないだろう。そこでは、ひとりの女性は十五歳のときからもう、住所でも変えないかぎり全生涯のあいだに与えられるエロスの可能性について、きっちり正確な計算ができる。しかし、どうすれば住所を変えられるのか？　彼女の働いている施設はなかなか従業員をやめさせてくれないところだったし、また彼女の両親は、彼女が引っ越しという言葉を口にすると、すぐに猛反対したからだ。

いや、この若い女は、とどのつまり職業的な義務はきちんと果たすよう努めていたとはいえ、湯治客にたいして少しの愛情も感じていなかったのだ。それには、次の三つの理由が考えられる。

羨望。それらの女たちは夫や愛人のところから、それに彼女には無限の可能性があふれていると想像できる世界からここに来ている。彼女のほうがずっときれいな胸、長い脚、整った顔だちをしているというのに。

羨望に加えて、焦り。その女たちははるか先の運命を頭に描きながらここにやって来ているというのに、彼女のほうはここにいて、来る年も来る年も変わりなく、どんな運命も期待できなかった。これからもこの小さな地方で、何の出来事もなしに過ごすのかと考えると、彼女はぞっとし、その若さにもかかわらず、自分が人生を生き始める前に、人生のほうが自分から逃れてゆくのだとずっと思ってきた。

第三には、そこにいる女たちの数の多さによって与えられる本能的な嫌悪感があった。女たちの数が多ければ、そのぶん個人としてのどんな女性の価値をも減少させてしまう。彼女は女の胸の悲しいインフレーションに取り囲まれ、そのなかにいると、彼女の胸のように美しい胸でも値打ちが下がってしまうのだ。

彼女は微笑みもせずに、三人のなかの最後の婦人をくるんでやったところだった。そのとき、痩せたほうの同僚がホールに顔を出して叫んだ。「ルージェナ！　電話よ！」

同僚がなんとも厳かな表情をしていたので、それが誰からの電話だか、ルージェナにはすぐにわかった。かっと顔が赤くなった彼女は、電話ボックスのうしろに回り、受話器を取って自分の名前を言った。

クリーマは自分の名前を告げて、いつ会う時間ができるのかと尋ねた。

「あたしは三時に仕事が終わるの。四時には会えるわ」

それから、会う場所を打ち合わせなければならなかった。ルージェナは、一日中開いている温泉場のカフェレストランを提案した。ずっと彼女のそばにいて、彼女のくちびるから眼を離さなかった痩せ女が、そうだ、そうだとばかりに頷いた。トランペット奏者は、ふたりだけになれるようなところで会うほうがいいと答え、車で町の外のどこかに連れていってやろうと言った。

「そんな必要ないわ。どこに行きたいっていうの！　とルージェナが言った。

――ふたりきりになるんだよ。

――あたしのことが恥ずかしいのなら、あたし、来てもらわなくたっていいのよ、とルージェナが言うと、彼女の同僚が頷いた。

――ぼくはそんなことが言いたかったんじゃないよ、とクリーマが言った。じゃあ、四時にカフェレストランの前で待っていることにしよう。

――言うことないわね、と、ルージェナが電話を切ったときに痩せ女が言った。彼はどこかでこっそりあんたに会いたいのよ。でも、あんたはできるだけ多くのひとたちに見られるようにしてやらなくちゃ」

ルージェナは再び大変神経質になり、その逢引きに気後れを感じていた。彼女はもう、クリーマがどんな姿をしていたか思い出せなくなっていた。あのひとはどんな体つき、微笑み方、物腰をしていたのかしら？　たった一度のふたりの出会いについても、彼女にはきわめて曖昧《あいまい》な記憶しか残っていなかった。あのとき、同僚たちはトランペット奏者について彼女を質問攻めにしたものだった。同僚たちは、彼がどんなだったのか、何を言ったのか、服を脱いだときにはどんな様子をしていたのか、どんなふうにセックスしたのか知りたがった。しかし彼女には何も言えず、ただ「夢みたいだったわ」と繰り返すばかりだった。

それはたんなる紋切り型の台詞ではなかった。なぜなら、彼女が二時間ベッドをともにした男は、彼女に会うためにポスターから出てきてくれたようなものだったのだから。その写真はしばらく、温もりと重みとで、三次元の現実性を獲得したのだが、やがて再び非物質的で生彩のないイメージになり、何千部と複製されて、ますます抽象的で非現実的なものになった。

そして、彼がそのときじつに素早く彼女から逃れ、ただの名前に戻ってしまったので、彼女はそのあまりの見事さに不快感を抱かされた。彼女は彼を引き下げ、もっと近しいものにしてくれるような、ただひとつの細部にもしがみつけなかった。彼が遠くにいるときには、戦闘的なエネルギーにみなぎっていたのに、彼の存在を間近に感ずる今になって、すっかり勇気をなくしてしまったのだ。

「がんばってね、と痩せ女が言った。うまくゆくよう祈っているわ」

6

クリーマがルージェナとの会話を終えると、バートレフは彼の腕をとり、ドクター・スクレタが診察室をもち、かつ住んでいるカール・マルクス寮に連れていった。待合室に数人の女たちが座っていたが、バートレフはためらわずに診察室のドアを短く四回ノックした。しばらくすると、眼鏡をかけ、長い鼻をした白衣の大男が現れた。「どうぞ、しばらくお待ちください」と待合室に座っている女たちに言ってから、大男はふたりの男を廊下に連れだし、廊下から上の階にある自宅のアパルトマンに導いた。

「ご機嫌いかがですか、名人《マエストロ》？　と、三人が座ったときに、彼はトランペット奏者に向かって言った。いつ、次のライブをここで開いていただけるのですか？

――もう二度とごめんですよ、とクリーマは答えた。だってこの町はぼくに不運をもたらすんですから」

バートレフは、トランペット奏者の身の上に生じたことをドクター・スクレタに説明した。それから、クリーマは付け加えて言った。

「ぼくを助けてくださるよう、あなたにお願いしたいんです。ぼくはまず、彼女が本当に妊娠しているのかどうか、知りたいんです。生理が遅れているだけかもしれないし、彼女が芝居をしているのかもしれない。ぼくには一度そんな経験があったんですよ。あのときもやっぱりブロンドの女でした。

――ブロンドの女とはけっして何事も始めてはいけないんですよ、とドクター・スクレタが言った。

――そうですね、とクリーマが認めた。ブロンドの女はぼくの破滅の元なんです。先生、あのときはひどかったですよ。ぼくは無理やり彼女に、医者に検査してもらうようにさせたんです。ただ、妊娠のごく初期には何も正確にはわかりません。そこでぼくは、例のマウスを使うテストをするよう求めたんです。マウスに小水を注射し、その卵巣がふくれてきたら……

――その婦人は妊娠している……とドクター・スクレタが補った。

――彼女は朝の小水を小瓶に入れてもっていったんです。ぼくも付いてゆきました。ところが彼女は、総合病院の前の歩道でその小瓶を落としてしまったんです。せめてその何滴かでも救えないかと、ぼくはあわてて破片の散らばっている所に駆けつけましたよ！　ぼくの姿を見たら、ひとはきっと、彼女が聖杯か何かを落としたにちがいないと思ったことでしょう。彼女はわざとそう、つまり小瓶を壊そうとしたんです、というのも、自分が妊娠していないとわかっていたからで、彼女はぼくの苦しみをできるだけ長引かせたかったんですよ。

――ブロンド女の典型的な振る舞いですな、と驚きもせずにドクター・スクレタが言った。

――ブロンドの髪の女と褐色の髪の女のあいだに、何か違いがあると考えておられるんですか？　とバートレフが、あきらかにドクター・スクレタの女性経験を疑いながら言った。

――きまってますよ！　とドクター・スクレタは言った。ブロンドの髪と黒い髪、それは人間の本性の両極です。黒い髪は男らしさ、勇敢さ、率直さ、行動を意味するのに反して、ブロンドの髪は女らしさ、優しさ、弱さ、受け身の象徴です。したがって、ブロンドの女は事実上二重に女なんですよ。プリンセスはブロンドであってこそ、初めてプリンセスなのです。まだからこそ、女たちはできるかぎり女らしくするために、髪を黄色に染めても、けっして黒には染めないのです。

——わたしは、色素が人間の魂にどのように影響を及ぼすものか、ぜひ知りたいと思うんですがね、と疑わしそうな口調でバートレフが言った。

——色素が問題なのではありません。ブロンドの女は無意識的に自分の髪に適合しようとするんですよ。とりわけ、そのブロンド女が髪を黄色に染めてもらった、もともと褐色の髪の女だった場合には。彼女は自分の色に忠実でありたいと願い、か弱い存在、うわついた人形のように振る舞い、優しさとサービス、男の親切さと庇護を要求し、自分では何ひとつできない。彼女の外ではすべてが思いやり、中ではすべてが不作法、というわけです。もし黒髪が世界的な流行になるなら、わたしたちはこの世でずっと快適に生きられるようになるでしょう。それはかつてひとが成し遂げた最も有益な社会改革になるでしょうね。

——だから、ルージェナがぼくに芝居をしていることも充分ありうるわけですね、とクリーマは、ドクター・スクレタの言葉のなかに希望をつないでよい理由を見つけて口を挟んだ。

——いいえ、ちがいます。わたしは昨日、彼女を診察しました。彼女は妊娠していますよ」

バートレフは、トランペット奏者が真っ青になったのに気づいてこう言った。「先生、先生は妊娠中絶を審査する委員会の議長をされているんですね。

——そうですよ、とドクター・スクレタが言った。わたしたちは次の金曜日に委員会を開きます。

——それは結構、とバートレフが言った。わたしたちには無駄にしている時間はないんですよ。というのも、わたしたちの友人の神経がもたなくなるかもしれないからです。わたしは、この国では中絶はなかなか許可されないときいているのですが。

——なかなかもいいところですよ、とスクレタは言った。その委員会には、わたしのほかに、人民の権力を代表するふたりのご婦人がいらっしゃる。このご婦人たちは顔をそむけたくなるほど醜いひとたちで、わたしたちのところにくる女という女をすべて憎んでいるのです。この世で誰が最も激しい女嫌いか、ご存じですか？　女たちですよ。みなさん、ただひとりの男も、すでにふたりの女から子供を孕ませた責任を負わせようとされたクリーマさんでさえも、女たち自身が自分の同性にたいして抱くほどの憎しみを女に感じたことは一度もないでしょう。なぜ女たちが、わたしたちを誘惑しようとするんだと思われますか？　ひたすら自分たちの同輩たちに挑戦し、同輩たちを辱めるためですよ。神は人類がふえるのを望まれたがゆえに、女の心に他の女たちへの憎しみを教え込まれたんですかね。

——その言葉はきかなかったことにしましょう、とバートレフは言った。というのも、わたしはこの友人の件に戻りたいからです。それでも、その委員会ではあなたが決定されるんでしょう。そしてそのおぞましい女たちは、あなたの言うことを実行するんでしょう。——決定するのはたぶんわたしですが、しかしいずれにしろ、わたしはもうそんなことをしたくないんです。あれはちっとも金にならないんですよ。たとえば、名人《マエストロ》、あなた、あなたは一回のライブでどれくらい稼がれるんですか？」

クリーマの言った金額がドクター・スクレタの心を奪った。

「わたしはよく考えるんですよ、音楽をやって月々の帳尻を合わせるべきじゃないかって。わたしはドラムがちょっとやれるんですがね。

——あなたはドラムをやられるんですか？　とクリーマはいかにも興味深そうなふりをして言った。

——そうなんですよ、とドクター・スクレタが言った。人民会館にピアノとドラムがありましてね。わたしは暇があると、ドラムを叩いているんです。

——それは素晴らしい！　とトランペット奏者は、医者の心をくすぐれる機会を得て嬉しそうに叫んだ。

——しかし、本物のバンドを組むには、パートナーがいないんですよ。きわめておとなしくピアノを弾く薬剤師がいるだけなんです。わたしたちは何度もふたりだけでやってみようとしました」と、ここで彼は言葉を切り、じっと考え込んでいるふうだったが、「ねえ、あなた！　ルージェナが委員会にくるときにでも……」

クリーマは深いため息を漏らし、「ただ、彼女がそこに来てくれるならの話ですがね……」

ドクター・スクレタは苛立った身振りをした。

「彼女は他の連中と同じように、喜んで来ますよ。しかし委員会は、子供の父親も立ち合うことを求めているので、あなたは彼女に付いてこなければなりません。そこで、そんなくだらないことのためにだけ、ここにいらっしゃらないようにするには、その前日にあなたが着かれ、晩にわたしたちとライブを開かれることです。ポスターにあなたの名前があれば、会場を満員にできますよ。どう思われますか？」

クリーマはいつも、自分のバンドの技術の質にはことのほかうるさかった。だから、その二日前だったら、医者の提案はまったくとんでもないものに思えたことだろう。しかし、今の彼はただ看護師の腹のなかにしか関心がなかったので、医者のその質問に礼儀正しい熱狂をもって答えた。

「そうできれば素晴らしい！

——それは本当ですか？　あなたは賛成なんですね？

——もちろんですよ。

——で、あなたのほうはどう思われますか？　とバートレフに向かってスクレタが尋ねた。

——その考えはなかなかいいものに思われますが、ただ、あなたがどのようにして二日ですべての準備をされるのか、わたしにはわかりかねるんですがね」

スクレタは答える代わりに立ち上がって、電話のほうに向かった。彼はある番号を回したが、誰も出なかった。「最も重要なのは、と彼は言った。ただちにポスターの注文をすることです。あいにく、秘書が昼食に出掛けています、ただちにポスターの注文をすることについては、まあ、これは児戯に類することです。人民教育協会が木曜に反・アルコールの集会を開き、わたしの同僚のひとりが講演をすることになっているんです。健康上の理由で欠席するようにとわたしが頼めば、彼は大喜びでしょう。しかしもちろん、あなたには木曜の午前に来てもらわなくてはならないでしょう。わたしたちが三人で練習できるようにです、もしそれが不要だとおっしゃるのでなければ？

——いや、いや、とクリーマは言った。それはどうしても必要です。あらかじめ準備をしておかないと。

——わたしも同意見です、とスクレタが認めた。わたしたちは彼らに最も効果てきめんのレパートリーを演奏してやろうじゃありませんか。わたしはドラムで〈セントルイス・ブルース〉や〈聖者が街にやってくる〉なんかを叩くのが得意なんですがね。いくつかソロもやる用意だってありますが、あなたがどう思われるか、ぜひ知りたいものです。ところで、あなたはきょうの午後ふさがっていますか？　試しに演奏してみたいとは思われませんか？

——あいにく、午後は手術に同意するようルージェナを説得しなければならないもので」

スクレタは苛立ちのそぶりをみせ、「そんなこと、お忘れなさい！　頼まれなくても、彼女は同意しますよ。

——先生、と懇願するような口調でクリーマが言った。やっぱり木曜日のほうが」

バートレフがあいだに入った。

「わたしも木曜まで待ったほうがいいと思いますが。今日だとわたしたちの友人は集中できないでしょう。それに、彼はたしかトランペットをもってきていないと思いますよ。

——それもそうだ！」と、スクレタは認めて、ふたりの友人を向かいのレストランに連れていった。しかし、道の途中でスクレタの看護師が追いついてきて、医者に診察室に戻るよう懇願した。医者は友人たちに許しを乞うてから、不妊症の患者たちのところに無理やり連れ戻された。

7

ルージェナが近くの村に住んでいる両親の家を出て、カール・マルクス寮に居を定めたのは、ほぼ六カ月前だった。彼女はその独立した部屋に、何かはわからないがいろいろと期待していたのだが、まもなく、夢見ていたのよりはるかに楽しくも、充分にも、その部屋と自由とを活用していないことを理解した。

その午後、三時ごろに治療センターから戻ると、自分の部屋の長椅子に寝ころんで帰りを待っている父親の姿を見つけて彼女は驚き、不愉快になった。それはひどく具合の悪いことだったのだ。というのも、彼女は誰にも邪魔されずに衣装のことだけを考え、髪を整え、着てゆくワンピースを念入りに選びたかったのだから。

「こんなところで何をしているのよ?」と、彼女は不機嫌に尋ねた。父親を知っていて、自分の留守中にいつでも部屋のドアを開けてやっている守衛を恨めしく思った。

「しばらく暇になったもんでな、と父親は言った。今日わしらは町で訓練があるんじゃよ」

彼女の父親は治安奉仕団の団員だった。袖に腕章をつけ、勿体《もったい》ぶって道をせかせか歩き回るその老人たちのことを医者たちが馬鹿にしていたので、ルージェナは父親のその活動が恥ずかしかった。

「そんなことのどこが面白いの!　と彼女は悪態をついた。

——この歳までのらくらしたことはただの一回もないし、これからだってのらくら者にゃ絶対ならん父親をもって、お前も果報じゃと思わなきゃな。わしら引退した者にだって、まだまだできることがあるんだってことを、若い衆にみせてやろうというんじゃよ!」

ルージェナは父親には勝手にしゃべらせておいて、自分はワンピース選びに集中したほうがよいと判断して、衣装ダンスを開けた。

「とうさんたちに何ができるのか、知りたいものだわ、と彼女が言った。

——そりゃ、いろいろあるわな。なあ、お前、この町はだな、国際的な温泉保養地なんじゃよ。ところがなんというざまだ！　ガキどもが芝生のうえを走り回っておるじゃないか！

——それがどうだっていうの？」とルージェナは言ってワンピースを探したが、どれも気に入らなかった。

「ガキどもだけというならまだしも、犬までおるんじゃよ！　犬は綱につなぎ、口籠《くっこ》をはめている場合にしか外に出してはならないと、町議会がずっと前から決めておったんじゃよ！　だが、ここじゃ、誰もいうことをきかん。みんな好き勝手にやっておるんじゃ。お前もちょっと公園を見てみるがいい！」

ルージェナはワンピースを一着取り出して、衣装ダンスの半開きのドアの蔭で服を脱ぎ出した。

「連中はどこでも小便をする。遊び場の砂山のうえにだってじゃよ！　子供が砂のうえにパン切れでも落としたと思ってくれ！　あれじゃあとになって、ひとがびっくりするほど、病人がうじゃうじゃと出てくるだろうが！　ほら、ちょっと見るだけで充分じゃ、と父親は付け加えて窓に近づいた。今この瞬間だけでも、勝手に走り回っている犬が四匹もおる」

再びルージェナが現れて、鏡に姿を映していた。しかし小さな壁鏡ひとつしかなく、それではやっとベルトのあたりまで見えるだけだった。

「お前にはこんな話、興味がないんじゃろう、おい！　と父親が尋ねた。

——いいえ、あるわよ、とルージェナは、そのワンピースを着ると脚がどんなふうに見えるのか見てみようと、爪先立って鏡から遠ざかりながら言った。でも、怒らないで、あたし約束があって、急いでいるのよ。

——わしは警察犬か、猟犬しか認めんのだ、と父親は言った。しかし、自分の家に犬なんぞ置いている人間は、わしには気が知れんよ。いずれ、女どもは子供を産むのをやめて、ゆりかごはプードル犬のものになるじゃろうって！」

ルージェナは鏡に映った自分の姿に不満だった。彼女は衣装ダンスに戻って、もっと自分に似合いそうなワンピースを探し出した。

「他のすべての住人が自治会で同意する場合にしか、自宅に犬を置いてはならないことにしようと、わしらは決めたんじゃよ。さらにそのうえ、わしらは犬にかける税金をあげようと言っておる。

——とうさんにも大きな心配事があるのね」とルージェナが言ったが、彼女はもう両親の家には住んでいないことが嬉しかった。子供のころから、父親は説教したり、いろいろ命令したりするので、嫌いだった。彼女は、人々が彼とは違う言葉を話すような世界を渇望していたのだ。

「笑い事じゃないんじゃ。犬というやつは、本当にひどく深刻な問題なんじゃよ。なに、わしだけがそう考えているわけじゃない。この国の政治の最高の地位におられる方々だって、お前、やっぱりそう考えておられる。何が大事で、何が大事でないか、お前に尋ねる者は、きっとおらんのじゃな。もちろんお前は、この世で一番大事なものは、お前のワンピースだと答えるんじゃろう、と父親は、娘が再び衣装ダンスのドアのうしろに隠れて、着替えをしているのを確認して言った。

——あたしのワンピースは、たしかにとうさんの犬より大事だわよ」と彼女は言い返し、再び鏡の前で爪先で立った。そして、またもや自分で自分が気に入らなかった。しかし、自分にたいするそんな不満が、徐々に反抗に変わっていった。すなわち彼女は、こんな安物のワンピースを着ていたって、あのトランペット奏者はあるがままの、このあたしを受け入れるべきなんだと意地悪く考え、そのことに奇妙な満足感を覚えたのである。

「これは衛生の問題なんじゃよ、と父親は続けた。犬どもが歩道で糞を垂れるかぎり、わしらの町は絶対きれいにはならんじゃろ。また、これは道徳の問題じゃよ。人さまのために建てられた住宅のなかで犬どもをちやほやするのは、まったくけしからんことじゃないか」

ルージェナが思ってもみなかったことが生じつつあった。つまり、彼女の反抗が不思議な具合に、またそうと気づかれることもなしに、父親の憤慨と区別がつかなくなっていったのだ。ついさきほどまで抱いていた激しい反感を、彼女はもう父親にたいして覚えなくなった。それどころか、父親の激しい言葉から、それと知らずにエネルギーを汲み取っていたのである。

「わしらは家に犬を置いたことは一度もなかったが、それで何の不足も感じなかったもんじゃ」と、父親が言った。

彼女は鏡のなかに自分の姿を映しつづけ、この妊娠によって今までになかったような利益が自分には与えられるのだと感じていた。あたしが自分をきれいだって思っても思わなくても、どっちみちあのトランペット奏者はあたしに会うために、わざわざ旅をしてきたんだし、最高に愛想よくカフェレストランに招待してくれたんだから。それに（彼女は腕時計を見た）、今の今だって、もうそこであたしを待っているんだから。

「そろそろ、わしらはひと掃除をしてくる、お前、見ていろよ！」と父親は笑いながら言ったが、今度は彼女のほうも、ほとんど笑みを浮かべんばかりに優しく応じた。

「楽しみだわ、とうさん。でも今はね、あたし出かけなくちゃならないの。

——わしもじゃよ。じきに訓練が始まるんでな」

ふたりは一緒にカール・マルクス寮を出てから別れた。ルージェナはゆっくりとカフェレストランに向かった。

8

クリーマはみんなに知られている売れっ子のアーチストという、世間的な人物になりきることがけっしてできなかった。とりわけ、現在のように個人的な心配事があるときには、それはハンディキャップ、欠陥のように感じられる。ルージェナを連れてカフェレストランのロビーに入って、前のライブのときからずっとクロークルームの正面の壁に貼ってあるポスターのうえに自分の拡大写真が見えたとき、困惑を覚えた。その若い女性と一緒にホールを横切りながら、無意識のうちに客のなかの誰が自分だと気づくだろうか察知しようとした。彼は人々の視線が怖かった。人々の眼がいたるところから見張り、観察しているのが見え、自分の表情と振る舞いがことごとく指図されているような気がした。彼はいくつもの好奇の眼差しがじっと注がれているのを感じたが、そんなことに注意しないようにしながら、ホール奥の小さなテーブルに向かった。そのテーブルは大きなガラス窓のそばにあって、そこから公園の木々の葉が見えた。

ふたりが座ると、彼はルージェナに微笑み、手を愛撫して、そのワンピースはきみによく似合うよ、と言った。彼女は謙虚に否定したが、彼は固執して、しばらく看護師の魅力を話題にしようとして言った、ぼくはきみの姿にびっくりしたんだよ。この二カ月のあいだ、ずっときみのことを考えていた。きみがどんなだったかを思い浮かべ、頭のなかでいろんなふうに描いていたので、現実とはちがったイメージを作り上げていたほどなんだ。しかし不思議なのは、きみのことを考えながら、ずっときみが欲しかったんだけれども、現実の外見のほうが、想像していたのよりずっといいということなんだなあ。

ルージェナは、二カ月のあいだ何の連絡もなかったので、あなたがあたしのことなんかちっとも考えていないんだと思っていた、と言った。それは、彼が入念に答えを準備してきた反論だった。彼はうんざりしたような動作をしてから、ぼくがどんなひどい二カ月を過ごしたか、きみにはわからないだろうな、と言った。ルージェナはどんなことがあったのか尋ねたが、トランペット奏者は細部に立ち入ることを望まず、ただ、あるひどい裏切りにあって、突然この世で友だちも何もなくなって、まったくひとりぼっちになっていたんだと答えるだけにした。

彼はあまりにも嘘で固めてしまったので、ルージェナにその心配事の細部をきかされるのを少し恐れた。しかし彼の恐れは、よけいな心配だった。たしかにルージェナが大変興味をもって、トランペット奏者が辛い時期を過ごしたことを知り、彼の二カ月の沈黙の理由も快く認めてくれたのは事実だった。しかし彼女にとっては、彼の悩みの正確な性質などまったくどうでもよかった。彼が経験した淋しい二カ月について、彼女はただ、その淋しさにしか関心がなかったのだ。

「あたしはよく、あなたのことを考えたわ。あなたを助けてあげられたら、本当に嬉しかったのに。

——あんまりむしゃくしゃしていたものだから、ひとに会うのさえ怖かったんだよ。淋しいときに人といても、お互いに気まずい思いをするだけだから。

——あたしも淋しかったわ。

——わかっているよ、と彼は彼女の手を愛撫しながら言った。

——あたしはずっと、あなたの子を身ごもっているんだと考えていたの。なのに、あなたは何の連絡もしてくれないんだもの。でも、あたし、あなたが会いにきてくれなくても、もう二度とあたしに会いたくなっていても、子供だけは守っていたことでしょう。あたしがひとり取り残されても、少なくともここにあなたの子供がいる、と思っていたのよ。あたしは絶対子供をおろすのを承知しないわ。ほんと、絶対に……」

クリーマは言葉を失ってしまった。無言の恐怖が心に侵入してきた。

彼にとって幸いなことに、無頓着に客の給仕をしているボーイが、彼らのテーブルのところに立ち止まって注文をきいた。

「コニャックをひとつ、とトランペット奏者は言ったが、ただちに訂正して、コニャックをふたつ」

再び沈黙の時間が流れて、ルージェナは小声で繰り返した。「ほんとよ、絶対に子供はおろさないから。

——そんなことを言うなよ、とクリーマは落ち着きを取り戻して反駁《はんばく》した。それはきみだけの問題じゃないんだから。子供は女性だけの問題じゃなくて、男女ふたりの問題だろう。ふたりがまず合意しなければならない。そうじゃないと、ひどい結末になりかねないんだよ」

そう言い終えたとき、彼はその子供の父親だと間接的に認めてしまったことを理解した。これからルージェナと話すたびに、それが出発点になるだろう。ひとつの計画に従って行動していて、その譲歩もあらかじめ織り込んであるのはわかってはいたものの、それでも自分自身のその言葉にぎょっとしたのだった。

しかし、もうすでにボーイがコニャックをもってきた。

「あなたはトランペット奏者のクリーマさんですか？

——そうですが、とクリーマは言った。

——調理場の女の子たちが、あなただと言っているんですよ。あなたがポスターの、あのひとなんですね？

——そうです、クリーマが言った。

——あなたは十二歳から六十歳までの女たちのアイドルなんですってねえ！」と、ボーイは言ってから、ルージェナに向かって付け加えた。「女という女がやっかんで、今にあんたの眼をくりぬきにきますぞ！」。ボーイは遠ざかりながら、何度も振り返り、ぶしつけなくらいの馴れ馴れしさで、彼らのほうに微笑んだ。

「ほんとよ、あたしはけっして子供を始末するなんて承知しない、とルージェナが繰り返した。あなただって、いつか、その子がいて幸せだって思うでしょう。だって、言っておくけど、あたしはあなたには絶対に何も要求しないんですもの。このあたしが何かを要求するんじゃないかなんて思わないでね。あなたはまったく安心していいのよ。これはあたしにしか関係のないことなんですから。だから、もしそのほうがよければ、あなたは何もしなくてもいいのよ」

男にとって、このように言って安心させようとする言葉ほど、不安になるものはない。クリーマは突然、何であれ何かを救おうとしても、そんな力はなくなっているし、勝負を投げ出したほうがいいのかな、というような気がしてきた。彼が黙っていると、ルージェナも黙っていたので、彼女が先程発した言葉がその沈黙のなかに根を下ろし、それを前にしたトランペット奏者は、ますます自分が惨めで無力になるように感じた。

しかし妻の面影が心に浮かんできて、諦めてはならないと思った。そこで、ルージェナの指に触れるまで、小テーブルの大理石の板のうえで手を移動させ、その指を握って言った。

「子供のことをしばらく忘れてくれないか。子供は何もこの世で最も大事なものなんかじゃないんだよ。ふたりで話し合うことが何もないって、きみは思っているの？　その子供のことだけのために、ぼくがきみに会いに来たとでも思っているの？」

ルージェナは肩をすくめた。

「この世で最も大事なのは、きみがいないと淋しいとぼくが感じたことなんだ。ぼくらはほんの短い時間しか会わなかったのに、ぼくがきみのことを考えなかった日は、一日だってなかったんだから」

彼が黙ると、ルージェナは指摘した。「あなたはその二カ月のあいだに一度も連絡をしてこなかったじゃないの、あたしが二度も便りしたのに。

――そのことでぼくを恨んじゃいけない、とトランペット奏者は言った。ぼくはわざと連絡しないようにしていたんだよ。連絡したくなかったんだよ。ぼくの心のなかに生じることが怖かったんだ。ぼくは愛に抵抗していたんだ。ぼくは手紙を書こうとし、じっさいに何枚もの紙に書いたさ。でも結局、すべて捨ててしまったんだ。こんなことって初めてだよ、こんなにひとが恋しいというのは。だから、ぼくは怖かったんだ。じゃあ、どうしてそう言ってくれなかったのかと、きみはきくかもしれない。ぼくだってやっぱり、自分のその感情が一時的な心の迷いじゃないってことを確かめたかったんだ。ぼくは自分にこう言っていたのさ、もしもうひと月この状態が続いたら、ぼくが彼女に感じているものは錯覚ではなく、現実なんだと」

ルージェナが優しく言った。「で、今はどう思っているの？　錯覚にすぎないの？」

そのルージェナの言葉をきいて、トランペット奏者は計画がうまくゆきつつあるのを理解した。そこで彼は、もう彼女の手を放さずに、話しつづけた。すると、だんだん容易に言葉が出てくるようになった。今こんなふうにきみを前にしていると、自分の感情をこれ以上長い試練にかけてみても無駄だってわかったよ。だって、すべてがはっきりしているんだもの。それにね、あんまり子供の話をききたくなかったというのも、ぼくにとってこの世で最も大事なのは子供じゃなくて、ルージェナ、きみだからだったんだよ。きみのおなかにいる子供に意味を与えるものこそまさに、ぼくをきみのもとに呼び寄せたんだ。そう、きみのおなかにいるその子供が、ぼくをここに、この小さな温泉町に呼び寄せ、どれだけぼくがきみを愛しているか、わからせてくれたんだ。だからこそ（彼はコニャックのグラスをあげた）、ぼくらはその子供のために、これから乾杯しよう」

もちろん彼はたちまち、興奮してしゃべったせいで心ならずもしてしまったその恐ろしい乾杯にたじろいだ。しかし、その言葉は発せられたのだ。ルージェナは自分のグラスをあげて囁《ささや》いた。「そうね、子供のために」。それから彼女は一気にコニャックを飲み干した。

トランペット奏者はいちはやく、新たな弁舌でその具合の悪い乾杯のことを忘れさせようと努め、さらにもう一度、毎日、毎時間、ルージェナのことを考えていたと断言した。

彼女はトランペット奏者に、首都ではきっと、あたしなんかよりずっと素敵な女たちに取り囲まれているんでしょう、と言った。

それにたいして彼はこう答えた。ぼくは洗練され、勿体ぶった女たちにはうんざりしているんだよ。あそこのどんな女より、ルージェナ、ぼくはずっときみのほうが好きなんだ。ただ、きみがこんなに離れたところに住んでいるのは残念だな。きみは首都に働きにくる気はないの？

彼女は答えた。あたしだって首都のほうがいいわ。でも、あそこで仕事を見つけるのが、簡単じゃないのよ。

彼は余裕のある微笑を浮かべて言った。ぼくには向こうの病院にいろいろ知り合いもいるから、きみの仕事ぐらい楽に見つけられると思うよ。

彼はそんなふうに、彼女の手を握るのをやめずに長いあいだ話していたので、見知らぬ若い女の子が近づいてきたのに気づきもしなかった。その子は迷惑がられるのを恐れもせず、熱狂して言った。

「あなた、クリーマさんなんでしょう！　あたし、すぐにわかりました！　サインしていただけないでしょうか！」

クリーマは赤くなった。彼は公共の場所でルージェナの手を握って、居合わせたすべてのひとたちの見ている前で愛の告白をしていたのだ。これではまるで劇場の舞台にいるみたいだな、そして、このひとたちが観客になって、おれが人生のために闘っているのを一部始終面白おかしく見ていたんだな、と思った。

その少女が一枚の紙片を差し出していたので、クリーマはできるだけはやくサインをしてやりたいと思ったが、ペンをもっていなかった。少女ももっていなかった。

「きみ、ペンをもっていない？」と、彼は囁くようにルージェナに言った。もちろん彼は、ルージェナに親しくきみ呼ばわりしているのを少女に気づかれまいとして、囁いたのだったが。そんな口調などルージェナの手のなかにある自分の手に比べたら、はるかに親密どころの話ではないとすぐに理解して、もっと大きな声で問いを繰り返した。「きみ、ペンをもっていない？」

しかしルージェナが首を振ったので、少女は数人の年若い男女と一緒にいたテーブルに戻った。すると、その男女たちもこの好機を利用して、クリーマのほうに駆けつけてきて、ペンを差し出し、小さなメモ帳の紙を引きちぎった。クリーマはそのうえにサインをしなければならなかった。

当初の計画の観点から言えば、すべてがうまくいっていた。ふたりの親密さを見た証人の数がふえれば、ルージェナもそれだけますます容易に、自分が愛されていることを納得するだろうから。しかしながら、いくら推論してみても、不合理な不安がトランペット奏者を恐慌状態に陥れてしまう。もしかするとルージェナは、この連中全員とグルなんではなかろうか、という考えが頭をかすめた。彼は何が何だかわからなくなって、父親の認知をめぐる裁判で、彼ら全員が彼に不利な証言をしている様を想像した。そうです、わたしたち全員がふたりを見ました。ふたりは恋人同士のように向かい合って座っていました。彼は彼女の手を愛撫し、いとしそうに彼女の眼を見ていました……。

　その懸念はトランペット奏者の虚栄心によってさらに深刻なものになった。じっさい彼は、ルージェナがわざわざ手を取ってやるほど充分に美しい女だとは思っていなかったのだ。それはいくらかルージェナを侮辱するも同然のことで、彼女はそのときの彼の眼に見えたよりはずっと美人だったのだ。わたしたちは愛によって愛する女をじっさいより美しいと思ってしまうのと同様、恐れている女がわたしたちに与える不安は、その顔だちのごくささやかな欠陥を途方もなく浮き立たせてしまうのである……。

「ここはとても不愉快なところだな、とクリーマはふたりきりになったときに言った。車でひとまわりしてきたくない？」

　彼女はその車を見てみたかったので承知した。クリーマが支払いをすませて、ふたりはカフェレストランの外に出た。正面に辻公園があって、黄色い砂で覆われた散歩道が一本あった。その散歩道には、十二人ほどの一列の男たちが、カフェレストランに向かうように陣取っていた。だいたいは老人たちで、よれよれの服の袖に赤い腕章をつけ、手に長い竿をもっている。

　クリーマは面食らって、「これは何だ……」

ルージェナが、「何でもないのよ、さあ、あなたの車がどこにあるのか見せて」と答え、急ぎ足で彼を引っ張っていった。

しかしクリーマは、その男たちから眼を離すことができなかった。先端に鉄線の輪をつけたその長い竿が、いったい何の役に立つものかわからなかった。それはガス灯の点火係のようでも、飛魚の釣り師のようでも、また不思議な武器をもった民兵のようでもあった。

その男たちをじっと見ていると、なかのひとりが微笑んだように思った。彼は怖くなった。彼は自分自身にさえ怖くなって、おれは幻覚に苦しみだしたんだ、それでどの男でもおれを追いかけ、観察しているように見えるんだと思った。彼は駐車場までルージェナに引っ張られていった。

9

「きみと一緒にどこか遠いところに行きたいな」と彼は言った。そしてルージェナの肩に腕をまわし、左手でハンドルを握った。「南の国のどこかに。ぼくらは、海に沿って絶壁を削ってつくった長い道路を走るんだ。きみ、イタリアを知っている?

——いいえ。

——じゃあ、ぼくと一緒に行くと約束してくれ。

――あなた、ちょっとオーバーじゃない？」

ルージェナはただ、慎ましさからそう言ったにすぎなかったのだが、トランペット奏者はたちまち警戒した。まるでその「オーバーじゃない？」という文句が自分のデマゴギーを狙ったものであり、そのデマゴギーが突然見破られたとでもいうように。とはいえ、彼も後に引くことはできなかった。

「そうだよ、ぼくはオーバーさ。ぼくはいつも突拍子もないことを考えるんだ。そういう人間なんだよ。だけどね、他の連中とちがうのは、ぼくがその突拍子もない考えを実現してしまうことだよ。これだけは信じてくれ。突拍子もない考えを実現してしまうことほど、素晴らしいことは何もないんだぜ。ぼくは自分の人生を突拍子もない考えの連続にしたいくらいだよ。あの温泉町に戻らなくてもいいようになって、このまま海までずっと突っ走れたらなあ。向こうに行って、バンドにポストをひとつ見つけ、海岸に沿って海水浴場を渡り歩く」

彼は見晴らしのよい場所に車をとめた。ふたりが外に出ると、彼は森を散歩しようと言った。ふたりは歩き、しばらくして木のベンチに座った。そのベンチは、人々がまだ車で動かず、森に遠足に行くのを楽しみにしていた頃のものだった。彼はあいかわらずルージェナの肩を抱いていたが、突然悲しそうな声で言った。

「みんな、ぼくが陽気な生活をしていると想像している。それこそ最もひどい間違いなんだよ。じっさい、ぼくはとても不幸なんだ。それもただこの数カ月だけじゃなく、この数年ずっとなんだ」

ルージェナはイタリア旅行という考えは極端だと思い、何となく疑いをもたずにはそのことを考えられなかった（外国へ旅行できる同国人はごく限られていた）のだが、クリーマのその最後の文句から発してくる悲しみは逆に、心地よい匂いがした。彼女はまるで豚のローストの匂いを嗅ぐように、その匂いを嗅いだ。

「どうしてあなたが不幸だなんてことがあるの？

——どうしてこのぼくが不幸だって？……とトランペット奏者はため息をついた。

——あなたは有名だし、立派な車をもっているし、お金もあるし、きれいな奥さんもいる……

——きれい、たぶんそうかもしれない……とトランペット奏者は苦々しく言った。

——知っているわ、とルージェナが言った。彼女もう若くはないんでしょう。あなたと同い年なんでしょう？」

トランペット奏者は、自分の妻について、ルージェナがきっと徹底的に調べ上げたのだと確信して怒りを覚えた。しかし彼は続けた。「そう、ぼくと同い年だ。

——だけど、あなたは老けていないわ。まるで少年のような様子をしている、とルージェナが言った。

——ただ、男ってものにはね、自分より年下の女が必要なんだよ、とクリーマは言った。

とくにアーチストには他の誰よりもね。ぼくには若さが必要なんだ。ルージェナ、ぼくがどれほどきみの若さをありがたいと思っているか、きみにはわからないだろう。ぼくはよく、このままではもうやってゆけないと考えることがあるんだよ。自分を解放したいという、狂暴な願望を抱くんだ。すべてを再び、別なふうにやりなおしたいというような。ねえ、ルージェナ、きのうのきみの電話だけど……あれは運命が送ってくれたメッセージなんだという確信を、突然ぼくは抱いたんだよ。

——ほんとうに？　と彼女は優しく言った。

——で、ぼくがなぜすぐに電話したんだと思う？　ぼくはただちに、もう時間を失ってはいけないと感じたからなんだよ。きみにすぐ、すぐに、いますぐに会わなくてはならないと感じたんだ……」彼は黙って、長いあいだ彼女の眼を見つめて、

——ぼくを愛している？

——愛している。あなたは？

——めちゃめちゃ愛しているよ、と彼は言った。

——あたしも」

彼は彼女のほうに体を傾け、自分の口を彼女の口に重ねた。それは瑞々しい口、若い口、美しく切れた柔らかなくちびると入念に磨かれた歯とをもつきれいな口だった。すべてがあるべき場所にあった。だから彼が、二カ月前にそのくちびるに接吻したいという誘惑に屈し

たのも当然だった。しかし、まさしくあのときその口に誘惑されたからこそ、彼は欲望という霧を隔ててその口を知覚し、その現実的な側面のことは何も知らなかったのだった。あのときには、舌は炎に似ていたし、唾液はひとを酔わせるリキュールだった。ただ今になって、あの誘惑の力を失ったあとになって初めて、その口があるがままの口、〈現実の〉口、すなわち若い女がそれによって何立方メートルものクネーデル、じゃがいも、それにポタージュを呑み込んだ貪欲な穴になったのだ。その歯には小さな詰め物がしてあり、その唾液ももはやひとを酔わせるリキュールではなくなり、痰の類似物になった。トランペット奏者の口は彼女の舌でいっぱいにされたのだが、彼には、その舌は呑み込むこともできないし、かといって吐きだすのもさしさわりがある、まずい食べ物のような気がした。

やっと接吻が終わって、ふたりは立ち上がり、引き返した。ルージェナはほとんど幸福だといってよかったが、自分がトランペット奏者に電話し、そのために彼が来ざるをえなかった肝心のきっかけのことが、奇妙にも会話の脇に置かれていたことに思い当たった。彼女はそのことについて長々と議論したくなかった。それどころか、ふたりが今しがた話していたことのほうが、ずっと愉快で重要に思えた。しかしそれでも、今しがた触れずにおかれたそのきっかけが、秘かにでも、こっそりとでも、慎ましくでも、残ってほしいと願った。だから彼女は、クリーマが愛の告白を何度も繰り返したあとで、一緒に住めるようになるためには何でもすると告げたとき、こう指摘したのだった。

「あなたって、ほんとうに優しいのね。でも、あたしがもうひとりじゃないってことも覚えておかなくちゃ。

——そうだよ、とクリーマは言ったのだが、それこそ彼が最初の出だしから懸念していた瞬間、彼のデマゴギーの最も脆い環だったことを思い出した。

——そうだ、もっともだよ、と彼は言った。きみはひとりじゃない。だけどそれは、ぜんぜん肝心なことなんかじゃないんだよ。ぼくがきみと一緒にいたいのは、きみを愛しているからなので、きみが妊娠しているからじゃないんだから。

——そうね、とルージェナが答えた。

——間違ってできた子供だけを理由にする結婚ほど、恐ろしいものはないよ。それにねえ、率直に言わせてもらえるなら、きみには再び前のようになってほしいんだな。ぼくらふたりだけで、誰にも邪魔されないようにね。ぼくの言っていること、わかる?

——とんでもない、そんなこと無理だわ。あたしは承知できない。あたしにはけっしてできないわ」と、ルージェナは抗議した。

彼女がそう言ったのは、心の奥底から確信していたからではなかった。二日前にドクター・スクレタから得た決定的な保証に、彼女はまだ狼狽《ろうばい》していた。彼女は入念に計算された計画に従っていたわけではなく、今の自分が何かの大事件、さらには二度とそう簡単にはやってこない幸運、好機として経験している妊娠という考えに、すっかり心を奪われていたのだ。チェスのゲームで言えば、それは盤の端に達してクイーンになったばかりの駒のようなものだった。彼女は先例のない、思いがけない自分の権力のことを考えて、うっとりとしていた。自分の電話一本で物事が動きだし、著名なトランペット奏者がわざわざ首都から自分に会いに来てくれる。素晴らしい車でドライブさせてくれ、何度も愛の告白をしてくれることを確認した。自分の妊娠とそんな突然の権力とのあいだに何かしらの関係があることを疑うわけにはゆかなかった。だから、もし彼女がそんな権力を断念したくないのなら、その妊娠を断念することもまたできなかったのである。

だからこそ、このトランペット奏者は自分の岩をころがし続けねばならなかったのだった。

「ねえ、ぼくが欲しいのは、家族じゃなくて、愛なんだよ。きみはぼくにとっては愛だけれども、子供が一緒だと、愛は家族に席を譲ってしまう。退屈に、心配事に、味気なさに席を譲ってしまう。そして恋人が母親に席を譲ってしまうんだよ。ぼくにとって、きみは母親なんかじゃない、恋人なんだよ。だからぼくは、誰ともきみを分け合いたくないんだ。たとえ子供とだって」

それは素晴らしい言葉だった。ルージェナはそれをきいて嬉しかったが、頭を振った。

「いいえ、あたしにはけっしてできない。何たって、これはあなたの子供なのよ。あなたの子供を始末するなんて、あたしにはけっしてできないわ」

彼はもう新しい論拠を見つけられなくなり、あいもかわらず同じ言葉を繰り返していたのだが、そんな偽善を見抜かれるのを恐れてもいた。

「それにしても、あなたは三十を過ぎているんでしょう。今まで、一度だって自分の子供が欲しいって思ったことがないの？」

それは事実だった。彼は今まで子供が欲しいと思ったことは一度もなかった。彼はあまりにもカミラを愛していたので、彼女のそばに子供がいることが邪魔だったのだ。彼がルージェナに言っていたことは、たんなるでっち上げではなかった。じっさい、何年も前から、彼は正直に同じことを自分の妻にたいして、何の計略もなく、誠実に言っていたのだ。

「あなたは十年前から結婚しているんでしょう。それなのに、あなたがたには子供がない。あたし、あなたに子供を産んであげられて、どんなに嬉しいか」

彼はすっかり風向きが変わったことを知った。彼のカミラへの愛の例外的な特性のために、妻が不妊症だとルージェナに確信させ、見当違いな大胆さをこの看護師に与えたのだ。

涼しくなりだし、太陽が地平線のところまで落ちていた。時間がたったのに、クリーマはすでに言ったことを何度も繰り返し、ルージェナも同じ「いいえ、いいえ、あたしにはけっしてできないわ」という文句を繰り返していた。彼は袋小路に追い詰められたのを感じ、もう何をしていいのかわからなくなって、おれはすべてを失ってしまうのかと思っていた。神経があまりにも高ぶってきたため、彼女の手を握るのをやめ、接吻するのも、声に優しさをこめるのも忘れていた。そのことに気づいてぎくりとし、自分を立て直そうと努力した。彼は話しやめ、彼女に微笑み、腕のなかに抱いた。それは疲れの抱擁だった。彼女を抱きしめ、頭をその顔に押しつけていたのだが、それは体をもたせかけ、一息ついて休む方便だった。というのも彼は、これからまだ長い道のりを歩かなければならないのに、自分にはその力がないという気がしていたのだから。

しかしルージェナもまた、追い詰められていた。彼と同じように、彼女もまた論拠が尽きてしまい、征服したい男にいつまでも、「いいえ、いいえ」とばかり繰り返しているわけにはゆかないと感じていたのだった。

抱擁が長く続き、クリーマが腕からルージェナの体がすり抜けるままにしたとき、彼女は頭を下げ、諦めたような声で言った。「じゃあ、あたしがどうすればいいのか言って」

クリーマは自分の耳を疑った。それは予期しなかった、突然の言葉だった。そして、大きな安堵だった。じつに大きな安堵だったので、彼は自制し、自分の安堵をあまりあからさまに見せないようにするのに、大変な努力をしなければならなかった。彼はその若い女の頬を愛撫して、ドクター・スクレタは友人のひとりだから、きみがしなければならないのはただ、三日後に委員会に出頭することだけだと言った。もちろん、ぼくもついてゆく、きみは何も心配することはないんだ、と。

ルージェナが抗議しなかったので、彼は再び自分の役割を演じつづけたくなった。彼女の肩を抱きしめ、たえず話しやめて彼女に接吻した（その幸福がじつに大きなものだったので、接吻は再び霧のヴェールに覆われることになった)。彼は、ルージェナが首都にきて落ち着くべきだと繰り返し、海岸への旅行についての例の文句さえ繰り返した。

やがて太陽が地平線の彼方に消え、森のなかは濃い闇になり、まるい月が樅《もみ》の木の梢のうえに現れた。ふたりは車のほうに引き返した。彼らが道路に近づいた瞬間、ふたりとも光の束にとらえられた。まず彼らは、ヘッドライトをともした車が近くを通ったのだと思ったが、まもなくライトが自分たちから離れないことがはっきりしてきた。その光の束は道路の反対側にとまっているオートバイからきていた。ひとりの男がそのオートバイにまたがって、ふたりを注視していた。

「急いで! お願い!」と、ルージェナが言った。

彼らが車のそばまできたとき、オートバイにまたがっていた男が立ち上がって、彼らのほうに進んできた。トランペット奏者は暗い人影しか見分けられなかった。というのも、駐車したオートバイが背後から男を照らしているのに、トランペット奏者のほうは目いっぱい光を浴びていたから。

「こっちへこい! と、男はルージェナのほうに突進しながら言った。あんたに話があるんだ。おれたちには、話し合わなくちゃならないことがたくさんあるんだ! たくさんあるんだよ!」男は興奮し、取り乱した声で叫んだ。

トランペット奏者もまた興奮し、取り乱していた。しかし、彼が感じていたのはただ、そのような敬意の欠如にたいする一種の苛立ちだけだった。「このお嬢さんはぼくの連れで、あなたの連れではない」と、彼はきっぱりと言った。

——あんたもだ、おれはあんたにも話すことがあるんだ。わかっているんだろうな！　と見知らぬ男はトランペット奏者に向かってわめいた。あんたは、自分が有名だから何でも許されるって思っているんだろ！　この娘をまるめこんで、のぼせあがらせてやれると考えているんだろ！　あんたには、それはひどく簡単なことだろうよ！　おれだって、もしあんたの地位にいたら、同じことができるんだよ！」

ルージェナはオートバイの男がトランペット奏者に話しているあいだを利用して、車のなかに滑り込んだ。オートバイの男は彼女のほうに突進した。しかし窓ガラスは閉まっていた。彼女はラジオのスイッチをつけた。車には騒々しい音楽が鳴り響いた。やがてトランペット奏者も車に滑り込んでドアを閉めた。音楽ががんがん耳に響いていた。窓越しに、叫んでいる男の人影とさかんに何かの仕草をしている腕が見分けられるだけだった。

「あれは気が変なひとなのよ、どこにでもあたしを追いかけてくるんだから、とルージェナが言った。お願い、はやく車を出して！」

10

車をとめて、カール・マルクス寮までルージェナを送り、キスをしてから、彼女が門のうしろに消え去るのを見届けたとき、彼は四日間も眠れなかったあとのような疲労感を覚えた。時刻はもう遅くなっていた。クリーマは空腹だったが、ハンドルを握って運転する力はないと感じた。彼は心の休まるバートレフの言葉がききたくなって、公園を通ってリッチモンドに向かった。

彼は入口の前に達して、街灯の光が一枚の大きなポスターのうえに落ちているのを見て驚いた。そこには下手くそな大きな字で彼の名前が書いてあり、その下に小さな字で、ドクター・スクレタと薬剤師の名前が書いてある。ポスターは手書きで、素人の手で金色のトランペットが描いてあった。

トランペット奏者は、ドクター・スクレタがライブの宣伝を手配したその迅速さを幸先のいいことだと判断した。というのも、その俊敏さはドクター・スクレタが頼りになる人間だと見せつけているように思えたから。彼は走って階段をのぼり、バートレフの部屋のドアを叩いた。

誰も答えなかった。

彼は再び叩いてみたが、やはり何の答えもなかった。

これは具合の悪いときに出くわしたのかな（アメリカ人は数多くの女性関係で有名だった）と思う間もなく、彼の手はドアのノブを押していた。ドアには鍵が掛かっていなかった。トランペット奏者は部屋に入って立ち止まった。彼には何も見えなかった。ただ部屋の一角からやってくる光しか見えなかった。それは不思議な光、蛍光灯の発光性の白さにも電球の黄色い光にも似ていない、青みを帯びた光で、その光が部屋中を満たしていた。

そのとき遅まきながら、ひとつの考えがトランペット奏者の軽率な手にまで達して、こんなに遅い時刻に、何の誘いもないのに他人のところに押し入れば、きっと不作法なことになるのだと教えた。彼は自分の不作法が怖くなり、廊下のほうに後ずさりして、すばやくドアを閉めた。

しかし彼はあまりにも混乱していたので、立ち去らないで、そのままドアの前に突っ立って、あの不思議な光を理解しようと努め、あのアメリカ人は裸で部屋にいて、紫外線ランプで日光浴しているのかもしれないと思った。しかしドアが開いて、バートレフが現れた。彼は裸ではなく、朝に着ていたタウンウェアを着ていた。彼はトランペット奏者に微笑んで、

「わたしに会うために立ち寄っていただいて、嬉しいですな。お入りください」

トランペット奏者は好奇心を抱いて部屋に入ったが、部屋は天井につり下げられた普通のシャンデリアに照らされていた。

「お邪魔だったんじゃないかと思いますが、とトランペット奏者が言った。

——構いませんよ！　とバートレフは、さきほどトランペット奏者が青い色の光線が出現したと思った窓を指さしながら答えた。わたしは考え事をしていたんです。それだけですよ。——ぼくが入ったとき、すみません、あんなふうに入り込んだりして、まったく異常な光が見えたんですよ。

——光？　と言ってバートレフは笑いこけた。あんな妊娠の話なんかまともに考えすぎないことですね。そんなことをしているから、幻覚が生じるんですよ。

——あるいは、あれは、ぼくが闇に沈んでいた廊下からきたばかりだったからかもしれません。

——そうかもしれませんね、とバートレフが言った。しかし、例の一件がどんなふうになったのか、お話ししてくださいよ！」

トランペット奏者は話しはじめたが、しばらくするとバートレフが話をさえぎって、「あなたはおなかが空いているんでしょう？」

トランペット奏者が頷くと、バートレフは戸棚からビスケットの箱とハムの缶詰を取り出して、ただちに開けた。

そこでクリーマは語りつづけた。彼はその夕食を貪るように食べ、何か問いたげにバートレフを見た。

「わたしはすべてうまくゆくと思いますね、とバートレフは励ますように言った。

——では、車のそばでぼくらを待っていたあの男、あれはいったい何者だと思われますか？」

バートレフは肩をすくめて、「わたしには何もわかりません。いずれにしろ、それはもはやどんな重要性もないことです。

——そうですね。ぼくはむしろ、この講演がこんなに長引いたことを、どのようにカミラに説明したらよいか、よく考えてみるべきですね」

時刻はすでにかなり遅くなっていた。励まされ、安心したトランペット奏者は、車に乗って首都に出発した。その走行中、彼はずっと大きなまるい月に付き添われていた。

三日目

1

水曜日の朝なので、温泉場は再び陽気な一日にむかって目覚めたところだ。温水の奔流が浴槽のなかを流れ、マッサージ師が人々の裸の背中を押し、そして一台の乗用車が駐車場に止まった。それは昨日同じ場所に駐車していたデラックスなリムジンではなく、この国にたくさん見られる普通の車だった。運転している男はたぶん四十五歳ぐらいで、ひとりだ。後部座席はいくつものスーツケースで塞がっている。

男は降りてドアを閉め、五コルナのコインを駐車場の守衛に渡してから、カール・マルクス寮に向かった。彼は廊下を歩き、ドクター・スクレタという名前が書いてあるドアまで行った。待合室のなかに入って、診察室のドアをノックした。看護師が現れ、男が名乗ると、ドクター・スクレタが迎えにきた。

「ヤクブ！　いつ着いたんだい？

――たった今だよ！

――そいつは素晴らしい！　ぼくらには議論することが、じつにたくさんある。それでね……と彼はしばらく考えてから言った。ぼくは今ここを離れるわけにはゆかない。一緒に診察室に来てくれ。白衣を貸してやるから」

ヤクブは医者ではなかったので、今まで一度も婦人科の診察室のなかに入ったことがなかった。しかしドクター・スクレタはもう彼の腕を摑んで、白い部屋に導いていた。そこには、服を脱いだひとりの女性が脚を広げて診察台のうえに横たわっていた。

「この先生に白衣を貸してあげなさい」と、スクレタが看護師に言うと、看護師は戸棚を開けて、ヤクブに白衣を差し出した。彼は「来てみてくれ。ぼくの診断をきみに確認してもらいたいんだ」とヤクブに言って、その女性患者のほうに近づくよう誘った。女性患者はこれまで大変な努力を重ねたにもかかわらず、どんな子孫も生まれてこなかった自分の卵巣の謎《なぞ》が、いよいよ医学の最高権威ふたりによって解明されるのだと思い、見るからに満足そうだった。

ドクター・スクレタは患者の腹を触診して、ラテン語で何事か発音すると、ヤクブは同意するような唸り声で応じた。それからスクレタが尋ねた。「きみはどのくらいここにいるんだい？

――二十四時間。

――二十四時間？　馬鹿に短いな、議論なんか何もできっこないじゃないか！

――そんなふうに触られると、わたし、痛いんです、と脚をあげていた女性が言った。

――ちょっとぐらい痛いのは仕方ないんですよ、何でもありません、とヤクブは友人を面白がらせるために言った。

——そうなんです、先生の言われることが正しいんです、とスクレタが言った。何でもありません。正常です。一連の注射の処方をしておきましょう。看護師に注射をしてもらえるように、これから毎朝六時にここに来てください。もう服を着て結構ですよ。

——じつを言えば、きみにさよならを言うために来たんだよ、とヤクブが言った。

——何だって、さよならだと？

——ぼくは外国に出るんだ。出国許可をもらったんだよ」

そのあいだに女性は服を着て、ドクター・スクレタとその同僚に別れを告げた。

「そいつは驚きだなあ！　思ってもみなかったよ！　とドクター・スクレタは仰天した。きみがさよならを言いにきてくれたからには、ご婦人がたには家に帰ってもらうことにしようじゃないか。

——先生、と看護師が口をはさんだ。昨日も帰ってもらったんですよ。週の終わりにはたくさん患者さんがたまりますよ！

——じゃあ、次のひとを呼んで」とドクター・スクレタは言って、ため息をついた。看護師が次の患者を呼んだ。ふたりの男はその患者をちらりと見て、前の患者よりきれいなことを確かめた。ドクター・スクレタは、温浴後どんなふうに感じたかを尋ねたあと、患者に服を脱ぐように促した。

「パスポートを発行してもらうのに、えんえんと時間がかかってね。だけど、そのあとは、二日で出発できるようになったんだよ。ぼくは出発前に誰にも会いたくなかった。

——じゃあ、きみがこちらに立ち寄ってくれたことが、よけいに嬉しいね」とドクター・スクレタは言って、若い女性に診察台にのぼるよう促した。彼はゴム手袋をはめ、患者の下腹部に手を差し込んだ。

「ぼくはきみとオルガにしか会いたくなかったんだ、とヤクブが言った。彼女、うまくいっているといいが。

——すべて順調、順調」とスクレタは言ったが、その声の響きから、彼がどう答えていいのかわかっていないのは、あきらかだった。彼はすべての注意を患者に集中して、「これから、ちょっとした措置をしましょう、と言った。何も心配されなくて結構ですよ。あなたはまったく何も感じられないでしょうから」。それから彼は小さなガラス戸棚のほうに行って、注射器を取り出した。その注射器の針はプラスチック製の小さなパイプに替えられていた。

「それは何だい？　とヤクブが尋ねた。

——長年の実践のあいだに、ぼくはきわめて効果的な新しい方法をいくつか完成したんだよ。きみはぼくのことをきっとエゴイストだと思うだろうが、さしあたって、ぼくはこれを自分だけの秘密にしているんだ」

脚を広げて横たわっていた女性は、怯えるというよりはむしろ媚のある声で尋ねた。「それって、痛くないんでしょうか？

――全然、痛くはありません」と、ドクター・スクレタは答え、注射器の先を試験管のなかに沈めたが、その試験管を細心の注意を払って扱った。やがて彼は女性に近づき、脚のあいだに注射器を差し込んでピストンを押した。

「痛いですか？

――いいえ、と患者は言った。

――ぼくが来たのは、もうひとつ、きみに例の錠剤を返すためなんだ」と、ヤクブが言った。

ドクター・スクレタはヤクブのその文句にはちっとも注意を払わず、あいかわらず患者の治療に専念していた。彼は真剣に考え込む様子で、患者を頭から爪先まで見渡してから言った。「あなたの場合、お子さんがいらっしゃらないのは、じつに残念ですね。あなたは長い脚、よく発達した骨盤、立派な胸郭、それにまったく感じのよい顔をしておられる」

彼は患者の顔に触れ、顎を探ってから言った。「きれいな顎骨だ、すべてが形よくできている」

それから腿を摑んで、「それにあなたは、素晴らしく丈夫な骨をしておられる。筋肉の下で、この骨が輝いているのが見えるようだ」

彼はさらにしばらく患者の体に触りながら賛辞を言いつづけたが、彼女は抗議もしなければ、はすっぱに笑いもしなかった。というのも、医師がじつに真剣な関心を示してくれたので、そんなふうに触られても、それがとくに破廉恥なことだとは思えなかったから。

やっと彼は、服を着るようにと患者に合図してから、友人のほうを向いた。

「きみは何て言っていたんだ？

――きみに例の錠剤を返しに来たんだ、と。

――何の錠剤だ？」

女性は服を着て言った。「では先生、わたしが希望をもっていいと、先生はお考えなんですか？

――わたしはことのほか満足しています、とドクター・スクレタが言った。事態はよい方向に進み、あなたとわたし、わたしたちはふたりとも成功を期待していいと思っていますよ」

女が礼を言いながら診察室を出ていくと、ヤクブは言った。「何年か前に、他の誰もくれようとはしなかったある錠剤を、きみがぼくにくれたね。ぼくが出発することになった今では、あれはもう二度と必要にならないだろうから、きみに返すべきだと思うんだ。

――いいから、もっていけよ！　別の国に行ったって、あの錠剤は役に立つかもしれない。

――いや、いや。あの錠剤もこの国の一部だ。この国のものはすべて、この国に置いていきたいんだ、とヤクブが言った。

——先生、次の患者さんを呼びますよ、と看護師が言った。

——あの方たちには帰宅してもらいなさい、とスクレタが言った。今日わたしはよく働いた。いいかい、今の患者にはきっと子供ができるよ。一日でそれくらいなら、もう充分じゃないか？」

看護師は優しく、しかし従う気持ちなど一切もたずにドクター・スクレタを見た。ドクター・スクレタはその視線を理解して、「わかった、家に帰ってもらわなくても結構だ。しかし、わたしは三十分後に戻ると言っておいてくれ。

——先生、きのうも三十分でした。それでも、わたしが先生を街頭にまで追いかけて連れ戻さなくてはならなかったんですよ。

——ねえ、きみ、いいから心配しないで。わたしは三十分後に戻るから」とスクレタは言って、白衣を看護師に返すよう友人を促した。

やがて彼らは建物を出てから、公園を通ってリッチモンドの正面に行った。

2

彼らは二階にゆき、赤い絨毯を踏んで廊下の端に着いた。ドクター・スクレタはドアを開けて、狭いが快適な部屋のなかに友人と一緒に入った。

「きみはいい奴だな、とヤクブが言った。こんなところに常時、ぼくの部屋を確保しておいてくれるなんて。

――今じゃ、この廊下の端にぼくの患者専用の特別室があるんだよ。きみの部屋の隣には、角部屋のアパルトマンがあってね、昔は大臣や実業家が泊まっていたんだ。ぼくはそこに最も大切な病人、家族がこの国出身で、金持ちのアメリカ人を入れたんだよ。彼はぼくの友人みたいなひとなんだ。

――ところで、オルガはどこに住んでいるんだい？

――ぼくと同じで、カール・マルクス寮だよ。まあ、居心地が悪いわけではない。心配するなよ。

――要は、きみが面倒をみてやってくれているということだね。彼女、元気かい？

――神経が不安定な女性によくある症状だよ。

――彼女がどんな人生を送ったか、ぼくが手紙で説明しておいたろう。

――ここにくる女性はだいたい、生殖力を求めている。しかし、きみが後見人になっているあの子の場合には、あまり生殖力を乱用しないほうがいいな。あの子の裸を見たことがあるかい？

――まさか！　一回もないよ！　とヤクブが言った。

——じゃあ、見てみろよ！　彼女はとても小さな乳房をしていて、それがプラムみたいに胸から垂れている。全部の肋骨が見える。いつか、もっと注意して胸郭を見てみろよ。真の胸郭というのはだね、外に向かった攻撃的なものでなければならない。できるだけ多くの空間を吸収したいとでもいうように、広がっていなければならないのだ。これとは反対に、防御にまわり、外の世界を前にして後退しているような胸郭がある。その者のまわりでだんだんきつく締まってきて、ついにはその者を完全に窒息させてしまう拘束衣みたいな胸郭だね。それが彼女の場合さ。一度見せてくれと言ってみたら。

——まあ、やめておこう、とヤクブが言った。

——きみが見たら、もうあの子の後見人をやめたくなるんじゃないかな。

——逆に、とヤクブが言った。ますます哀れに思えてくるかもしれない。

——ねえ、きみ、とスクレタが言った。例のアメリカ人は本当に、極端に変わった人物なんだ。

——どこで会えるんだい？

——誰に？

——オルガだよ。

——今は会えない。治療を受けているところだ。彼女、午前中は温浴場で過ごさなくてはならないんでね。

——会い損ねたくないんだよ。呼びだせないのか？」

ドクター・スクレタは受話器を取り上げて番号を回したが、友人との会話は中断しなかった。「彼をきみに紹介するよ。ぼくのために、彼を徹底的に研究してくれ。きみは人間心理を洞察するのが得意だからね。彼の本性を白日のもとに晒してくれ。ぼくは彼に狙いをつけているんだ。

——どんな狙いだい？」とヤクブは尋ねたが、ドクター・スクレタはもう電話に向かってしゃべっていた。

「ルージェナかい？　元気？……心配しなくてもいい。きみのような状態の場合には、そんな不快感はよくあることなんだから。ちょっとききたいんだけど、いま温浴場にわたしの患者で、きみの隣の部屋にいる子がいないかい？……そう、いる？　じゃあ、首都からお客さんがきていると、そう彼女に言っておいてくれないか。それからとくに、どこにも行かないようにとね……そう、治療センターの前で正午に待っていると」

スクレタは電話を切って、「さあ、きいたとおりだ。正午に彼女に会いに行けばいい。ちくしょう、ぼくらは何の話をしていたんだっけ？

——アメリカ人のことだよ。

——そうだ、とスクレタが言った。これが極端に変わった人物なんだよ。ぼくは彼の妻を治してやったんだ。彼らには子供ができなかったんでね。

――で、彼のほうはここで何の治療をしているの？

――心臓。

――きみは彼に狙いをつけていると言ったね。

――屈辱的なんだよな、とスクレタは憤った。この国で医者ひとり、まともな生活をするのにやらされることといったら！　有名なトランペット奏者のクリーマがね、ここにくるんだ。で、このぼくは何と、ドラムで彼の伴奏までやらなくちゃならないんだから！」

ヤクブはスクレタのその言葉を真には受けなかったが、びっくりしたふりをして、「何だって、きみがドラムを演奏するんだって？

――そうなんだよ、きみ！　今や家族持ちになろうとしているぼくには、他に何ができるっていうんだい！

――何だって！　と、今度は本当にびっくりしてヤクブが叫んだ。家族だって？　きみはまさか、結婚したと言いたいんじゃないだろうね？

――いや、そうなんだよ、とスクレタが言った。

――スージーとか？」

スージーは温泉場の女医で、何年も前からスクレタの恋人だったが、それまでの彼はぎりぎり最後の瞬間になって、いつも結婚を逃れてきたのだった。

「そう、スージーとだよ、とスクレタは言った。ぼくが日曜日ごとに、彼女と一緒に展望台に上っていたのをきみはよく知っているだろう。

——じゃあ、きみはやっぱり結婚したのか、とヤクブは淋しそうに言った。

——ぼくらが展望台に上るたびに、とスクレタが続けた。ふたりは結婚しなければならないと、スージーはぼくを説得しようとした。で、ぼくは上るのにあんまり疲れるもので、ぼくも年をとったんだと感じ、これではぼくも結婚するしかないかな、という気がしてきたんだよ。しかし結局、ぼくはそれでも己を律することができる男だったから、展望台から下りるときには元気を取り戻して、結婚なんかしたい気はまったくなくなっていたんだ。ところがある日、スージーは回り道をさせ、その上りがあんまり長く続いたもので、頂上に達するはるか前に、ぼくは結婚を承諾してしまったんだな。で、今では、ぼくらには子供が生まれてくることになっている。だから、ぼくも少しはお金のことを考えなければならないんだよ。例のアメリカ人は宗教画も描いているんだ。それですごい金儲けができるかもしれないんだよ。きみ、どう思う?

——きみは宗教画なんかの市場があるとでも思っているのか?

——途方もない市場だよ! ねえ、きみ、巡礼の日に、教会の脇にスタンドを設置するだけでいい。一枚百コルナで、一財産ができるだろう! ぼくが彼の代わりに絵を売ってやり、儲けは半々ということにしてもいいんだ。

——しかし彼のほうは、賛成するだろうか?

――彼のほうは、どうしていいかわからないほど金をもっているんだ。だから、一緒に商売するのを納得させる話は、きっとうまくゆかないだろうな」と、スクレタは言って罵言《ばげん》を吐いた。

3

オルガには、看護師のルージェナが浴槽の縁で合図しているのがよく見えたが、泳ぎつづけて、見えないふりをした。

このふたりの女は、互いに相手が好きではなかった。ルージェナの部屋の隣の小さな部屋にオルガを住まわせたのは、ドクター・スクレタだった。ルージェナがラジオの音をとても大きくする習慣があったのに反して、オルガは静けさが好きだった。彼女は何度も壁をどんどん叩いたが、それにたいする返事として、看護師はさらに音のヴォリュームを上げただけだった。

ルージェナは粘り強く合図しつづけ、ついにその患者に、首都からの来客が正午に待っていると告げることができた。

オルガはそれがヤクブだとわかって、大きな喜びを覚えた。しかし彼女はたちまち、そんな喜びに自分で驚いた。彼に再会すると考えるだけで、どうしてこんな嬉しさを感じるのかしら？

じっさいオルガは、みずからを生きる自分と観察する自分とに二分する、現代女性のひとりだったのだ。

しかし観察する自分でさえ嬉しかった。というのも彼女には、自分（生きる自分）がこんなに激しく嬉しさを感じるのはまったく度を越したことだけれども、まさしくわたしが悪女だからこそ、そんな度を越したことが嬉しいのだといったふうに、じつによく自分がわかっていたからだ。彼女は、自分の喜びの激しさを知ったら、ヤクブがぎょっとするだろうと考えて微笑した。

温浴場のうえの時計の針が正午十五分前をさしていた。オルガは、ヤクブの首に飛びついて、いとしそうに接吻してやったら、どんな反応を示すだろうかと考えていた。彼女は泳いで浴槽の縁に戻り、湯の外に出て、更衣室に着替えに行った。ヤクブの来訪が朝のうちに知らされなかったことを、彼女は少し残念に思った。そうと知っていれば、もっといい服装ができたのに。さしあたって彼女には、せっかくの上機嫌を台無しにしてしまうような平凡なグレーのスーツしかなかった。

たとえば、しばらく前に温浴場で泳いでいたときのように、彼女が完全に自分の外見を忘れてしまっている瞬間があった。しかし、今の彼女は更衣室の小さな鏡の前にしっかり立ち、グレーのスーツ姿の自分を見ている。数分前の彼女は、ヤクブの首に飛びついて、情熱的に接吻してやれるかもしれないと考えて、意地悪く微笑していた。ただ、そんな考えを抱いたのは、温浴場のなかにいたときで、彼女は肉体を離れた思想のように、体を意識せずに泳いでいた。しかし突然、体とスーツを与えられた今となっては、そんな楽しい気まぐれとは程遠いところにいる。だから彼女は、自分は正確に（彼女は大いに憤慨していたのだけれども）ヤクブがいつも見ていたままの自分、すなわち援助を必要としているかわいそうな少女に変わりがないのだと思い知った。

オルガがもう少し愚かだったら、自分をまったく美しい女だと思ったことだろう。しかし彼女は頭のいい娘だったので、自分を実際よりもずっと醜い女だとみなしていた。というのも、じつを言えば、彼女は醜くも美しくもなく、普通の美的な要求をもつどんな男でも喜んで一夜を過ごすにちがいない女性だったからだ。

しかしオルガはみずからを二分することに喜びを覚える女性だったので、そのときは、観察するオルガが生きるオルガの邪魔をした。わたしがこうであれ、ああであれ、そんなことが大事だろうか？　どうして鏡に映った姿のせいで自分を苦しめたりするの？　わたしは男の眼に見られる対象とは、別のものだったんじゃないの？　市場に出される商品とは別のものだったんじゃないの？　少なくとも、どこにでもいるようなつまらない男程度には、自分の外見から独立していることができる女じゃなかったの？

彼女は治療センターの外に出た。すると、気さくな男の感動した顔が見えた。その男が手を差し出さずに、まるで可愛い少女にするみたいに髪を撫でるのを彼女は知っていた。もちろん、それが男のしたことだった。

「どこに昼飯を食いに行こうか?」と、彼は尋ねた。

彼女は湯治客用の食堂に行こうと提案した。そこの彼女用のテーブルに、空いている席がひとつあったのだ。

食堂は大きなホールで、テーブルや互いに押し合うように昼食をとっている人々で混雑していた。座ったあと、ヤクブとオルガはウェートレスが深皿にポタージュを入れてくれるのを長いあいだ待った。彼らのテーブルには別にふたりの人物が座っていた。そのふたりが会話を始めようとして、ヤクブはたちまち社交好きな湯治客の仲間にされてしまった。そのため彼は、食事中の会話の合間に、食事には不満がないのか、医者には満足しているのか、治療には満足しているのかといった、いくつかの具体的な細部について、ただ断片的にオルガに尋ねただけだった。きみはどこに住んでいるのかと尋ねると、嫌な隣人がいるの、と彼女は答えた。彼女は頭で合図して、ルージェナが昼食をとっている、ごく近くのテーブルを示した。

テーブルの相客がふたりに挨拶して引きあげると、ヤクブはルージェナを見ながら言った。

「ヘーゲルにね、ギリシャ人の横顔に関する奇妙な考察があるんだ。それによると、ギリシャ人の横顔の美しさは、鼻と額とがただ一本の線を成していることからきている。だからこそ、知性と精神の中枢のある頭の上部が強調されるというんだよ。きみの隣人の顔を見て、彼女の場合には逆に、顔全体が口に集中していることがわかったよ。見てごらん、彼女がいかに確信をもって咀嚼しているか、それと同時にいかに大声で話すか。ヘーゲルなら顔の下部、つまり動物的な部分に与えられているあのような重要性には気分を損ねることだろうな。しかしあの娘は、ぼくにはどことなく嫌な感じに見えるけれども、じつにきれいだね。

——きれいだと思うの？」とオルガは尋ねたが、その声には敵意が表れていた。

それでヤクブは急いで言った。「いずれにしろ、ぼくなら、あんなふうに反芻《はんすう》する口に細切れにされるんじゃないかと思って、怖くなるな」。さらに付け加え、「ヘーゲルなら、きみのほうにずっと満足するだろうな。きみの顔の特徴は額にあって、それがただちにきみの知性をみんなに示してくれる。

——そんな言い方をされると、わたし、頭にくるの、とオルガが憤然として言った。それは、人間の容貌は人間の魂の刻印だと言おうとしているみたいでしょう。そんなのまったくナンセンスよ。わたしは自分の魂がしゃくくり顎で肉感的なくちびるをしていると想像しているの。でもわたしは、小さな顎に、やはり小さな口をしているわ。もしわたしが一度も自分の顔を鏡で見たことがなく、そして心のなかで知っている通りに自分の外観を描いたら、その肖像は、現に今あなたが見ているものとは、似ても似つかないものになるでしょうよ！」

4

オルガにたいするヤクブの態度の特徴を、ひと言でいうのは難しい。彼女は処刑された彼の友人の娘だった。友人が処刑されたのは、オルガが七歳のときだった。そこでヤクブは、その小さな孤児の後ろ盾になってやろうと決心した。彼には子供がいなかったので、そんな束縛のない父子関係に心が惹かれたのだ。彼は戯れに、オルガを自分の保護児童と呼んだ。

今、ふたりはオルガの部屋にいる。彼女は電気コンロをつけて、水を満たした小さな鍋をそのうえにのせた。そんな彼女に、この来訪の理由を知らせる決意はなかなかつかないだろうとヤクブは思った。彼には「さよなら」を言いにきたと告げる勇気がなかった。その知らせがあまりにも悲壮な意味をもち、ふたりのあいだに場違いな感傷的雰囲気ができてしまうことを恐れた。彼はずっと前から、オルガが秘かに自分に恋しているのではないかと疑っていたのだ。

オルガは戸棚から茶碗をふたつ取り出して、コーヒーの粉末を入れ、沸き立っているお湯を注いだ。ヤクブが砂糖をひとつ入れて掻き混ぜていると、やがてオルガがこう言うのがきこえた。「ねえ、ヤクブ、お願い、わたしの父はじつはどういう類《たぐい》のひとだったの?

——なぜだい？

——父は本当に何も自分を責めることはなかったの？

——きみはいったい、どんなことを想像しようというんだい！」と、ヤクブはびっくりして言った。オルガの父親はしばらく前から正式に復権し、死刑判決を受けて処刑されたその政治家の無実は公的に布告されていた。その無実は誰も疑っていなかったのだ。

「わたしが言いたかったのはそんなことではないの、とオルガが言った。まさにその反対のことを言いたかったのよ。

——きみが言っていることがわからないね、とヤクブが言った。

——わたしは思ったの、父は自分がされたのとまったく同じことを、他のひとたちにしたんじゃないかって。父と父を絞首台に送った連中のあいだには、少しの違いもなかったわ。彼らはいずれも同じ信念をもっていたし、同じように狂信者だった。どんな小さな偏向でも革命に致命的な危険を冒させると確信し、疑い深かったわ。そして、彼らは父自身が信じていた神聖なものの名の下に父を死に追いやった。それじゃあ、どうして彼らが父にたいして振る舞ったのと同じように、父が他の者たちにたいして振る舞わなかったと言えるの？

——時間は恐ろしく速く過ぎてゆき、過去はだんだん理解しにくくなるものなんだね、とヤクブはしばらくためらってから言った。きみはお父さんについて、何通かの手紙、慈悲深く返してもらった何頁かの日記、それに何人かの友人の思い出を除いて、何を知っているとく明解な質問をしたのよ。わたしの父は、彼を死に追いやったひとたちと同じだったんでしょう?

いうんだい?」

しかしオルガは食い下がった。「どうしてあなたは話をはぐらかすの? わたしはまった

——そうかもしれない、とヤクブは肩をすくめて言った。

——じゃあ、どうして彼自身が同じ残虐行為を働くことがありえなかったの?

——理論的には、とヤクブはきわめてゆっくりと答えた。理論的には、彼は自分がされたのと同じことを他の者たちにやったかもしれない。この世にはただひとりとして、心も軽く隣人を死に追いやることができる人間などいないんだよ。いずれにしろ、少なくともぼくはそんな人間には会ったことがない。もしこの観点からして、人間がいつか変わるようなことがあれば、人間は人間としての基本的な特質を失ってしまうことだろう。それはもはや人間ではなく、別の種類の被造物になるだろうね。

——わたしはあなたたちがご立派だと思うわ! とオルガは多くのヤクブ的人間に向かって叫んだ。あなたたちはすべての人間を殺人犯にしてしまい、その結果として、あなたたち自身の殺人は犯罪ではなくなってしまい、人類の避けがたい特質になってしまうわけなのね。

——大部分の人々は家庭と仕事のあいだの、牧歌的な輪のなかを動き回っている、とヤクブは言った。彼らは善悪をこえた平穏な地帯で生活している。だからひとを殺す人間を見る

と、心から恐怖に駆られる。しかしそれと同時に、彼らをそんな平穏な地帯の外に出してやるだけで、自分では何が何だかわからないまま、殺人犯になってしまうんだよ。人類が歴史においてごくまれにしか出合わない試練と誘惑がいくつかある。だがそのようなときには、誰もそれに抵抗しないのだ。だけど、こんなことを話すのはまったく無駄だよ。きみにとって大事なのは、きみのお父さんが理論的に何ができたかということではない。だって、どのみちそれを証明するどんな手段もないんだから。きみが関心をもつべき唯一のことは、実際に彼が何をし、何をしなかったかということだよ。そしてその意味においてなら、彼には何の疚しさもなかったね。

——あなたには絶対にそんな確信があるの?

——絶対にあるね。ぼくほど彼をよく知っていた者は誰もいないんだから。

——あなたの口からそれがきけて、わたし、本当に嬉しいわ、とオルガが言った。というのも、さっきの質問を、偶然あなたにしたわけではないからなの。かなり前から、わたしに匿名の手紙がくるのよ。そこには、処刑される前の父自身が、自分とはちがった世界観をもっているというだけで、無実の人々を監獄に送り込んでいたのだから、わたしが殉教者の娘のような役割を演じているのは笑止千万だと書いてあるのよ。

——それは馬鹿げている、とヤクブが言った。

——その手紙では、父は激しい狂信家で残忍な人間のように描かれていたわ。もちろん、それは悪意のある匿名の手紙だけど、無知なひとの手紙ではないのよ。誇張したところはなく、具体的で厳密に書いてあるの。それで、わたし、ほとんど信じそうになったわ。

――それは、あいかわらず同じ復讐だな、とヤクブが言った。きみにこれから、あることを話してあげよう。きみのお父さんが逮捕されたとき、監獄はいっぱいだったんだ。それは、革命が最初のテロの波のあとで送り込んだ人々だった。囚人たちはお父さんが革命の指導者だとわかって、のっけから飛びかかり、お父さんが意識を失ってしまうまで、めちゃめちゃに殴りつけたんだ。看守たちはサディスティックな微笑を浮かべながら、その場面を見守っていた。

――知っているわ」とオルガが言った。それでヤクブは、彼女が何度もきいた話をしてしまったことに気づいた。彼はずっと前から、その種のことはもう二度と話すまいと決めていたのに、なかなかうまくいかなかった。それは自動車事故にあった人間が、いくらその事故を思い出すまいとしても、そうはいかないのと同じことだった。

「知っているわ、とオルガは繰り返した。でも、だからといって、わたし別に驚かない。そのひとたちは裁判抜きで、そしてしばしば何の理由もなしに、投獄されていたんでしょう。そんなところに突然、そのひとたちの目の前に、責任者だと見られていた者のひとりが現れた！

――囚人服を着るようになってから、きみのお父さんは他の者と同じ囚人のひとりになってしまっていたんだよ。そんなお父さんを痛めつけても、とくに看守たちが嬉しそうに見守っているなかで痛めつけても、何の意味もないことだったんだ。それは卑怯な復讐にすぎなかった。自分で自分の身を守る術がない犠牲者を踏みつけにするという、最も唾棄すべき欲望だよ。だから、きみが受け取るその手紙だってそれと同じ復讐の産物なんだ。そんな復讐は時間よりも強いものなんだと、今ぼくは知ったね。

――だけど、ヤクブ！　そのひとたちはそれでも、監獄に何十万人もいたのよ！　しかも何千ものひとが戻ってこなかったのよ！　それなのに、ひとりの責任者も罰せられなかったのよ！　その復讐の欲望は、じっさいは正義にたいする満たされない欲望だったんだわ！

――父親にたいする恨みを娘に向かって晴らすことは、正義とは何の関係もないことだよ。思い出してごらん、きみは父親のせいで、家を失い、住んでいた町を出なければならなくなり、進学する権利をなくしてしまった。きみがほとんど知らない死んだ父親のせいでだよ！　そのうえに父親のせいで、きみは今また他の者たちから迫害を受けなければならないのかい？　これからきみにぼくの人生で最も悲しかった発見を話そう。それは、迫害された者が迫害する者よりましだとはかぎらない、ということだ。ぼくには彼らの役割が反対になることだって充分考えられる。きみのほうは、こういう考え方のなかに自分の責任を消し去り、その責任を現にあるがままに人間をつくった創造主に押しつけたいという欲望を見るかもしれない。しかしたぶん、きみが物事をそのように見るのはいいことなんだ。というのも、有罪者と犠牲者のあいだに違いがないという結論に達するのは、〈すべての希望を残しておく〉ことだからだ。ひとが〈地獄〉と呼んでいるのは、まさにそのことなんだから」

5

ルージェナのふたりの同僚は、待ちきれずにじりじりしていた。彼女たちは、昨日のクリーマとの逢引きがどんなふうに終わったのか知りたかったのに、ルージェナが治療センターの別の部署で働いていたため、本人に会って質問攻めにできたのは、やっと三時ごろになってからだった。

ルージェナは答えるのをためらったが、結局あまり自信のなさそうな声で言った。「あの人はあたしを愛している、いずれ結婚しようと言ったわ。

——ほらね！　あたい言ったでしょう！　と、痩せ女が言った。彼、離婚するの？

——そう言ったわ。

——彼にはそうするしかないんだよ、と四十女は言った。あんたには子供ができるんだろう。だけど彼の奥さんには子供がいないんだもの」

こうなるとルージェナも真実を言わなくてはならなくなった。「彼はあたしにプラハに来れるようにしてやると言ったわ。むこうで仕事を見つけてくれるんですって。イタリアにヴァカンスに行こうとも言ったわ。でも彼、すぐには子供がほしくはないんだって。それも一理あると思うわ。最初の時期こそ最も楽しい時期なのに、子供なんかいるとふたりともその時期を楽しめなくなるでしょう」

四十女は茫然として、「なに、あんた子供を中絶するつもりかい」

ルージェナは頷いた。

「あんた、どうかしちゃったんじゃないの！　と痩せ女が叫んだ。

——あんたは手もなく丸めこまれたんだよ、と四十女は言った。子供の始末をしてしまったら、彼はすぐにあんたを放り出してしまうよ。

——でも、どうして？

——あんた賭ける？　と痩せ女が言った。

——彼はあたしのこと愛しているのよ！

——どうしてそんなことがわかるの、彼があんたを愛しているって？

——彼がそう言ったのよ！

——じゃあ、どうして二カ月のあいだ音沙汰がなかったの？

——愛が怖かったんですって、とルージェナが言った。

——何で？

――このあたしにどう説明しろっていうのよ！　彼はあたしに恋してしまうのが怖かったのよ。

――だから、何の連絡もしてこなかったっていうの？

――それが彼が自分に課した試練だったのよ。彼はあたしを忘れられないことを確信したかったのよ。それって、わかるんじゃない？

――そうか、と四十女は再び言った。彼があんたに子供をつくったと知ったとき、突然あんたが忘れられないってわかったわけか。

――あたしが妊娠したのは嬉しいって、彼も言ったわ。でもそれは、子供のためじゃなく、あたしが彼に電話したからだって。彼にはあたしが愛していることがわかったのよ。

――まったく、あんたってひとは何て馬鹿なの！　と痩せ女が言った。

――どうしてあたしが馬鹿なのか、わからないわ。

――だってその子供は、あんたがもっているたったひとつの切り札だからだよ、と四十女が言った。もしあんたが子供をおろしてしまったら、あんたにはもう何もなくなって、彼に唾を引っかけられるだろうよ。

――あたしは、子供のせいでなく、あたし個人として愛してもらいたいのよ！

――あんた、自分を何様だと思っているの？　あんたが身ひとつだけだったら、彼に愛してもらえるとでも思っているの？」

彼女たちは長々と熱っぽく議論した。ふたりの女はルージェナに、子供は彼女の唯一の切り札なんだから、産むのを諦めてはならないと何度も繰り返した。

「あたいだったら、子供を中絶しないわ。いい、わかる？　けっしてね」と、痩せ女が言った。

ルージェナは突然、自分がほんの小娘のような気がしてきて言った（それは昨晩、クリーマに生きる希望を取り戻させてやったのと同じ文句だった）。「じゃあ、あたしがどうすればいいのか言って！」

――しゃきっとすることだよ、と四十女が言って、戸棚の引き出しを開け、そこから錠剤の入った筒型容器を取り出した。さあ、これをひとつお飲み！　あんたはまいっているんだよ。これで気が鎮まるから」

ルージェナはそれを口に入れて飲んだ。

「その壜は取っておいて。ここに指示が書いてあるからね。一日三回一錠ずつ、しかしあんたが気を鎮めなければならないときだけだよ。馬鹿なことをするんじゃないよ、あんたは気が立っているから。相手はずる賢いってことを忘れるんじゃないよ。最初はうまくいったさ！　しかし今度という今度は、そう簡単に問屋がおろすものかね！」

再び、彼女はどうしていいかわからなくなった。しばらく前には、決心がついていると思っていた。しかし、同僚たちの論拠は納得のゆくものに思われて再び動揺した。彼女は心が引き裂かれたまま、センターの階段を降りた。

ホールに行くと、ひとりの興奮した若者が真っ赤な顔をして、彼女めがけて突進してきた。

「けっしてここでは待っていないでと言っておいたでしょう、と彼女は意地悪そうに言った。昨日もあんなことがあったのに、どうしてこんな厚かましいことができるの！

――どうか、怒らないでくれ、とその若者は必死の口調で言った。

――静かにして！　と彼女は叫んだ。とくにここでは騒がないで、と言って彼女は立ち去ろうとした。

――騒いで欲しくなかったら、行かないでくれ！」

彼女は何もできなかった。ホールには湯治客が行き来していたし、白衣の者たちがたえずそばにいた。彼女は人目につきたくなかった。結果、その場に残らざるをえなくなったので、彼女は自然に見えるように装いながら、「で、あなたは何をして欲しいというの？　と小声で言った。

――何も。おれはただ、あんたにごめんと言いたかったんだよ。だけど、どうか誓ってくれ、あんたたちのあいだには何もなかったと。

――あたしたちのあいだには、何もなかったって、前にも言ったでしょう。

――じゃあ、誓ってくれ！

――子供みたいな真似はよしてよ。あたしはそんな馬鹿げたことのために、誓うなんてできないわ。

——それはあんたたちのあいだに何かあったからだろ。

——そうじゃないって、前にも言ったでしょう。それに、もしあたしの言うことを信じられないいんだったら、あたしたちはもう何も話し合うことはないわけよね。あたしに友だちをもってはいけないっていうの？　あたしは彼を尊敬しているの。彼があたしの友だちだってことが嬉しいのよ。

——わかっているよ。あんたを何も責めたりはしないよ、と若者が言った。

——彼は明日、ここでライブをするの。あたしを見張るのはやめてね。

——あんたたちのあいだに何もなかったと、名誉にかけて誓ってくれたらな。

——さっきも言ったでしょう、そんなことのために誓ったりするほど、あたしは身を落としたくないって。だけど、あたし誓ってもいいわ、もしあなたがまた見張ったりしたら、もう二度とあたしには会えないってね。

——ルージェナ、それはおれがあんたを愛しているからなんだよ、と若者は哀れな様子で言った。

——あたしだって、とルージェナはそっけなく言った。だけど、だからといってあたしは、国道であんな騒ぎなんか起こさないわよ。

——それは、あんたがおれを愛していないからだろ。あんたはおれのことを恥ずかしがっ

ている んだ。

——馬鹿なことを言わないで。

——おれがあんたと一緒にいるところや、一緒に出かけるところをひとに見られたことは、一回もないじゃないか。

——黙って！　と彼が声を大きくしたので、彼女は繰り返した。あたし、父に殺されるかもしれないのよ。前にも説明したでしょう、父があたしを監視しているんだって。とにかく今は怒らないで、あたしは行かなければならないの」

若い男は彼女の腕を捕らえて、「そんなにすぐに行かないでくれ」

ルージェナは絶望的に天井を見上げた。

若者は言った。「おれたちが結婚すれば、すべてが違ってくるだろう。親父さんだって、もう何も言わなくなるだろう。子供だってできるし。

——あたしは子供なんか欲しくないの、とルージェナは険しい剣幕で言った。子供なんか持つくらいなら、自殺したほうがましだわ！

——どうして？

——どうしてって、あたしは子供なんか欲しくないのよ。

——おれはあんたを愛しているんだよ」と、若者はもう一度言った。

するとルージェナが言った。「じゃあ、そのために、あなたはあたしに自殺をさせようっていうのね？

——自殺？　と彼はびっくりして言った。

——そうよ！　自殺よ！

——ルージェナ！　と若者が言った。

——あなたはあたしを自殺のほうに真っ直ぐ引っ張ってゆくのよ！　請け合ってもいいわ！　あなたはきっとあたしに自殺させるんだから！

——今晩あんたの部屋に行っていいかな？　と若者はへりくだって尋ねた。

——だめ、今晩はだめよ」と、ルージェナは言ったが、やがて彼の気を鎮めてやらねばならないと気づき、妥協するような口調になって付け加えた。「フランティシェク、ここに電話をしてもいいわ。だけど、月曜前はだめよ」。そして彼女は踵を返した。

「待ってくれ、と若者は言った。おれ、あんたにもってきたものがあるんだ。あんたに許してもらうために」と言って、若者は小さな包みを渡した。

彼女はそれを受け取って足早に街路に出た。

6

「スクレタ先生は、そんなに変人なの、それともただ、変人のふりをしているだけなのかしら？　とオルガが尋ねた。

——それはぼくが彼と知り合って以来、ずっと自分にしている質問なんだよ、とヤクブは答えた。

——変人というのは、自分の変人ぶりをみんなに尊重してもらうのに成功した場合には、かなり快適な人生を送れるのね、とオルガが言った。スクレタ先生は信じられないくらいぼんやりしているの。会話の真っ最中に、その直前に何を話していたのか忘れてしまうんだから。時々、街路で長々と議論しだし、二時間も遅れて診察室にくることもあるのよ。でも、誰もそのことで先生を恨んだりはできないの。それはみんなに変人だと認められていて、先生が変わっているって批判できるのは、不作法者だけだからなのよ。

——変わっていようといまいと、ともかく彼は、まあまあちゃんときみを治療してくれていると思うがね。

——きっとそうでしょう。でもみんなは、先生にとって診察室は何か二次的なもので、そのためにもっと重要なたくさんの計画に専念できないいんじゃないかしら、という感じがしているの。たとえば、明日、先生はドラムを叩くのよ！

――待ってくれ、とヤクブが言った。じゃあ本当なのか、その話は？

――もちろんよ！　有名なトランペット奏者のクリーマが明日ここでライブをして、スクレタ先生がドラムで伴奏をすると知らせるポスターが、この温泉場中に貼られているわ。

――そいつは信じられないな、とヤクブは言った。スクレタがドラムを演奏するつもりだと知っても、ぼくは全然驚かなかった。彼はぼくが知り合った人間のうちで最高の夢想家だからだ。しかしぼくはまだ、彼がその夢をひとつとして実現したのを見たことがないんだよ。ぼくらが大学で知り合ったとき、彼にはあまり金がなかった。彼はいつも文なしで、いつも金を稼ぐ秘訣をいろいろ想像していた。で、その頃に、彼はウェルシュ・テリアの雌を手に入れる計画を立てたんだ。というのも、その種の猟犬の子犬は一匹四千コルナで売れると言われていたからだ。彼はただちに計算をした。雌犬は毎年一腹五匹の子犬を二度産むだろう。二×五は十、十×四千は四万だから、一年に四万コルナになる。彼はありとあらゆることを考えた。大変な苦労をして大学食堂の責任者に協力してもらい、毎日食堂の残飯をすべてその犬のためにまわしてもらう約束を取り付けた。彼はふたりの女子学生の卒業論文を書いてやった。毎日彼女たちに犬を外に連れ出してもらうためだよ。彼は犬を飼うのを禁じている学生寮に住んでいた。そこで彼は毎日女寮長にバラの花束を届け、とうとうその女寮長に彼だけ特別扱いにしてもらうことを約束させたんだ。二カ月のあいだ、彼は雌犬のために準備万端とととのえたんだよ。しかし、ぼくらの誰ひとり、彼がその雌犬を手に入れられるとは思っていなかった。その雌犬を買うためには四千コルナが必要だったのだが、誰もそんな金額を貸したがらなかったからだ。誰も彼のことをまともには考えていなかった。みんなが彼を夢想家だと、つまり並外れてずる賢く、大胆なのはたしかだが、それはただ彼の想像の王国においてだけの話なんだと見ていたんだよ。

——それって、じつに素敵な話だわ。でも、わたしにはそれでも、あなたの彼にたいする奇妙な愛着がよくわからないの。彼ってけっして当てにできないひとなのよ。時間通りにはこられないし、前日に約束したことを翌日に忘れてしまうんだから。

——それは必ずしも正確ではないね。彼は昔、ずいぶんぼくを助けてくれたんだよ。じっさい、彼ほどぼくを助けてくれた奴はいないくらいなんだ」

ヤクブは上着の胸ポケットに手を突っ込んで、折り畳んだ薄葉紙を取り出した。それを開くと、青白い錠剤が現れた。

「それ、何？　とオルガが尋ねた。

——毒薬さ」

ヤクブはしばらく、その若い女のいぶかしげな沈黙を味わってから続けた。「ぼくはこの錠剤を十五年前からもっているんだ。監獄から出たあと、ぼくが理解したことはただひとつつしかない。それは少なくともひとつの確信が、つまり自分の死の主人でありつづけ、自分の死の時間と手段を自分で選ぶことができるという確信が必要だということだ。そのような確信があると、じつに多くのことに耐えられる。好きなときに逃れられるとわかっているんだから。

——あなた、その錠剤を監獄のなかでもっていたの？

——残念ながら、もっていなかったんだ！　だけどぼくは、監獄から出てすぐに手に入れたよ。

——それをもう必要としなくなったときに？

——この国では、いつこういうものが必要になるか、けっしてわからないんだよ。それに、これはぼくにとって原則の問題なんだ。どんな人間も成人式の日に毒薬をもらうべきだ。その機会に、ひとつの厳粛な儀式が行われるべきだ。それは何も自殺を唆《そそのか》すためではなくて、逆にその人間がもっと自信をもち、もっと平静に生きられるようになるためだ。その人間が自分の生と死の主人だと知りながら、生きられるようになるためだよ。

——で、あなた、どうやって手に入れたの、その毒薬を？

——スクレタがある研究所に勤めはじめた頃だった。ぼくはまず、彼とは別のひとに頼んだのだが、そのひとはそんな毒薬を与えるのを拒否することが自分の道徳的な義務だと見なした。ところがスクレタはただの一瞬もためらわずに、自分でその錠剤をつくってくれたってわけだ。

――それはたぶん、彼が変人だからね。

――そうかもしれない。しかし、それはとりわけ、彼がぼくのことを理解してくれたからだね。ぼくが自殺の真似事をして喜ぶような人間ではないことを、彼は知っていた。ぼくにとって、それがどんな意味をもつものか、彼は理解したんだよ。今日、ぼくはこの錠剤を返すんだ。もう必要がなくなったんでね。

――じゃあ、どんな危険ももうなくなったのね？

――明日の朝、ぼくは最終的にこの国を出る。ある大学に招かれてね、それで当局から出国許可をもらったんだよ」

ついに、言ってしまった。ヤクブはオルガを見た。彼女が微笑んでいるのが見えた。彼女は彼の手を取って、「それは本当？　とってもいいニュースだわ！　あなたのために、わたし、とっても嬉しい！」

オルガは無私の喜びをあらわした。その喜びは、もしオルガがもっと快適な生活が送れる外国に出発すると知ったら、ヤクブ自身が覚えたにちがいないのと同じような喜びだった。彼はそのことに驚いた。というのも彼はつねに、彼女が自分に感傷的な愛着を抱いているのではないかと恐れていたからだ。そうではなかったことでほっとしたが、自分でも驚いたことに、やや気を悪くもした。

オルガはヤクブのその知らせに興味をもつあまり、ふたりのあいだの薄葉紙の上に置かれている青白い錠剤について尋ねるのを忘れていた。そこでヤクブは、彼の未来の職業のあらゆる状況についてくわしく説明してやった。

「あなたがうまくいって、わたしとても嬉しいわ。ここでは、あなたはいつだって疑わしい人間だったんだもの。彼らはこれまで、あなたが自分の仕事をすることさえ許さなかった。それでいて、彼らはずっと祖国愛を説いてきたんでしょう。働くことが禁じられている国を、どうして愛せるっていうの？　わたしは自分の祖国にたいしてどんな愛情も覚えないって言えるわ。それは、わたしのほうが悪いからかしら？

――それについては、ぼくには何もわからないな、とヤクブは言った。本当に何もわからないんだ。ぼくに関して言えば、この国にはかなり愛着を抱いていたな。

――たぶん、それが悪いのよ、とオルガは続けた。だけど、わたしは何によっても、この国に結びつけられているという実感がないの。いったい何によって、わたしがこの国に愛着をもてるのかしら？

――たとえ痛ましい思い出だって、ぼくらを拘束する絆になるんだよ。

――わたしたちを何に拘束するっていうの？　わたしたちは生まれたのと同じ国に、ずっといなければならないってこと？　わたしには、そんな重荷を捨てずに、ひとが自由について語れるのがわからないのよ。それはまるで、一本の木が好きなように大きくなれないような場所にいるみたいなものだわ。木は、自分がせいせいできるところでやっと落ち着けるのよ。

——で、きみはここで充分せいせいしているの？

——結局のところ、そうね。進学させてもらえるようになった今、わたしの望みがやっとかなったのよ。わたしは好きな自然科学をやるつもり。だからわたしは、それ以外の何のこともききたくないの。この体制をつくったのは、わたしではない。だから、わたしはこの体制に何の責任もないいんだわ。ところで、あなた、いつ出発するの？

——明日だよ。

——そんなに早く？」と言って、彼女は彼の手を取り、「お願い、わたしにさよならを言いにきてくれたほど優しいあなたなんだから、どうか、そんなに急がないで」

それはやはり、彼が予期していたこととは違っていた。彼女は、彼を秘かに愛している若い女性のようにも、彼に現実離れした肉親愛を覚える養女のようにも振る舞わなかった。彼女は感動的な優しさで彼の手を握り、じっと眼を見て繰り返した。「そんなに急がないで！彼あなたがただ、さよならを言うためにここに立ち寄ったんなら、それはわたしには何の意味もないことだわ」

ヤクブはほとんど途方に暮れて、「まあ、そのことはあとで考えてみよう、と言った。スクレタもやはり、もっと長くここにいるよう、ぼくを説得したがっているんだ。

——あなたがもっと、ここにいなければならないのは確かよ、とオルガは言った。いずれにしろ、わたしたちはお互い、ほんのわずかしか時間がないのね。これから、わたし温泉に戻らなくてはならないの……」。そう言ったあと、彼女はしばらく考えて、ヤクブがここにいるのだから、自分はどこにも行かないと言った。

「いや、いや、きみは行かなくちゃ。治療をいいかげんにしてはいけないよ。ぼくもついてゆくから。

――それって、ほんとう？」と、じつに嬉しそうにオルガは尋ねてから、衣装ダンスを開けて、何かを探した。

例の青白い錠剤は薄葉紙に包まれて、テーブルのうえにあった。だが、ヤクブがその存在を打ち明けたこの世でたったひとりの人間であるオルガは、開かれた衣装ダンスにかがみこんで、その毒薬に背を向けていた。ヤクブは、この毒薬こそ、おれの人生のドラマ、打ち捨てられ、ほとんど忘れさられた、おそらくは何の面白みもないドラマだったのかと思った。そんな何の面白みもないドラマを、今こそ厄介払いし、いちはやくそれに別れを告げて、過去のものにしてしまう時だと考えた。彼はその錠剤を紙に包んで、上着の胸ポケットのなかに入れた。

オルガは衣装ダンスからハンドバッグを取り出し、そこにタオルを入れてから、衣装ダンスを閉めた。「わたし、用意ができてよ」と、彼女はヤクブに言った。

7

ルージェナはもうずいぶん前から公園のベンチに腰掛けたきり、そこから動けずにいた。たぶんそれは、彼女の考えもやはり不動のまま、たった一点に固定されていたからだった。

昨日はまだ、トランペット奏者に言われたことを信じていた。それはただ、心地よかっただけではなく、そのほうがずっと簡単だったからだ。そのようにすれば、自分にはそんな力などない闘いを心安らかに断念できるのだ。しかし同僚たちから馬鹿にされて以来、彼女は再び彼が信頼できなくなり、彼のことを憎しみをもって考えるようになったのだが、そのくせ心の奥底では、自分は彼を征服できるほど狡猾《こうかつ》でも頑固でもない女ではないかと恐れていた。

彼女は何の興味もないまま、フランティシェクがくれた包みの紙を破いた。なかには青白い布が入っていたが、ルージェナには、彼が寝巻をプレゼントしてくれたのだとわかった。それを着た彼女の姿を彼が毎日、そして多くの日々、一生でも見たい寝巻だ。彼女はじっとその青白い布を見ていたが、その青い色が染みだし、広がって、沼に、善意と献身の沼に、卑屈な愛の沼に変わってゆき、やがて自分を呑み込んでしまうのが見えるような気がした。

彼女はどちらを憎んでいたのだろうか？　彼女を望まない男のほうだろうか、それとも彼女を欲している男のほうだろうか？

そんなふうに彼女は、ふたつの憎しみによってそのベンチに釘付けになっていたため、まわりで起こっていることには何も気づいていなかった。一台のミニ・バスが歩道の縁に止まったが、そのあとに続く荷台を閉鎖した緑のトラックから、犬が叫んだり吠えたりしている声がルージェナのところにまで届いてきた。ミニ・バスのドアが開いて、袖に赤い腕章を巻いたひとりの老人が出てきた。ルージェナは茫然として目の前を眺めていたが、自分が何を見ているのか、しばらく理解できなかった。

その老人がミニ・バスに向かって何かの命令を発すると、やはり赤い腕章を巻き、先に鉄線の輪のついた三メートルほどの竿を手にもった老人が降りてきた。他の男たちも降りてきてミニ・バスの前に整列した。いずれも年をとった男たちで、全員赤い腕章を巻き、先端に鉄線の輪のついた長い竿をもっている。

最初に降りてきた男は竿はもたずに命令を下し、老人たちはまるで奇怪な槍騎兵の一隊のように、何度も気をつけと休めを繰り返していた。それから男が別の命令を叫ぶと、老人たちの一隊は駆け足で公園に突進した。彼らはそこで分散し、ある者たちは散歩道のほうに、別の者たちは芝生のほうにといったふうに、それぞれ違った方向に走った。公園では湯治客たちが散歩し、子供たちが遊んでいたが、みんな急に立ち止まって、長い竿で武装して攻撃に取りかかったその老人たちをびっくりしながら眺めていた。

ルージェナもまた、ぼうっと考え込んでいるのをやめて、何が起こっているのか観察した。彼女は、その年取った男たちのなかに自分の父親がいるのを見て厭な気がしたが、別に驚きはしなかった。

雑種の犬が一匹、芝生の樺の木の根元でちょろちょろしていた。老人のひとりがその方向に駆けだしていたが、犬は驚いてその老人を見ていた。老人は竿を振りかざし、鉄線の輪を犬の頭の前にもっていこうとした。しかし竿は長く、老人の力は弱かったので、目標を外してしまった。鉄線の輪が犬の頭のまわりで揺れていて、犬は珍しそうにその輪を見守っていた。

しかしもうすでに、それより頑丈な手をした別の退職者が、老人の応援に駆けつけてきたので、その小さな犬はついに鉄線の輪に捕らえられてしまった。老人が竿を引きつけると、毛のはえた喉に鉄線が食い込み、犬が吠えた。ふたりの退職者は大笑いしながら、車が止まっているところまで犬を引っ立てて、芝生のうえを歩いて行った。そして犬たちのわんわん吠える声だけが波のようにきこえてくるトラックの大きなドアを開けて、雑種犬をなかに投げ入れた。

ルージェナにとっては、いま自分の見ていることすべてが、自分自身の歴史のひとつの要素でしかなかった。それはつまり、自分がふたつの世界のあいだに捕らえられた不幸な女であり、クリーマの世界には打ち捨てられるのに、自分が逃れたいフランティシェクの世界

（凡庸と倦怠の世界、失敗と降伏の世界）が、まるであの鉄線の輪のひとつに自分を捕らえて引っ立ててやりたいとでもいうように、あのような突撃隊の外観をしてここまで自分を捜しにきたのだ、ということだった。

砂を敷いた公園の散歩道で、十二歳くらいの男の子が茂みに紛れ込んだ自分の犬を必死に呼んでいた。しかし、犬の代わりにルージェナの父親が、竿で武装してその子のところに駆けつけてきた。男の子はそのとたんに黙ってしまった。老人に奪われるのがわかっていたので、犬を呼ぶのが怖かったのだ。彼は逃げようと散歩道を突進したが、老人も走りだした。今やふたりは横並びに走っていた。老人は例の竿で武装し、少年は走りながら泣いていた。やがて男の子が走るのをやめずに半回転して元の道を引き返すと、ルージェナの父親も半回転した。ふたりはまた横並びに走った。

一匹のグレーハウンドが茂みから出てきた。ルージェナの父親がその犬のほうに竿を差し出したが、犬はいきなり遠ざかって子供のそばに走っていった。子供は地面から犬を抱き上げ、自分の体に引き寄せた。他の老人たちが急いで駆けつけ、ルージェナの父親に協力して、子供の腕からグレーハウンドを取り上げてしまった。子供は泣き、叫び、体をばたばたさせたので、老人たちは子供の手をねじ上げ、口を塞がねばならなかった。というのも、子供の叫び声が通行人たちの注意を引きつけ、彼らが振り返ったからだが、しかし彼らはかかわり合いになるのを恐れた。

ルージェナはもう自分の父親とその仲間たちを見たくなかった。しかし、いったいどこに行けばいいのか？　彼女の小さな部屋には読みかけの推理小説があったが、面白くなかった。映画館でやっているのはもう観てしまった映画だ。リッチモンドのホールには、つけっ放しのテレビがあった。彼女はテレビのほうに行くことにして、ベンチから立ち上がった。あいかわらず老人たちの叫喚が四方八方から届いてきたが、その叫喚のなかで、彼女は再び自分の腹のなかにあるものを強く自覚し、これは神聖なものなんだと考えた。これがあたしを変貌させ、高貴にしてくれるんだ。これがあたしを、犬狩りをやっているあの異様なひとたちとは別の人間にしてくれるんだ。あたしには諦める権利なんかないんだ、降伏する権利なんかないんだ、だってこのお腹のなかに、あたしのたったひとつの希望を、未来へのたった一枚の入場券をもっているんだもの、と彼女は思った。

　公園の端まできたとき、彼女はヤクブに気づいた。彼はリッチモンドの前の歩道のうえで、公園の光景を見守っていた。昼食のあいだに一度見かけただけだったが、彼女は彼のことを覚えていた。一時的に彼女の隣室にいて、ラジオの音をすこし大きくするたびに壁を叩くあの湯治客は、彼女にとってひどく反感を覚える女だった。だからルージェナは、その女に関係のあるものなら何にでも、激しい嫌悪を感じたのである。

　その男の顔が彼女には不快だった。彼女はその顔を皮肉《イロニック》っぽいと思ったのだが、皮肉《イロニー》こそ彼女が大嫌いなものだった。彼女はいつも、皮肉（あるゆる形の皮肉）は、自分がはいりたいと願っている未来の入口で見張っている武装した歩哨みたいなもので、その歩哨が糾問するような眼で自分を調べ、首を横に振って自分を撥ねつけるのだと思っていた。彼女は上体をそらし、自分の胸の挑発的な傲慢さと自分の腹の誇らしさとを存分に見せつけながら、その男の前を通ってやろうと決心した。

するとその男は（彼女はほんの横目で観察しただけだが）突然、優しく甘い声を出して言った。「こっちに来るんだよ……ぼくと一緒に来るんだ……」

彼女は最初、どうして彼が自分に話しかけてくるのか理解できなかった。彼女はその声の優しさに面食らい、何と答えていいのかわからなかった。しかしやがて振り返ってみて、人間にしたら醜い顔になるにちがいない大きなボクサーが一匹、自分のあとをついてくるのに気づいた。

ヤクブの声がその犬を惹きつけ、彼は犬の首輪をとった。「ぼくと一緒に来るんだ、そうでないと、お前にはどんなチャンスもないんだから」。犬は信頼しきったようにヤクブのほうに顔を上げ、その口からまるで陽気な小旗のような舌が垂れ下がっていた。

それは滑稽で取るに足らないが、紛れもなく屈辱にみちた瞬間だった。なにしろ、その男は彼女の挑発的な傲慢さにも誇りにも気づかなかったのだから。彼女が自分に話しかけているとばかり思っていたのに、彼は犬に話していたのだ。彼女は彼の前を通って、リッチモンドの玄関の階段のうえで立ち止まった。

竿で武装したふたりの老人が車道を横切ったところで、彼らはヤクブのほうに駆けつけてきた。彼女は悪意をもってその光景を見守っていたが、老人たちの味方をせずにはいられなかった。

ヤクブは犬の首輪をもってホテルの玄関の階段のほうに導いていきたが、老人のひとりが叫んだ。「ただちにその犬を放しなさい！」

それから別の老人が、「これは法律だぞ！」

ヤクブはふたりには気づかないふりをして進みつづけたが、うしろから彼の体に沿ってゆっくり一本の竿が下がってきて、鉄線の輪がぎこちなくボクサーの頭のうえで揺れていた。

ヤクブはその竿の端を摑んで、激しく押し退けた。

三人目の老人が駆け寄ってきて叫んだ。「これは公共秩序にたいする侵害だぞ！　警察を呼ぶぞ！」

それからもうひとりの老人の甲高い声が、「そいつは公園のなかを走っていたんだぞ！　遊び場を走っていたんだぞ。しかしそれは禁止されておる！　子供たちの砂場の山で小便をしたんだぞ！　あんたは子供より犬のほうが好きだというのか」

ルージェナは階段のうえのほうからその場を見守っていたのだが、しばらく前には腹のなかでしか感じていなかった誇りが、全身に押し寄せてきて、ある頑固な力が彼女をみたした。ヤクブと犬は階段を昇って彼女のほうに近づいてきた。そこで彼女はヤクブに言った。「あなたには、犬を連れてここに入る権利はありません」

ヤクブは穏やかな声で反論したが、彼女はもう後には引けなかった。彼女はリッチモンドの広いドアの前に脚を広げて踏ん張り、繰り返し言った。「ここは湯治客のためのホテルです。犬のためのホテルではありません。ここでは犬は禁止されています。

——お嬢さん、どうしてあなたも輪のついた竿をもたないんですか？」とヤクブは言って、犬と一緒にドアを越えようとした。

ルージェナはヤクブのその文句のなかに、自分が来たところ、自分がいたくないところに自分を追い返す、あのじつに忌まわしい皮肉を感じ取った。怒りのために眼がくもった。彼女は犬の首輪を摑んだ。そこで彼らはふたりで犬を取り合うことになり、ヤクブは犬を中に、彼女は外に引っ張った。

ヤクブは彼女の手首を摑んで、その指を犬の首輪から荒々しく引き離したので、彼女はよろめいた。

「あんたはゆりかごのなかに、子供より、プードル犬にいてもらいたいんでしょう！」と、彼女は彼に向かって叫んだ。

ヤクブが振り返って、ふたりの視線が交差し、突然、むきだしの憎悪によって絡み合った。

8

ボクサーは珍しそうに部屋を走り回って、いましがた危険を逃れたばかりだとはちっとも思っていないようだった。ヤクブはソファのうえで体を伸ばし、これからその犬をどうしようかと考えていた。犬は陽気で純朴さにあふれていて、彼の気に入った。数分間で見知らぬ部屋に順応し、見知らぬ男と友情でむすばれるという、その無頓着さはほとんど疑わしく、愚かしさに近いとさえ思えた。犬は部屋の隅々を嗅ぎ回ったあと、ひょいとソファに飛び乗ってヤクブのかたわらに横たわった。ヤクブは驚いたが、その仲間意識のしるしを手放しに受け入れた。彼は犬の背中に手を置いて、その動物の体の温もりを心地よく感じた。彼はずっと犬が好きだった。犬は身近で、情愛深く、献身的だったが、それでいて、まったく理解不可能だった。信頼にあふれて快活な、その捉えがたい自然の使者たちの頭と心のなかに何が生じているのか、ひとはけっして知ることはないだろう。

彼は犬の背中を掻いてやり、いましがたその犬が証人になった場面のことを考えた。彼にとっては、長い竿で武装したあの老人たちは監獄の看守たち、予審判事たち、それに隣人が買い物をしながら政治の話をしていないかどうか窺《うかが》う密告者たちと一体になったのだった。あの連中をあんな陰険な活動に駆り立てたのは、いったい何なのだろうか。悪意だろうか？

たしかにそうだが、それはまた秩序への欲求でもある。秩序への欲求は人間の世界のすべてが前進し、すべてが機能する非有機的な体制に変えようとするから、すべてがひとつの非人格的な意志に従うことになる。秩序への欲求とはまた、死への欲求でもあるのだ。なぜなら、生とは秩序のたえざる侵害のことだから。あるいはその逆に、秩序への欲求は、人間の人間にたいする憎悪が、その大罪の数々を正当化する立派な口実になるとも言えるのだ。

それから彼は、犬を連れてリッチモンドに入るのを妨げようとした若いブロンド女のことを考え、その女に辛いほどの憎悪を感じた。竿で武装した老人たちは彼を苛立たせなかった。そんな連中ならよく知っていたし、考えて考えられない人間たちではなかった。そんな連中は存在するし、存在するはずだし、また、そんな連中こそつねに彼の迫害者になるのを一度も疑ったことはなかった。だが、あの若い女、あれは彼の敗北だった。彼女は美人で、迫害者としてではなく、観客として舞台に現れたのだが、その観客が見せ物に魅惑され、迫害者たちと一体になったのだ。ヤクブはいつも、眺めている者たちが、いずれ処刑中の犠牲者をおさえつけようと心の準備をするのだと考えると、恐怖に捕らえられたものだった。というのも、死刑執行人は時間とともに身近で親しい人物になってしまうのに反して、迫害されている者はどこか貴族的雰囲気をただよわせるものだから。かつては迫害された惨めな者たちと一体になっていた群衆の魂が、今では迫害者の惨めさと一体になる。なぜなら、二十世紀の人間への迫害とは、本を読んだり、犬をもっていたりする特権者を迫害することなのだからら。

彼は動物の温かい体を手の下に感じ、あのブロンドの若い女はある秘密の合図によって、おれがこの国でけっして愛されることはないと告げにきたんだ、そして彼女、人民の使者たる彼女はいつでも、おれを抑圧し、鉄線の輪のついた竿で脅迫する男たちの手におれを差し出す心の準備をするのだろうと思った。彼は犬を抱き、自分の体に押しつけた。この犬を無慈悲にここに置いておくわけにはゆかない、迫害から逃げだした者のひとりとしては、様々な迫害の証人として、この国の遠くに連れていってやるべきだろうな、と考えた。それから、おれはここにこの陽気な犬を、まるで警察から逃げている流刑者みたいに匿《かくま》っているのだと思いかけたが、その考えは滑稽に思えた。

ドアをノックする音がきこえて、ドクター・スクレタが入ってきた。「やっと戻っていたか。ああ、よかった。ぼくは午後いっぱいきみを捜し回っていたんだよ。いったい、どこをうろついていたんだ?

――オルガに会いに行ったんだ。それから……」と、彼は犬の一件を話したかったのだが、スクレタはその言葉をさえぎった。

「そうじゃないかと思って当然だったな。ぼくらには議論すべきことがじつにたくさんあるというのに、そんなことで時間を無駄にするなんて! ぼくはすでに、きみがここにいるってバートレフに言ったんだ。そして何とか、ぼくらふたりを招待するようにしてもらったんだよ」

そのとき、犬がソファから飛び下りて医者に近づいて、後ろ足で立ち、前足をちょこんと彼の胸のうえに置いた。スクレタは犬のうなじを軽く叩き、「おや、ボブ、そうだよ、お前はいい奴だな、と別に驚きもせずに言った。

――ボブというのか？

――そうだ、これはボブだよ」と、スクレタは言い、その犬は町からそう遠くないところにある森の料亭の主人の飼い犬だと説明した。その犬はどこでもほっつき歩いているので、みんなが知っているのだという。

犬は自分のことが話されているのがわかって喜び、尻尾を振って、スクレタの顔を舐《な》めたがった。

「きみは人間心理の繊細な分析家だ、と医者は言った。今日、きみはぼくを徹底的に研究してくれなくちゃならない。ぼくはどこから手をつけたらいいのか、わからないんだよ。ぼくは彼について大きな目論見を抱いているんだ。

――宗教画を売る話か？

――宗教画なんて、あんなもの愚劣だよ、とスクレタは言った。これはそれよりずっと重要な話だ。ぼくは彼の養子にしてもらいたいんだよ。

――彼の養子？

——彼の義理の息子にしてもらうんだよ。それはぼくにとって死活の問題なんだ。彼の養子になれば、ぼくは自動的にアメリカ国籍がもらえる。

——きみは移住したいのか？

——いや、ぼくはここで息の長い実験を企てたんでね、それを中断したくないんだ。ついでに、そのことも今日きみに話しておかなくてはならない。というのも、ぼくのその実験にはきみが必要なんでね。しかし、アメリカ国籍があれば、ぼくはアメリカのパスポートがもらえ、世界中を自由に旅行できるようになる。そうでもしなければ、普通の人間がこの国からけっして出られないことは、きみもよく知っているだろう。それにぼくは、アイスランドに行きたくてしょうがないんだよ。

——何でまたアイスランドなんだ？

——鮭を釣るのに最もいいところなんだ」とスクレタは言って、また話しつづけた。

「少々面倒なことがあるんだが、それはバートレフがぼくより七歳しか年上でないということなんだ。ぼくは彼に、縁組による父子関係は法的には自然の父子関係とは何の共通点もないので、理論上は、たとえ彼がぼくより年下でも、ぼくの父親になれるんだってことを説明してやらねばならないだろう。たぶん彼はわかってくれるだろうが、しかし彼にはとっても若い妻がいる。ぼくの患者のひとりなんだが、そうそう、彼女明後日ここにくることになっている。ぼくはスージーをプラハに差し向け、飛行場で出迎えてもらうことにしたんだ。

ある。

――スージーはきみの計画のことを知っているのか？

――もちろんだよ。スージーには未来の義母の好意を是が非でもかち得るように厳命してある。

――で、そのアメリカ人は何て言っているんだい？

――まさにそれが最大の難関なのさ。あの男には婉曲な言い方では通じないんだよ。だから、ぼくにはきみが必要なんだ、きみに彼を研究してもらい、どうやって取っかかりを見つけたらいいのか教えてもらうためにね」

スクレタは腕時計を見て、バートレフが待っていると告げた。

「しかしボブをどうしようか？　とヤクブが尋ねた。

――きみはどうやってここに連れてきたんだい？」とスクレタが言った。

ヤクブはどのようにその犬を助けたのか友人に説明してやったが、スクレタはすっかり自分の考えに浸りきって、いい加減にきいていた。ヤクブが話し終えると、彼は言った。

「その料亭の女将さんがね、ぼくの患者のひとりなんだよ。二年前、彼女、立派な赤ちゃんを産んでね。彼らは大変ボブを愛しているんだ。きみは彼らのところにボブを連れていってやるべきだね。さしあたって、ぼくらをそっとしておいてくれるよう、睡眠薬でもやっておくことにしよう」

彼はポケットから筒型容器を出して錠剤をひとつ取り、犬を呼んで口を開けさせ、喉にそ

の錠剤を入れてやり、

「一分後に、こいつは気持ちのよい眠りに落ちるだろう」と言って、ヤクブと一緒に外に出た。

9

バートレフがふたりの客に歓迎の言葉を述べると、ヤクブは部屋を見回した。それから彼は髭の聖者を描いた絵に近づいて、「あなたが絵を描いていらっしゃるときいたんですが、とバートレフに言った。

――そうです。それは聖ラザロ、わたしの守護聖人です。

――この守護聖人に青の輪光をつけたのは、どうしてなんですか？　とヤクブは驚きながら言った。

――その質問をしていただいて、わたしとしては嬉しいかぎりです。ふつう、ひとは絵を眺めても、何が見えるのかということさえわからないものです。わたしが青の輪光にしたのは、ただ輪光が実際に青だからです」

ヤクブは再び驚きをみせたが、バートレフは続けた。「ことのほか強い愛によって神に愛着している人々は、その報いとして聖なる歓びを与えられ、その歓びがその人々の全存在に広がり、そこから外に向かって光り輝くのです。その神聖な歓びの光は穏やかで柔らかく、天の紺碧の色をしているのです。

――ちょっと待ってください、とヤクブはさえぎった。あなたは輪光がたんなる象徴以上のものだとおっしゃりたいのですか？

――間違いなくそうですよ。しかし、輪光がたえず聖者の頭から発していて、彼らがまるで、移動するランプのように世の中を歩くのだなどとは思わないでください。もちろんそんなことはないのです。彼らの額が青みがかった光を放つのはただ、強度の内的な歓びの瞬間だけなのです。キリストの死のあとに続いた数世紀のあいだ、すなわち聖者がまだ数多く存在し、親しく聖者を知っている多くの人々がいた時期には、輪光の色について誰ひとり何の疑いも抱いていませんでした。だからこそ、その時代のすべての絵画やフレスコ画では、輪光が青だったことをあなたは確認されるでしょう。画家たちが少しずつオレンジや黄色といった違った色によって輪光を描くようになったのは、やっと五世紀からです。のちのゴシック絵画になると、もはや金色の輪光しかなくなります。それはより装飾的になったからですが、そのことはまた、よりよく地上の権力と〈教会〉の栄光を表すものでもあったのです。しかし、その当時の〈教会〉が原始キリスト教とは似ても似つかなかったのと同様、そのような輪光はもはや真の輪光とは似ても似つかないものになったのです。

——それは知りませんでした」とヤクブが言うと、バートレフはリキュール・キャビネットのほうに向かった。彼はどの瓶がよいか知ろうと、しばらくふたりの客と話し合った。三つのグラスにコニャックを注ぐと、彼は医者のほうを向いた。

「どうか、あの不幸な父親のことをお忘れなく。わたしが大変大切にしているひとなんですから！」

スクレタは万事うまくゆくだろうと言ってバートレフを安心させたが、ヤクブには何のことだかわからなかった。事情を教えてもらったとき（たとえヤクブの前でも、たったひとりの名前にも言及しなかったふたりの男のエレガントな慎みを評価しよう）、彼はその不運な親にたいして大いに同情した。

「わたしたちのうちで誰が、そのような受難を経験しなかったでしょうか！　それは人生の大試練のひとつですよ。その試練に抗しきれず、心ならずも父親になる者は、その敗北によって永遠にだめにされてしまう。彼らは負けてしまったあらゆる人間たちと同じく意地悪になり、他の人々にも同じ運命が訪れるよう願うものなんですよ。

——わが友！　とバートレフが叫んだ。あなたはひとりの幸福な父親の前で話しておられるのですぞ！　もしあなたがここにもう一日か二日滞在されるなら、わたしの息子を見られるでしょう。これは申し分のない子供で、あなたは今おっしゃったことを取り下げられるでしょうな！

――わたしは何も取り下げたりなんかしませんよ、とヤクブが言った。なぜなら、あなたは心ならずも父親になられたわけじゃないですから！

――たしかにそうではありません。わたしは心から望んで、そして、ドクター・スクレタのおかげで、父親になれたのです」

医者は満足そうに頷き、自分もまた父性についてヤクブとは違った考えをもっていると言明し、それに加えて彼の愛しいスージーのおめでたがその証拠になるのだと言った。「ただ、と彼は付け加えた。生殖に関してわたしがやや腑に落ちないことが、ひとつあるのです。それは親たちの無分別な選択です。醜悪な個々人が子供をつくろうと決心するなんて、信じがたいことですよ。きっとその連中は、自分の醜さという重荷を子孫と分かち合えば、その醜さが減少するとでも思っているんでしょうね」

バートレフはドクター・スクレタの見解を審美的な人種差別だと形容した。「ただひとりソクラテスが醜男だったということだけではなく、史上有名な多くの恋人たちがいささかも肉体的な完璧さによって抜きんでていたわけではないことを忘れないでください。審美的な人種差別はほとんどいつも未熟さのしるしなんですね。愛の快楽の世界の奥深くに充分はいりこまなかった者たちは、自分に見えるものによってしか女性たちを判断できない。しかし、本当にそれを知っている者は、ひとりの女性がわたしたちに与えうるもののごくささいな一部しか、眼があきらかにしないことを知っているのです。それにわたしの確信するところでは、審美的な基準は神からくるものではなく、悪魔からくるものなのです。天国では誰も醜さと美しさの区別はしません」

ヤクブが再び話して、自分が生殖にたいして覚える嫌悪には審美的な動機は何の役割も果たしていないのだと言った。「しかしわたしは、父親にならないそれ以外の理由を十でも挙げられますよ。

——言ってください、ききたいものですね、とバートレフが言った。

——まず、わたしは母性というものが好きではないのです、とヤクブは言ってから、物思いに耽る様子で中断した。近代はすでにあらゆる神話の仮面を剝いでしまいました。フロイトは乳児の性現象を発見し、エディプスについてすべてを言いつくしました。ただイオカステだけが触れてはならないものとして残り、誰もあえてそのヴェールを剝がそうとはしないのです。母性は最後の、そして最大のタブー、最も重大な呪《のろ》いを隠しもっているタブーなのです。母親と子供を結びつけている絆ほど強い絆はありません。この絆こそ、子供の魂を永遠に毀傷《きしょう》し、息子が大きくなったときに、あらゆる愛の苦しみのなかでも最も残酷な苦しみを味わう準備を母親にさせるのです。わたしは母性は呪いだと言いたいほどだから、母性に協力することを拒否しますね。

——それから、とバートレフは言った。

——わたしに母親の数を増やしたくないと思わせるもうひとつの理由は、とヤクブは言って一種当惑した様子になった。それはわたしが女性の肉体が好きだからで、わたしは自分の恋人の胸がミルク袋になることを、不快感を抱かずには考えられないからです。

——それから、とバートレフは言った。

——この先生があとで確認してくださると思いますが、医師や看護師たちは流産のあと病院に担ぎ込まれる女性たちを臨産婦たちよりはるかに手厳しく扱い、そのことでそのような女性たちにたいしてある種の軽蔑を示します。いずれ彼らみずから、その人生において少なくとも一度は、それと同様の処置を受けなければならなくなるにもかかわらずです。しかし彼らにあっては、それはどんな反省よりもずっと強い反応なのです。それというのも、生殖崇拝は自然の至上命令だからです。だからこそ、出産奨励のプロパガンダのなかに、どんな小さな理性的論拠を捜してみたところで、無駄なのです。あなたによれば、〈教会〉の出産奨励のモラルにおいて聞こえるのはキリストの声なのでしょうか、あるいは共産主義国家の生殖のためのプロパガンダにおいてあなたに聞こえるのはマルクスの声なのでしょうか？人類は種を永続させるというただひとつの願望に導かれて、しまいにはこの小さな地上で窒息してしまうことでしょう。だというのに、出産奨励のプロパガンダはひとにその風車をまわさせつづけ、大衆は乳をやっている母親だとか、しかめ面をしている乳飲み子の映像を見ると、感動のあまり涙を流している。それがわたしを不快にするのです。自分が何百万の熱狂者たちと一緒に愚かな微笑を浮かべながら、ゆりかごのうえに身をかがめるかもしれないと思うと、背筋がぞっとするのです。

——それから、とバートレフが言った。

——それから当然、わたしはまた、自分がどのような世界に子供を送るのかということを考えなければなりません。学校はやがて、わたしから子供を取り上げ、わたし自身が一生のあいだ闘って空しかった、偽りの事実をその子の頭に詰め込むでしょう。わたしは自分の息子がみるみる体制順応主義の愚者になるのを見なければならないのでしょうか？　それともわたしは、わたし自身の思想を子供にたたき込み、彼がわたしと同じ葛藤に巻き込まれるがゆえに、苦しむのを見なければならないのでしょうか？

——それから、とバートレフは言った。

——それからもちろん、わたしはまた自分のことも考えなければなりません。この国では、子供は親の不服従の償いをし、親は子供の不服従の償いをしなければなりません。どれだけの子供たちが、その親が不興を買ったために、進学を禁止されたことでしょうか！　またどれだけの親たちが、その子供の害にならないというただひとつの目的のために、結局卑劣なことを受け入れたことでしょうか！　ここでは、少なくともある種の自由を保ちたいと思う人間は、子供をもつべきではないのです、とヤクブは言って黙り込んだ。

——あなたが十戒を完成するには、まだ五つの理由が残されていますね、とバートレフが言った。

――最後の理由はあまりにも重大なものなので、それだけで五つの理由に値します、とヤクブは言った。子供をもつとは、人間との絶対的な合一を表明することです。もしわたしが子供をもつなら、それはあたかもわたしは生まれ、人生を味わった、そして、人生は繰り返されるに値するほど、文句なしにいいものだと確認した、と言うのと同じことです。

――で、あなたは、人生がいいものだとは思われないのですか？」と、バートレフは尋ねた。

ヤクブは正確を期したいと望み、慎重に言った。「わたしは、ただひとつのことしか知りません。それは、わたしが全面的な確信をもって、こうはけっして言えないということです。人間はすばらしい存在であり、わたしはその存在を再生することを望む、と。

――それは、きみが人生をただひとつの、しかも最悪の側面からしか経験しなかったからだよ、とドクター・スクレタが言った。きみは生きるということが、一度もできなかった。きみはいつも、自分の義務は、よく言われる言い方をすれば、現場にいる、つまり現実の只中にいることだと考えていた。しかし、きみにとっての現実とは何だったのか？　政治だよ。そして政治とは、人生の最も本質的でなく、最も貴重でないものなんだ。政治とは、川の表面の汚い泡のようなものだ。だが、じつは川の生はそれよりずっと深いところで成就される。女性の生殖力の研究は何千年も前から続いている。これは強固で確実な歴史なんだよ。だから この歴史にとっては、どんな政府が政権につこうが、まったくどうでもいいことなんだ。

ぼくは、ゴム手袋をつけ、女性の器官を調べるとき、きみなんかよりずっと生の中心近くにいるんだよ。きみのほうは、人類の幸福を心配するあまり、あやうく命を失いかけたがね」

ヤクブは抗議せずに、友人の非難を受け入れた。するとドクター・スクレタは勇気をえて、話しつづけた。「円を前にしたアルキメデス、石の塊を前にしたミケランジェロ、試験管を前にしたパスツール、人間たちの生を変え、実際の歴史をつくったのは彼ら、ただ彼らしかいない。それに反して政治家なんて……」と言ってスクレタは間を置き、手で侮蔑的な仕種をした。

「政治家がどうだというんだ？　とヤクブは尋ねてから、そのまま話しつづけた。ぼくはきみにこのことを言っておく。科学と芸術が事実上、歴史の真の、固有の闘いの場なら、政治は逆に、ひとが人間にたいして前代未聞の実験を行う、閉じた科学的実験室だということだ。そこでは、人間というモルモットが罠《わな》に陥れられ、やがて舞台にのぼって喝采に誘惑されたり、絞首刑に怯えたり、密告されたり、密告を強いられたりする。ぼくは実験助手としてその実験センターで働いたが、また何度か生体解剖の犠牲者として役立ったことがある。ぼくは自分が（ぼくと一緒にそこで働いていた者たちと同じく）どんな価値も創造しなかったことを知っているが、しかしぼくはそこで、たぶん他の者たちよりもずっとよく、人間とは何かということを理解したんだよ。

——よくわかりますね、とバートレフが言った。ところで、わたしもまた、その実験センターを知っているのです、もっとも一度も実験助手として働いたことはなく、いつもモルモットだったんですがね。戦争が勃発したとき、わたしはドイツにいました。その当時わたしが愛していた女性が、わたしをゲシュタポに密告したのです。彼らは彼女に会いに来て、別の女性とベッドにいるわたしの写真を見せた。それが彼女を苦しめたのですね。ご存じのように、愛はよく憎しみの様相を帯びることがありますから。わたしは監獄に入りました、自分が愛によって監獄に導かれたのだという奇妙な気持ちを抱きながら。ゲシュタポの手のうちにありながら、それが事実上愛されすぎた男の特権だと知るのは、すばらしいことではありませんか？」

ヤクブは答えた。「人間の何がいつもぼくの胸をむかつかせるかといえば、それはまさしく、人間の残忍さ、卑劣さ、愚劣さがいかに叙情の仮面をかぶるものか目の当たりにすることなんです。彼女はあなたを死に追いやっていながら、まるで傷つけられた愛の感情の壮挙のようにそれを生きていたんですよ。だからあなたは、あなたのためにシェイクスピアが書いてくれたかもしれない悲劇のなかで、一役演じているのだという気持ちをもった偏狭な女性ゆえに、死刑台にのぼったというわけですよ。

――戦後、彼女は泣いてわたしのところにやってきました、とバートレフはまるでヤクブの異論がきこえなかったように続けた。わたしは彼女に言いました、〈何も怖がることはない、バートレフは復讐などけっしてしない男だから〉と。

――ところで、とヤクブは言った。わたしはよく、ヘロデ王のことを考えるんですよ。その話はご存じでしょう。ヘロデはユダヤ人の未来の王が誕生したばかりだと知り、王座を奪われるのではないかと恐れて、国中のすべての新生児を殺させたと伝えられていますね。個人的には、これは空想の戯れにすぎないと知りながらも、わたしはヘロデを別なように想像しているんです。わたしに言わせれば、ヘロデは長いあいだ政治という実験室で働き、人生と人間とを熟知していた教養豊かで、賢明で、きわめて寛大な王だったんです。彼は人間が創造されるべきではなかったことを理解していたんですよ。それに、彼の疑いはそんなに見当違いでも咎むべきものでもなかったのです。わたしの思い違いでなければ、〈主〉もまた人間を疑われ、なされたことのうちのその部分を破壊したいという考えを抱かれたんでしたね。

――そうです、とバートレフは同意した。モーゼは『創世記』の第六でそのことを話しています、〈我が創造《つく》りし人を我地の面《おもて》より拭去ん。其は我之を造りしことを悔ればなり〉と。

――さらに〈主〉が結局、ノアを方舟にのせて逃れさせ、人類の歴史を再開させたのはたぶん、ただ弱気になった瞬間にすぎなかったのかもしれません。わたしたちは神がそんな弱気のことを一度も後悔しなかったと確信できるでしょうか？　ただ、神が後悔したにしろ、しなかったにしろ、神にはもう手の施しようがなかったんです。神というものは何度も決定を変えて、人間たちの物笑いになるわけにはいかないですからね。しかし、もしヘロデの頭のなかにあのような考えを遣わしたのが神だったとすれば？　それは論外なことでしょうか？」

バートレフは肩をすくめて何も言わなかった。

「ヘロデは王でした。彼は彼自身にしか責任がなかったわけではありません。彼はわたしのように、こう思うことはできませんでした。他人どもは好きなようにやってくれ、しかしわたしは生殖を拒否する、と。ヘロデは王であり、自分はひとりではなく、他人たちのためにも決断しなければならないことを知っていた。だから彼は、全人類の名において、人間はもう二度と繁殖してはならないのだと決めた。新生児たちの虐殺はそんなふうにして始まったのです。彼の動機は伝えられているほど卑劣なものではなかった。ヘロデは人間の爪からついに地球を解放してやろうという、このうえなく高邁《こうまい》な意志によって動かされていたんです。

──あなたのヘロデ解釈は、大変わたしの気に入りました、とバートレフは言った。あんまり気に入ったので、わたしは今日から、幼子の虐殺をそのように自分に説明することにしましょう。しかし、ヘロデが人類は生きるのをやめるべきだと決めた、まさにそのとき、ベツレヘムでひとりの男の子が生まれ、その刃《やいば》を逃れたことを忘れないでください。そしてその子が大きくなって、人生が生きるに値するようになるためには、ただひとつのことだけで充分だと人間たちに言ったのです、お互いに愛し合え、と。たぶんヘロデはもっと教養があり、経験も積んでいたかもしれません。イエスはきっと青二才で、人生のことを大して知らなかったのでしょう。彼の教えのすべてはおそらく、彼の若さと未経験によってしか説明されないものかもしれません。なんなら、彼の無邪気さによって、と言ってもいいでしょう。しかしながら、彼は真実を握っていたのです。

——真実？　いったい誰がその真実を証明したんですか？

——誰も、とバートレフは言った。誰もそれを証明したことはないし、これからもないでしょう。イエスは父なる神をあまりにも愛していたので、神がなされたことが悪いものだとは認められなかったのです。彼はいささかも理性によってではなく、愛によってそのような結論に導かれたのです。だからこそ、彼とヘロデとの争いにおいては、わたしたちの心だけが裁定できるのです。人間であることに価値があるのか、ないのか？　何の証拠もありませんが、しかしわたしはイエスとともに、あると信じているのです」。彼はそう言ってから、微笑みながらドクター・スクレタのほうを向いた。「だからこそ、わたしは妻をスクレタ先生の指導のもとに治療させるために、当地に来させたのです。わたしの眼には、先生はイエスの聖なる弟子のひとりのように見えます。なぜなら、先生は奇跡を成し遂げることができ、女性たちのまどろんでいる腹を蘇らせることができるのですから。わたしは先生の健康のために乾杯します！」

10

ヤクブはいつも父親のような真面目さでオルガを扱い、戯れに自分を「おじさん」だと好んで言っていた。とはいえ彼女は、彼が自分にたいしてとはまったく違ったふうに振る舞うたくさんの女性たちがいることを知っていて、そんな女性たちが妬ましかった。しかし今日初めて、ヤクブにはやっぱり、どこかじじむさいところがあると思った。自分にたいする振る舞いのなかに、若い人間からみれば年長の世代から発する黴《かび》のような臭いがあると感じたのだ。

「おじさん」は、自分の過去の苦しみを自慢し、その苦しみを博物館に変えて、見学者たちをそこに（ああ、そんな悲しい博物館を訪れる者の少なさといったら！）招くという習慣があるので、そうとわかる。オルガは、自分がヤクブの博物館の生きた主要な陳列品なのであり、自分にたいするヤクブの寛大で愛他的な態度の目的は、見学者たちの眼に涙を浮かべさせることなのだと理解した。

今日もまた彼女は、青白い錠剤というその博物館の最も貴重な死蔵物を発見した。さきほど彼が、自分の眼の前でその錠剤が包んである紙を広げたとき、何の感動も覚えないことに驚いた。辛い一時期にヤクブが自殺を考えたことがあったのだとは理解したものの、そんなことを自分に知らせる、その厳粛さを滑稽だと思った。まるでそれが貴重なダイヤモンドだとでもいうように、彼があれほどまでの用心深さで薄葉紙を広げたことを滑稽だと思ったのだ。それに、いついかなるときでも、大人のどんな男もみずからの死を意のままにできるようにしなければならないと彼が断言していたのに、どうして出発の当日になって、その毒薬をスクレタ先生に返したがるのかがわからなかった。いったん外国に出て、もし癌にでもなったら、その毒薬が必要になるのではないだろうか？　とんでもない、ヤクブにとってはその錠剤はただの毒薬ではなく、宗教的な祭式のあいだの今だからこそ大祭司に返したい象徴的なアクセサリーだったのだ。しかし、まさにそれこそ彼女には笑うべきことだったのである。

彼女は湯治場を出て、リッチモンドに向かった。そんな醒めた考えをめぐらせていたにもかかわらず、ヤクブに会うのが嬉しかった。彼女は彼の博物館を冒瀆し、その博物館の陳列品ではなく、女として振る舞ってやりたくてたまらなくなった。だから彼女は、彼のドアのうえに、隣の部屋にくるようにというメッセージを見つけて、ややがっかりしたのだった。他のひとたちが一緒にいるところで再会するのかと思うと、勇気がくじけた。バートレフを知らなかったし、スクレタ先生はいつも愛想よくしてくれるけれども、あきらかに自分を無関心に扱っただけに、よけいそうだった。

バートレフは彼女の気後れをすぐに忘れさせてくれた。彼は深々とお辞儀をしながら、自己紹介し、これほど魅力ある女性をこれまで引き合わせてくれなかったと言って、ドクター・スクレタを非難した。

スクレタは、ヤクブからこの若い女性をよく監督するように頼まれていたので、これまでわざとバートレフに紹介するのを差し控えていた。というのも、どんな女性も彼には抵抗できないとわかっていたからだと言った。

バートレフはその弁解を満足そうに笑いながら受け入れたが、やがて受話器を取り上げてレストランを呼び出し、夕食を注文した。

「これは信じられないな、とドクター・スクレタは言った。まともな夕食をだすレストランがひとつもないこんな辺鄙《へんぴ》なところで、わたしたちの友人はちゃんとリッチな生活をしておられるんですねえ」

バートレフは、電話のそばにおいてある開いた葉巻箱を引っかき回していたが、そこには半ドル銀貨がいっぱい詰まっていた。「吝嗇《りんしょく》は罪ですから……」と、彼は微笑みながら言った。

ヤクブは、あれほど熱心に神を信じながら、これほど人生を楽しむことができる人間には今まで一度も出会ったことはないと指摘した。

「それはきっと、あなたが真のキリスト教徒に出会ったことがないからですよ。ご存じのように、〈福音書〉の言葉は喜びのメッセージなんです。人生を楽しむことこそ、イエスの最も重要な教えなんです」

オルガは今こそ会話に加わる好機だと判断した。「わたしの先生たちのおっしゃっていたことを信じるかぎり、キリスト教徒は地上の生活に涙の谷しか見ず、真の生活は死後になって始まると考えて喜んでおられたということですけど。

――ねえ、お嬢さん、とバートレフは言った。先生の言葉など信じてはならないのです。

――それから、すべての聖者たちは、とオルガは続けた。ただ人生を諦めることしかしませんでした。彼らはセックスをする代わりに鞭打たれ、あなたとわたしのように議論する代わりに隠遁生活に閉じこもり、電話で夕食を注文する代わりに木の根っこを噛んでいたんでしょう。

――お嬢さん、あなたは聖者というものを何も理解しておられない。あの人々はかぎりなく人生の快楽に執着していたんですよ。ただ彼らは、別の手段によってそれに近づいた。あなたの考えでは、人間にとって最高の快楽とは何だと思われますか？　それが何かと見抜こうとされても構いませんが、しかしあなたは間違うでしょう。なぜなら、あなたはまだ充分に誠実ではないからです。これは非難じゃありませんよ。というのも、誠実さはどうしても自己認識を必要とし、そして自己認識とは年の功によってもたらされるものだからです。しかし、あなたのように若さに輝いておられる女性が、どうして誠実になれるというんですか？　若い女性が誠実になりえないのは、自分のなかに何があるのかさえ知らないからです。

しかし、たとえ知っていたとしても、その若い女性は、最大の快楽とは他人から感嘆されることだと、わたしとともに認めるはずです。あなたはこの意見に賛成しませんか？」

　オルガは、自分はもっと大きな快楽を知っていると答えた。

「いいえ、とバートレフは言った。たとえば、あなたの国の陸上競技の選手、一回のオリンピックで三種目立てつづけに優勝したので、どんな子供でも知っているあの選手〔エミール・ザトペック〕〔一九二二年―二〇〇〇年〕のことを例にとってみましょう。あなたは彼が人生を諦めたと思われますか？　しかし彼はきっと、おしゃべりしたり、セックスしたり、美食したりする代わりにたえず競技場を走り回りつづけることで、時を過ごさねばならなかったにちがいありません。彼のトレーニングはわたしたちの最も有名な聖者たちがやっていたことに大変よく似ています。アレクサンドリアの聖マカリオス〔四世紀〕は砂漠にいたとき、定期的に籠に砂を詰め、それを背に負って毎日毎日果てしない広野を歩き回り、その結果完璧に衰弱してしまいました。しかし、あなたの国の陸上競技の選手にとっても、聖マカリオスにとっても、きっとそんな彼らの努力のすべてにたっぷりと報いる、大きな報酬があったにちがいないのです。広大なオリンピック競技場の喝采をきくとはどういうものか、あなたは知っていますか？　それより大きな喜びなどないのです！　アレクサンドリアの聖マカリオスには、なぜ自分が背中に砂の籠を負うのかわかっていました。砂漠での彼のマラソンの栄光はまもなく、キリスト教圏全体に広がりました。あなたの国のランナーも最初は五千メートル、次に一万メートルで勝ち、それでも充分ではなくなって、最後にはマラソンで優勝しました。ひとに感嘆されたいという欲望は飽くことを知らないのです。聖マカリオスはそれと知られずにテーベの僧院にゆき、そのメンバーに加えてもらえるよう頼みました。しかしやがて、大四旬節の時期になると、それが彼にとって栄光の時になったのです。他の修道士たちが座って断食していたのに、彼は断食の四十日のあいだ、ずっと立っていたのですから！　それがどんな勝利だったか、あなたには考えもつかないことでしょう。あるいは、柱頭行者聖シメオン［三九〇年頃—四五九年］のことを思い出してください。彼は砂漠のなかに、てっぺんが狭い平面でしかない柱を立てさせた。そこには座ることができず、ずっと立っていなければなりません。ところが彼は一生のあいだそこに立ちっぱなしだったので、全キリスト教徒が、人間の限界を越えているように思われたその男の信じられない記録に感嘆し熱狂したのです。聖シメオンはいわば、五世紀のガガーリン［ソ連の宇宙飛行士（一九三四年—六八年）］だったのです。ガリアの貿易使節がパリの聖女ジュヌヴィエーヴ［四二二年頃—五一二年］に、聖シメオンが彼女の噂を聞いたことがあり、柱頭の高みから彼女を祝福していたと教えたとき、その幸福がいかほどのものだったか、あなたは想像できますか？　また、彼がなぜ記録を破ろうとしたんだとあなたは考えますか？　彼が人生も人間も気にしていなかったからでしょうか？　そんなお人好しみたいなことは言わないでください！　初期教会の教父たちには、聖シメオンが見栄っ張りだということがじつによくわかっていたので、彼を試してみました。宗教的権威の名にかけて、教父たちは柱頭から降りて、競争を諦めるように命令したのです。それは聖シメオンにとって厳しい試練でした！　けれども、賢明さのためか、計略のためか、彼は従った。初期教会の教父たちは彼の記録にはとくに反対していなかったのですが、聖シメオンの見栄がその規律意識に勝っていないことを確信したかったのです。教父たちは、彼がその高所から悲しそうに降りてくるのを見届けると、すぐにもとの場所に戻るように命令しました。その結果、聖シメオンは柱頭のうえで人々の愛と感嘆とに取り囲まれながら死ぬことができたのです」

オルガは注意深く耳を傾けていたが、バートレフの最後の言葉を聞いたとき、笑いだしてしまった。

「感嘆されたいというその恐ろしい欲望は、何ら笑うべきものではありません。わたしはむしろ感動的だと思うのです、とバートレフは言った。ひとに感嘆されたいと願う者は同類たちに愛着し、執着し、彼らなしには生きられないのです。聖シメオンは砂漠のなか、一平方メートルの柱頭のうえでひとりでした。しかしながら、彼はすべての人間たちとともにいたのです！　彼は何百万の眼が自分のほうを見上げているのを想像していました。彼は何百万という人々の考えのなかに存在し、そのことを喜んでいたのです。それこそ人間愛と人生への愛の最大の例だというべきでしょう。ねえ、お嬢さん、聖シメオンがどれだけ、わたしたちそれぞれの心のなかに今なお生きつづけているか、きっとご存じではないでしょう。しかも彼は、今日でもまだ、わたしたちの存在の最良の極点にいるのです」

ドアがノックされ、ボーイが食べ物をのせたワゴンを押して、部屋のなかに入ってきた。彼はテーブルのうえにテーブルクロスを広げ、食卓の準備をした。バートレフは葉巻箱を探り、ボーイのポケットに一摑みの小銭を押し込んだ。それから、みんなが食べはじめた。ボーイはテーブルのうしろに立って、ワインを注いだり、さまざまな料理を給仕したりした。バートレフは食通ぶりを発揮して、いちいち料理の感想を言っていたが、スクレタが、こんなにおいしい食事をするのはどれだけぶりかわからないという感想を述べた。「たぶん母が最後に料理をつくってくれたとき以来でしょうね。もっともわたしはそのころ、まだほんの子供だったんですがね。わたしは五歳のときから孤児なんですよ。わたしを取り巻いていた世界はよその世界で、料理もまた、よそのものだったんです。食べ物にたいする愛は、隣人愛から生まれてくるんですね。

――それはまったくそうですね、とバートレフは牛肉を一片口に運びながら言った。

――捨てられた子供は食欲を失います。わたしの言うことを信じてください、今日になってもまだ、父親も母親もいないことでわたしは苦しんでいるんですよ。わたしの言うことを信じてください、わたしも相当な年齢になっているのに、今日になってもまだ、父親ができるんだったら、何だって差し出すつもりなんですから。

――あなたは家族関係を過大に評価されていますね、とバートレフが言った。すべての隣人があなたの隣人なんですよ。イエスが母や兄弟たちのところに呼び戻そうとされたとき、何と言われたか忘れないでください。彼は自分の弟子たちを指さして、ここにわが母と兄弟たちがいる、とそう言われたのです。

――そうはいっても〈教会〉には、とドクター・スクレタは反駁しようとした。家族を廃止するとか、あるいは家族を万人の自由な共同体に変えようといった気は少しもなかったじゃありませんか。

――〈教会〉とイエスのあいだには、違いがあります。このように言うことをお許しいただけるなら、聖パウロはわたしの眼には、イエスの後継者であると同時にまた改竄《かいざん》者のように見えるのです。まず、サウロからパウロへのあの突然の移行があります！　まるでわたしたちが、一晩のうちにある信仰を別の信仰と取り替えてしまった、あの情熱的な狂信者たちについて充分知らないとでもいうようではありませんか！　しかし狂信者は愛によって導かれているなどと、わたしには言わないでもらいたいものです！　十戒を口のなかでつぶやくのはモラリストたちです。しかしイエスはモラリストではありません。安息日を祝わないといって非難されたとき、イエスが何と言われたか思い出してください。安息日は人間のためにあるのであって、人間が安息日のためにあるのではない。イエスは女性たちを愛していました！　あなたは恋人の顔をした聖パウロを思い描くことができますか？　聖パウロならわたしを断罪するでしょうね。なぜならわたしは女性たちが好きだからです。しかしイエスは違います。わたしは女性たちを、多くの女性たちを愛し、女性たちに、多くの女性たちに愛されるという事実の、どこに悪いところがあるのかわからないのです」。彼は微笑したが、その微笑は大変な自己満足を表していた。「みなさん、わたしは楽な人生を送ってはきませんでしたし、この眼で死の顔をまともに見据えたことも一度ならずあります。しかし神がわたしにたいして寛大さを示されたことがひとつあります。わたしは多数の女性たちをものにしました。しかも彼女たちはわたしを愛してくれたのです」

会食者たちは食事を終えて、ボーイがテーブルを片づけはじめたとき、再びドアをノックする音がきこえた。それは、まるで励ましを求めているような、おずおずとした小さな音だった。「入りなさい！」と、バートレフが言った。

ドアが開いて、ひとりの子供が入ってきた。それは五歳ぐらいの少女で、フリルのついた白い服を着て、幅広の白いリボンをつけていた。その白いリボンは背中のところで大きく結びつけてあったのだが、結び目の両端がふたつの翼に似ていた。少女は大きなダリアの花を手にもっていたが、部屋のなかにいずれもぽかんとして、自分のほうに眼差しを向けているたくさんのひとたちがいるのを見て、立ち止まり、それ以上先に進めなくなった。

しかしバートレフは立ち上がり、顔をぱっと明るくして言った。「怖がらなくてもいいんだよ、天使ちゃん、いらっしゃい」

するとその子はバートレフの微笑を見、まるでその微笑に支えられたとでもいうように、けたたましく笑い、バートレフのほうに走り寄ると、バートレフはその花を手にとって少女の額にキスをした。

　会食者たちとボーイはその光景をびっくりしながら眺めていた。背中に大きな白いリボンをつけたその子供は、本当に小さな天使に似ていたのだ。そして手にダリアをもって前かがみになっているバートレフは、小さな町の広場で見られるようなバロック風の聖者像を思わせた。

「友人のみなさん、と彼は招待客たちのほうを向いて言った。わたしはみなさんとともに、じつに愉快なひとときを過ごすことができました。みなさんにとっても、同様であればよかったと存じます。わたしはできれば夜遅くまでご一緒したいのですが、しかしご覧のとおり、それができません。この美しい天使が、わたしを待っている人物のもとに呼びにきたのです。前にも言ったように、人生はわたしをありとあらゆる仕方で打ちのめしましたが、しかし女性たちがわたしを愛してくれたのです」

　バートレフは一方の手でダリアの花を胸に押しつけ、もう一方の手で少女の肩をさわって、招待客たちに挨拶した。オルガはそんな彼を滑稽なくらい芝居がかっていると思った。しかし彼女は、彼が出ていってくれて、やっとヤクブとふたりきりになれるのだと考えると嬉しかった。

　バートレフは半回転して、少女に手を貸しながら、ドアのほうに向かった。外に出る前に、彼は葉巻箱のほうに身をかがめ、銀貨をたっぷりと摑んで少女のポケットに入れてやった。

11

ボーイが汚れた皿と空いた瓶をワゴンに片づけて部屋のそとに出てゆくと、オルガが尋ねた。

「あの女の子は誰だったのかしら？

――ぼくは一度も見かけたことはないな、とスクレタは言った。

――あの子は本当に小さな天使のようだったな、とヤクブが言った。

――あの人に愛人を見つけてくれる天使ね？　とオルガ。

――そうだよ、とヤクブは言った。ヒモとポン引きを兼ねる天使。ぼくはまさにそんなふうに、自分の守護天使を想像しているんだよ。

――あれが天使かどうかは知らないが、とスクレタは言った。奇妙なのは、ぼくがここのほぼ全員を知っているのに、あの女の子だけは今まで一度も見たことがないんだよ。

――じゃあ、説明はただひとつしかないな、とヤクブが言った。彼女はこの世のものではなかったんだよ。

――あれが天使でもメイドの娘でも、わたしにはひとつだけ保証できることがあるわ、とオルガは言った。彼は女のひとなんかに会いに行ったんじゃないってこと！　あの人はひどく見栄っ張りで、自慢ばかりしていたわ。

——ぼくは感じのいい人だと思うけど、とヤクブは言った。

——そうかもしれないわ、とオルガが言った。でも、わたしはやっぱり、あのひとは現存している最も見栄っ張りなひとだと思うの。わたし、賭けてもいいけど、あの人はわたしたちが着く前に五十セント・コインを一掴みあの少女にやって、打ち合わせておいた時間に花をもって迎えに来るように頼んでおいたのよ。信者というのは奇跡の演出には鋭いセンスをしているものだから。

——あなたの言うことが正しければと、わたしは強く願いますね、とドクター・スクレタが言った。じつは、バートレフは重病なので、たった一夜の愛でも大変な危険を冒すことになるのです。

——ほら、ごらんなさい、わたしの言った通りでしょう。女性について彼がほのめかしたことはすべて、法螺《ほら》でしかなかったのよ。

——ねえ、お嬢さん、とドクター・スクレタは言った。わたしは彼の医者で友人です。それでも、わたしにはそれほどの確信がもてず、今も考えあぐねているところなんですよ。

——彼は本当にそんな病気なのか？　とヤクブが尋ねた。

——じゃあ、どうして彼がほぼ一年前からここに住み、ひどく愛着している若い妻がたまにしか会いにやってこないんだと、きみは思うんだ？

——だけど彼がいなくなると、ここは突然、ちょっと陰気になってきたな」と、ヤクブが言った。

それは本当だった。彼らは三人とも急に見捨てられたように感じ、居心地が悪くなったその部屋に、それ以上長くとどまっていたくなくなっていた。

スクレタが椅子から立ち上がった。「ぼくらはオルガさんを送ってあげてから、その辺をひとまわりすることにしよう。ぼくらには議論しなければならないことが、いっぱいあるんだから」

オルガは抗議した。「わたしはまだ全然帰って寝たくなんかないわ！

——とんでもない、そろそろ時間ですよ。わたしは医者として命令します」と、厳しい口調でスクレタが言った。

彼らはリッチモンドを出てから公園に入った。その途中、オルガは機会を見つけて、小声でヤクブに言った。「わたし、今晩あなたと一緒に過ごしたかったのに……」

しかしヤクブは肩をすくめるだけにした。というのも、スクレタが有無を言わさずに自分の意志を押しつけたからだ。彼らはその若い女性をカール・マルクス寮まで送って行ったのだが、ヤクブは友人の前で、いつもしていたようにオルガの髪を撫でてやることさえしなかった。プラムに似ているという彼女の胸にたいするドクターの嫌悪が、彼にその気をなくさせたのだ。彼はオルガの顔に落胆の表情を読み取り、彼女を苦しめたことを申し訳なく思った。

「ところで、きみはどう思うんだい？　とスクレタは、公園の散歩道で再び友人とふたりきりになったときに尋ねた。ぼくが父親を必要としていると言ったときの話をきいただろう。石だってぼくには同情するぜ。ところが彼ときたら、聖パウロのことを話しはじめるんだもんな！　彼は本当に理解できないんだろうか？　もう二年前からぼくが孤児であることを説明し、二年前からアメリカのパスポートの利点を褒めそやしているんだぜ。その途中で何度も、養子縁組のさまざまなケースについて言及しておいたんだよ。ぼくの計算によれば、そのような暗示のすべてがとっくの昔に、ぼくを養子にしようという考えを与えていていいはずなんだがな。

――彼はあまりにも自分自身に心を奪われているんだよ、とヤクブが言った。

――そうなんだ、とスクレタが同意した。

――もし彼が重病なんだとしても、それはなんら驚くべきことじゃないな、とヤクブは言った。彼は本当にきみが言うほど悪いのか？

――もっと悪いさ。六カ月前、新たに深刻な心筋梗塞を起こしたんだ。で、それ以来、長旅を禁じられ、囚人のようにここに住んでいるんだ。彼の命は一本の糸にぶら下がっているみたいなものさ。で、彼もそのことを知っているんだよ。

――いいかい、とヤクブは言った。そういうことなら、きみはずっと前から暗示という方法は手ぬるいってことを理解していていいはずなんだがな。なぜなら、どんな暗示も自分自身についての考えしか彼の心のなかに引き起こさないからだよ。彼には率直にきみの頼みを言うべきだったんだ。彼はきっと承諾してくれるさ。なぜって、ひとを喜ばすのが好きなひとだから。それは彼が自分自身について抱いている考えに一致するんだ。彼は自分の同類を喜ばせたいんだよ。

――きみは天才だよ！　とスクレタは叫んで立ちどまった。これはコロンブスの卵みたいに簡単なことだ。まさにそうなんだ！　ところが、馬鹿なこのぼくときたら、それが見抜けなかったばかりに、人生を二年も無駄にしたんだ！　ぼくは無益な回り道をして、人生を二年も無駄に過ごしたんだ！　だけど、これはきみのせいなんだぞ、だってきみはずっと前からぼくに忠告してくれていいはずだったんだから。

――だけど、それはきみのせいだよ！　もっと前にぼくに質問すべきだったんだ！」

ふたりの友は闇が迫ってきた公園を歩き、初秋の新鮮な空気を吸い込んだ。

「ぼくが彼を父親にしてやった今、彼がぼくを息子にしてくれたっていいわけだ」とスクレタは言った。

ヤクブはそれに同意した。

「不幸なことに、と長い沈黙のあと彼が続けた。ここのまわりは馬鹿ばかりなんだ。いったいこの町で、ぼくが忠告を求めることができるような人間がひとりでもいるというのか？　ぼくはちょっと利口に生まれつくだけで、すぐに絶対的な追放の憂き目にあうんだよ。ぼくは何も他のことを考えているんじゃないよ。というのも、これがぼくの専門なんだから。つまり、人類は信じられないほど多数の愚者を生み出すということだよ。ある個人が愚かであればあるほど、それだけますます子供をつくりたがる。申し分のない連中はたかだかひとりの子供しか産まないし、きみみたいに最良の人間は全然子供なんかつくらない。これはひどい事態だよ。だからぼくは、人間が異邦人のあいだではなく、兄弟たちのあいだにこの世に生まれてくるような世界を夢見ながら、時間を過ごしているんだ」

ヤクブはスクレタの言葉を聞いていたが、とくに興味を惹かれることはなかった。スクレタは続けた。

「それがただの言葉だなどとは思わないでくれよ！　ぼくは政治家ではなくて医者なんだ。だから兄弟という言葉は、ぼくにとっては厳密な意味をもっている。ソロモンの息子たちは百人の違った母親から生まれたが、兄弟だった。それはきっと素晴らしいことだったろう！　きみはどう思う？」

ヤクブは新鮮な空気を吸い込んだが、何も言うべきことが見つからなかった。

「もちろん、とスクレタは言葉をついだ。未来の世代の幸福のために人々に性的に結びつくように強いるのは、きわめて難しいことだよ。しかし、問題はそういうことじゃないんだ。

ぼくらの世紀においては、理性的な生殖という問題を解決する他の手段があってしかるべきだろう。ひとは愛と生殖をいつまでも混同していてはならないんだ」

ヤクブはその考えを認めた。

「ただ、きみ、きみに興味がある唯一のことは愛から生殖を取り払うことだろう、とスクレタは言った。ぼくにとってはむしろ、問題は生殖から愛を取り払うことなんだ。きみにぼくの計画を打ち明けたかったんだ。試験管のなかにあるあれ、あれはぼくの精液なんだよ」

今度は、ヤクブの注意が目覚めた。

「どう思う?

——素晴らしい考えだと思うな!

——並外れた考えさ！　とスクレタは言った。その手段によって、ぼくはもうかなりの数の女の不妊症を治してやった。多くの女たちに子供ができないのは、たんに夫が種なしだからだということを忘れないでくれ。ぼくにはこの国中に相当の患者がいる。また、四年前から、ぼくはこの町の診療所の婦人科の検査を任されている。注射器の先を試験管に沈め、それから検査の終わった女に受精のための液体を注入してやるのは、わけのないことだよ。

——それで、きみは何人子供をつくったんだい?

——ぼくは数年前からやっているんだが、おおよその帳簿しかつけていない。ぼくはつねに自分が父親であることを確信できるとはかぎらないんだ。というのも、こう言ってよければ、患者たちは自分の夫にたいして不実だからだ。それに、彼女たちが家に帰ってしまうと、処置が成功したのかどうか、けっしてわからないことがあるんでね。ここの女性たちが相手だと、ことはずっとはっきりしている」

　スクレタは黙り込み、ヤクブは優しい夢想に身をゆだねた。スクレタの計画に魅了されて感動したのだ。というのも、彼はそんなスクレタのなかに旧友を、あの御しがたい夢想家を認めたからだった。

「たくさんの女性の子供をもつというのは、ものすごくいいものだろうな……、と彼は言った。

　――しかもみんなが兄弟だぜ」と、スクレタが付け加えた。

　彼らは歩き、芳しい空気を吸い、そして黙った。スクレタが言葉をついだ。

「ねえ、きみ、ぼくはよく思うんだが、ここにはぼくらの気に入らないことがたくさんあるとしても、ぼくらはこの国に責任があるんだと。自由に外国に旅行できないことには腹が立つけれども、ぼくはけっして自分の国を誹謗《ひぼう》することはできないだろう。しかし、ぼくらのうちの誰が、この国をもっとよくするために何もしなかったというのか？　ぼくらのうちの誰が、この国で生きられるようにするために何もしなかったというのか？　ただ、自分のところにいると感じるのは……」と言ってスクレタは声を低くし、優しさをこめて話しだした。

「自分のところにいると感じるのは、自分が自分の家族のなかにいると感じるということだ。

そこで、きみが出発すると言ったので、ぜひきみにぼくの計画に参加するよう説得すべきだと考えたんだよ。ぼくはきみ用の試験管をもっている。きみが外国に行き、ここにはきみの子供たちが生まれてくる。そして、これから二十年もすれば、この国がどんな素晴らしい国になっているかわかるだろう!」

空にはまん丸い月があった（その月はこの物語の最後の夜までそこにとどまっているだろう。だからわたしたちはこの物語を「月の〔現実離れした意〕物語」と形容してもよい）。そしてドクター・スクレタはリッチモンドまでヤクブを送っていった。「明日出発なんかしちゃだめだよ、と彼は言った。

——出発しなきゃならないんだ。ひとが待っているんでね、とヤクブは言ったが、結局説得されるがままになることを知っていた。

——それは何の意味もないことじゃないか、とスクレタは言った。ぼくの計画がきみの気に入ったのは嬉しいね。明日、それを徹底的に議論しよう」

四日目

1

クリーマ夫人は出かける用意をしていたが、夫はまだ寝ていた。

「あなたも今朝、出かけるはずだったんでしょう？　と彼女が尋ねた。

──急いだって何の役に立つんだ！　ぼくにはあの愚者たちの顔を再び見にゆく時間ぐらい、まだたっぷりあるさ」と、クリーマは答えてから欠伸《あくび》をし、反対側に寝返りを打った。

一昨日の真夜中に、彼は例のげんなりする講演会で、素人のミュージシャンのグループを助ける約束をし、その結果次の木曜日の晩、小さな温泉町で薬剤師と医者とのジャズ・セッションをする羽目になったと妻に告げたのだった。彼はそれをすべてわめくように言ったのだが、クリーマ夫人は彼の顔をじっと見据え、ジャズ・セッションなど全然嘘で、クリーマはただいつもの浮気のために時間を確保するつもりでそんなことをでっち上げているのだから、その罵詈《ばり》雑言も心底からの怒りを表してはいないのをはっきり見て取った。妻が彼の顔色を読み取るので、彼は何も隠せなかった。彼が口汚く罵りながら向こう側をむいたとき、彼女はすぐに、彼が眠いのではなく、自分から顔を隠し、詮索されないようにしているのだと理解した。

それから彼女は劇場に行った。数年前、病気のためにフットライトの熱気を断念せざるをえなくなったとき、クリーマは彼女に秘書の仕事を見つけてくれた。それはけっして不愉快な仕事ではなく、彼女は毎日面白い人たちに会い、かなり自由に自分の日程を調節することができた。彼女は事務机に向かって公用の手紙を何通か認《したた》めたのだが、なかなか集中できなかった。

嫉妬ほど、ひとりの人間をすっかり呑み込んでしまうものはない。一年前、カミラが母をなくしたとき、それはたしかにトランペット奏者の浮気よりずっと悲劇的なことだった。しかし、大好きだった母の死のほうが、夫の浮気ほど彼女を苦しめなかった。その苦しみは慈悲深く様々な色で飾られていた。その苦しみのなかには悲しみ、懐かしさ、感動、後悔（わたしは充分に母の面倒をみてあげたのだろうか？　母を粗末にしたのではないだろうか？）があったが、また穏やかな微笑もあった。その苦しみは慈悲深く、いろんな方向に散らばった。カミラの考えは母の柩にぶちあたって跳ね、思い出のほうに、自分の幼年時代のほうに、さらに遠く母の幼年時代のほうに進んでいった。また、数々の実際的な心配事のほうに、開かれた未来のほうに飛んでいった。そしてその開かれた未来のなかに、慰めのように（そう、あれは夫が彼女にとって慰めになった例外的な日々だった）クリーマのシルエットが描かれていた。

嫉妬の苦しみは逆に、空間のなかを進まず、まるで錐のようにただ一点のまわりを回って、拡散するということがなかった。母の死が（今までとは別の、もっと孤独で、もっと大人の）未来の扉を開いたのに反して、夫の不実さによって引き起こされる苦痛はどんな未来も開かなかった。すべてが唯一の（そして変わらずに存在する）不実な肉体の幻覚のなかに、唯一の（そして変わらずに存在する）非難のなかに集中された。母親をなくしたときには、音楽を聴くことができたのに、今はものを読むことさえできなかった。嫉妬しているときの彼女は、まったく何をすることもできないのだった。

昨夜もすでに、彼女は疑わしいライブの存在を確かめるために、その温泉町に出かけようと考えたのだが、たちまち諦めてしまった。というのも、彼女は自分の嫉妬がクリーマを怖がらせるので、あからさまに見せつけるようなことをしてはならないのを知っていたから。しかし彼女の心のなかでは、嫉妬がまるで猛スピードのモーターのように回り、そのため彼女は電話を取らずにはいられなくなった。彼女はそんな自分を正当化するのに、わたしが駅に電話するのは、別にはっきりとした意図もなく、ただの気晴らしのためだ、だって事務的な手紙を書こうとしても集中できないんだから、と自分に言い聞かせた。

電車が午前十一時に出発すると知ったとき、彼女は自分が見知らぬ道を歩き回り、クリーマの名前が載っているポスターを捜し、旅行案内所に行って、夫がするはずになっているライブのことを知っているかどうか尋ねている姿を想像した。そして、そんなライブはないという返事をきき、騙されて惨めに、馴染みのない無人の町をさまよう姿を想像した。さらに彼女はその翌日、クリーマがどんなふうにそのライブのことを話し、そして自分がどんなふうにその細部を尋ねるのか、ということも想像した。わたしは彼の顔をまともに見据え、彼のでっち上げることに耳を傾け、彼の嘘という煎じ薬を苦い思いで飲むことになるんだ。

しかし彼女はすぐに、いや、そんなふうに振る舞ってはいけないと自分に言った。いや、わたしは何日も何週間もじっとして、自分の嫉妬の幻覚を見張ったり、大きくしたりしているわけにはゆかないんだ。わたしは夫を失うのが怖いのに、その怖さのせいで、結局夫を失ってしまうことになるんだわ！

しかしすぐに、別の狡猾な声が素朴さを装って答えた。いや、とんでもない、わたしは夫を監視しに行くんじゃないんだ！　夫がライブをしに行くと告げたから、わたしはそのことを信じているんだ！　わたしがもう嫉妬したくないからこそ、夫の言うことを真に受け、疑わずに受け入れたんだ！　向こうに行っても何の楽しみもないし、陰気な昼と晩を過ごすのがいやだと、夫が言っていたんじゃないかしら！　だから、わたしはひたすら嬉しい驚きを与えてあげるために、夫に会いに向こうに行こうと決めたんだ！　ライブが終わって、夫がくたびれはてる帰りの旅のことを考えながら、げんなりして聴衆に挨拶するとき、そっと舞台の下のほうに忍び込んでやろう、そうすれば夫にはわたしが見え、そして夫もわたしも笑いだすことになるんだ！

彼女は苦労して書き上げた手紙を支配人に届けた。彼女は劇場ではみんなからよく思われていた。有名なミュージシャンの妻が謙虚で愛想がよいことが高く評価されていたのだ。時々彼女が発する悲しみには、どこかひとの心を寛大にしてしまうところがあった。支配人は彼女には何も断れなかった。彼女は、金曜の午後には戻り、遅くまで劇場に残って、無駄にした時間を取り戻すと約束した。

2

十時になって、オルガはいつものようにルージェナから白い大きなタオルと鍵を受け取ったところだった。彼女は更衣室のなかに入り、服を脱いでハンガーにかけ、古代ローマのトーガみたいにタオルをはおり、更衣室の錠を閉めてから、ルージェナに鍵を返した。そして、温浴場のある奥のホールに向かった。彼女はタオルをぽんと手すりにひっかけて階段を降り、すでに大勢の他の女たちがいる湯のなかに入った。温浴場は大きくなかったが、オルガは健康のためには泳ぎが必要だと確信していたので、平泳ぎで何ストロークか泳いでみようとした。彼女が大きく手を揺り動かしたら、おしゃべりなひとりの婦人の口のなかに湯が飛び込んだ。「あなた、どうかしてるんじゃないの？　とその婦人は不満気な声で言った。ここはスイミングプールじゃないんですよ！」

女たちが大きな蛙のように浴槽の縁に座っていた。オルガは怖くなった。女たちはいずれも、彼女よりも年配で逞しく、体に肉も脂肪もたっぷりついていた。だからオルガは辱められたように、その女たちのあいだに座り、眉をひそめながらじっとしていた。

突然、彼女はホールの入口に若い男がひとりいるのに気づいた。男は小柄で、ジーンズをはき、穴のあいたセーターを着ていた。

「あのひと、ここで何やっているの？」と、彼女は叫んだ。

すべての女たちが一斉にオルガの視線の方向を向き、くすくす笑い、金切り声を出しはじめた。

そのときルージェナがホールに入ってきて叫んだ。「映画関係のひとたちがいらっしゃいました。ニュース映画のために皆さんを撮影されます」

温浴場の女たちは大笑いした。

オルガは抗議した。「いったいどういうことなんですか！

——このひとたちは管理局の許可をもらっているんです、とルージェナが言った。

——管理局なんてどうだっていいの、誰もわたしに許可なんか求めなかったじゃないの！」とオルガが叫んだ。

穴のあいたセーターの若い男（彼は光の強度を測る道具を首のまわりにかけていた）は浴槽に近づき、作り笑いをしながらオルガを眺めたが、彼女はその笑い方を淫猥《いんわい》だと思った。

「お嬢さんをスクリーンで見たら、大勢の観客が夢中になりますよ！」

女たちはまたどっと笑ってそれに応え、オルガは手で自分の胸を隠した（それは難しいことではなかった。というのも、わたしたちが知っている通り、彼女の胸は小さく、プラムに似ていたから）。そして、他の女たちの蔭に縮こまった。

ジーンズをはいた別のふたりの男が温浴場のほうに進んできて、背の高いほうがこう宣言した。「どうかわたしたちなどいないみたいに、自然に振る舞ってください」

オルガは自分のタオルがかけてある手すりに手を伸ばし、温浴場から出ずにそれを体に巻きつけ、階段を昇って片足をホールのタイル張りの床に乗せた。タオルはびしょ濡れで、湯が滴り落ちていた。

「ちぇっ！　そんなふうに出てゆかないでくださいよ！」と穴のあいたセーターの若い男が叫んだ。

――あなたはもう十五分、浴槽のなかにいなければならないのよ！　と今度はルージェナが叫んだ。

――彼女、はにかみ屋なんだよ！　彼女の背後で温浴場中の女たちが爆笑した。

――あのひと、自分の美しさを盗まれるのが怖いのよ！　とルージェナ。

――あんた、あの王女さまを見たでしょう！　と浴槽のなかのひとつの声。

――もちろん、撮影されたくないひとは出ていってくださって結構ですよ、と背の高いジーンズの男が穏やかな声で言った。

——あたしらは別に恥ずかしくないよ！　あたしら、いい女だもんね！」と、ひとりの太った女がけたたましい声で言うと、浴槽の表面が波打った。

「だけどあのひと、出ていっちゃいけないんだわ！　まだ十五分あるのに！」と、オルガを眼で追いながらルージェナが文句を言ったが、オルガは頑なに更衣室に行ってしまった。

3

ルージェナが不機嫌だったからといって、悪く思ってはならない。しかしなぜ彼女は、オルガが撮影されるのを拒んだことで、あれほどまでに苛立ったのだろうか？　なぜ彼女は、嬉しそうにわめきながら男たちの来訪を迎えた一群の太った女たちと、すっかり一体になってしまったのだろうか？

また、いったいなぜ、その太った女たちはあんなにも嬉々とした金切り声で叫んだのだろうか？　自分たちの美しさを若い男たちの前で見せびらかし、誘惑したかったからだろうか？

まったくそうではない。彼女たちの羞恥心のこれみよがしの欠如はまさに、自分たちがどんな誘惑の力ももっていないという確信からくるものだった。彼女たちは、女性の若さにたいする遺恨にみち、性的に使用不可能な自分たちの肉体をさらすことで、女性の裸を誹謗し愚弄《ぐろう》することを願ったのだ。彼女たちは復讐し、自分たちの肉体の醜さによって女性の美しさの輝きを攻撃したかったのだ。なぜなら彼女たちは、肉体というものは美しくても無様でも、とどのつまりは同じものであり、無様さは男たちにこう囁きながら、美しさに無様さの影を投げかけることを知っていたから。見てみなさい、これがあんたを魔法にかけているあの肉体の真実なんだよ！　見てみなさい、このぶよぶよした大きなおっぱいは、あんたが夢中になって崇めているあの胸と同じものなんだよ！

浴槽の女たちの嬉々とした羞恥心の欠如は、はかない若さのまわりを回る輪舞、しかもその温浴場には犠牲者として役に立つひとりの若い女性がいただけに、よけい嬉々とした輪舞だった。オルガがバスタオルで身をくるんだとき、その動作を自分たちの残酷な儀式にたいする妨害行為だと解釈して、彼女たちは激怒したのだった。

しかしルージェナは太ってても年取ってもいなかった。それどころか、彼女はオルガより美人でさえあった！　それでは、なぜ彼女はオルガと連帯しなかったのか？

もし彼女が中絶を決意し、クリーマとの幸福な愛が自分を待っていると確信していたのなら、まったく別なふうに反応したことだろう。愛されているという意識はこの女性と女たちの群れとを隔てるので、ルージェナは有頂天になって、他の連中には真似のできない自分の特異性を発揮したことだろう。彼女はその太った女たちを敵だと見なし、オルガを妹だと思ったことだろう。美が美を、幸福がもうひとつの幸福を、愛がもうひとつの愛を助けに駆けつけるように、彼女はオルガを助けに駆けつけたことだろう。

しかし昨夜、ルージェナはまったく眠れず、クリーマの愛を当てにしてはいけないと決意していた。だから、彼女と女たちの群れとを隔てるいっさいのものが幻想のように見えたのだ。彼女がもっていた唯一のものとは、社会と伝統によって護られ、自分の腹のなかで芽生えつつあるあの種だけだった。彼女がもっていた唯一のものとは、女性の運命の輝かしい普遍性であり、その普遍性こそが自分自身のために闘うことを約束してくれていたのだ。

さらに、温浴場のあの女たちはまさしく、女性の最も普遍的な特質を代表していた。すなわち、出産、授乳、たえざる衰退という特質、女性が愛されていると信じ、自分が他人には真似のできない個性だという気持ちになる、あのはかなく束の間の時間のことを考えて嘲笑するという特質。

自分が唯一の存在だと確信している女性と、女の普遍的な運命という屍衣《しい》をまとった女性たちとのあいだには妥協の可能性はない。あれこれと様々な考えにみたされた眠れぬ一夜のあと、ルージェナは（気の毒なトランペット奏者！）そんな女たちの味方になったのだった。

4

ヤクブはハンドルを握っていたが、助手席に座っていたボブがたえず頭を横に回して、彼の顔を舐めていた。小さな町の最後の家並を通り過ぎると、高層の建物が建っていた。昨年はなかったもので、ヤクブはそれを醜いと思った。緑の風景の真ん中にあるそれらの建物は、花鉢のうえに置かれた箒のようなものだった。ヤクブは、その風景を満足そうに見ているボブを撫でてやりながら、犬の頭のなかに美の感覚を植えつけなかった神は、犬たちにたいして慈悲を示したのだと考えていた。

犬は再び彼の顔を舐めた（その犬はきっと、ヤクブがずっと自分のことを考えてくれていると感じたのだろう）。そしてヤクブは、この国では事態は好転も悪化もしないが、だんだん笑うべきものになってきたと思った。かつては人間への迫害の犠牲者がいたものだったが、昨日は犬への迫害に立ち合った。まるで配役こそ違うものの、またあいかわらず同じ見せ物だとでもいうように。そこでは退職者たちが予審判事と看守の役割を受け持ち、投獄された政治家たちがボクサー、雑種犬、グレーハウンドによって演じられていた。

彼は、数年前プラハで、隣人が自宅の門の前で、両眼に釘を打たれ、舌を切られ、脚を縛られた愛猫を見つけたことを思い出した。近所の子供たちが大人の真似をして遊んだのだった。ヤクブはボブの頭を撫で、料亭の前で駐車した。

　車から降りたとき、彼は犬が自分の小屋の扉まで喜んで突進してゆくだろうと思っていた。しかしボブは走りださないで、ヤクブのまわりを飛び跳ね、遊びたがった。それでも、「ボブ！」と叫ぶ声がすると、犬は敷居のところに立っている女のほうに矢のように走り去った。「お前はどうしようもない風来坊なんだね」と、女が言ってからヤクブに詫び、いつからこの犬がご迷惑をおかけしているのですかと尋ねた。

　ヤクブがひと晩犬と一緒に過ごし、いま車で連れてきたところだと答えると、女はうるさいほど礼を言って、なかに招じいれた。女は彼を、たぶん企業の宴会に使われるものと思われる特別室に座らせ、走って夫を捜しに行った。

　しばらくすると、女は若い男を連れて戻ってきた。男はヤクブの隣に座ると、手を差し出した。「わざわざこんなところまでボブを連れてきてくださるとは、本当にいいお方だ。これは馬鹿な犬で、方々うろつき回ることしか能がないんですよ。でも、わたしたちにとっては大変かわいい奴なんですよ。何か召し上がるでしょう？

　──喜んで」と、ヤクブが言うと、女は台所に走った。それからヤクブは、どんなふうにして退職者たちの群れからボブを助け出したか話した。

「下劣な奴らだ！」と男は言ってから台所のほうを振り向いて、妻を呼んだ。ヴェラ！　こっちに来てくれ！　下のほうで、奴らがやっていることを聞いたか、何とも下劣な奴らだよ！」

　ヴェラは湯気が出ているポタージュの皿をのせた盆をもって、部屋に戻ってきた。彼女が座ると、ヤクブは前日の冒険の話をもう一度した。犬はテーブルの下に座って、耳のうしろを掻いてもらっていた。

　ヤクブがポタージュを終えると、今度は男が立ち上がって台所に走り、クネーデルを添えた豚のローストをもってきた。

　ヤクブは窓のそばにいて、気分がよかった。男は下のほうの人間たちを呪った（ヤクブは魅了された。この男は自分の料亭をオリンポスみたいな高所、奥まって高いところにある地所のように見なしているのか）。すると、女が二歳の子供の手を引いて戻ってきた。「この方にありがとうと言いなさい、と彼女は言った。ボブを連れてきてくださったんだよ」

　その子は何か訳のわからない言葉をつぶやいて、ヤクブのほうに笑った。外には太陽が出ていて、黄色くなりだした樹の葉が、開いた窓のほうに静かに垂れていた。物音ひとつしなかった。その料亭は世俗のはるか上にあり、そこは平和にみちていた。

　生殖を拒否してはいたものの、ヤクブは子供が好きだった。「かわいいぼうやですね、と彼は言った。

　――おかしな子なんですよ、と女が言った。こんな大きな鼻なんかして。いったいこの鼻が誰に似たものやら、わからないんですよ」

ヤクブは友人の鼻を思い出して言った。「スクレタ先生は奥さんの治療をしたとか言っていましたが。

——先生をご存じなんですか？　と男が快活に尋ねた。

——友人です、とヤクブは言った。

——わたしどもは、それはもう先生には感謝しているんですよ」と、若い母親が言ったのだが、ヤクブは、もしかするとこの子は、スクレタの優生学的計画の成功例のひとつかもしれないと考えた。

「あの方は医者じゃなく、魔術師ですよ」と、男は感嘆の声で言った。

ヤクブは思った、ベツレヘムの平和が支配するこの場所で、この三人の人物たちは〈聖家族〉なのであり、彼らの子供は人間の父親ではなく、スクレタ神から生まれたのだ、と。

再び、子供がよくわからない言葉をつぶやいた。すると若い父親はいとしそうに子供を見つめた。「おれは思うんだよ、と彼は妻に言った。あんたの遠い先祖の誰がこんな長い鼻をしていたんだろうな、と」

ヤクブは微笑した。奇妙な考えが彼の頭をよぎったばかりだったのだ。それは、ドクター・スクレタは自分の妻に子供をつくるためにも、やはり注射器を使ったのだろうかという考えだった。

「わたしが間違っているんですかね？　と若い父親が尋ねた。

――とんでもない、とヤクブは言った。わたしたちがとっくに墓場のなかで眠っていても、自分の鼻が世の中を歩き回っているだろうと考えるのは大きな慰めじゃないですか」

みんなが笑いだし、スクレタがこの子の父親かもしれないという考えは今や、気まぐれな夢のようにヤクブには思えてきた。

5

フランティシェクは冷蔵庫を直してあげた奥さんから金を受け取り、その家を出て、いつものオートバイに乗った。そして、この地方一帯で修理サービス業務を営んでいる会社にその一日の集金を戻すために、小さな町のもう一方の端に向かった。彼がまったく自由になったのは、二時ちょっと過ぎだった。彼は再びオートバイのエンジンを始動させ、温泉施設のほうに走った。駐車場に白のリムジンが止まっているのに気づいた彼は、そのリムジンの隣にオートバイを止め、アーケードの下を通って人民会館のほうに向かった。というのも彼は、トランペット奏者がそこにいるかもしれないと見当をつけていたからだ。

彼をそこに導いたのは、大胆さでも闘争心でもなかった。彼は騒ぎを起こしたくなかった。それどころか、自制し、頭を下げ、全面的に服従しようと決意していた。おれの愛はじつに大きなものなんだから、愛のためには何にでも耐えられるんだ、と自分に言い聞かせていた。王女のためにあらゆる苦しみと悩みに耐え忍ぶ王子のように、彼はどんな途方もない屈辱でも受け入れる覚悟をしていた。

なぜ彼はそんなにへりくだるのか？　この小さな温泉町には若い女たちがあふれ、気をそそるのに、なぜ彼は別の女のほうを振り向かないのか？

フランティシェクはルージェナより年下で、したがって彼にとって不幸なことに、彼はとても若かった。もっと成熟すれば、彼もきっと物事のはかなさを発見し、ひとりの女の地平の背後に、別の女たちの地平が広がっていることを知るかもしれない。ただフランティシェクはまだ、時間がどういうものであるかを知らなかった。彼は幼年時代からずっと続き、変わらない世界のなかに生きている。一種不動の永遠性というべきもののなかに生きている。彼はいつも同じ父親と同じ母親をもち、彼を男にしてくれたルージェナはまるで天の、この世にありうるただ一つの天の蓋のように上方にいた。彼は彼女のいない人生を思い描くことができなかった。

昨日彼は、彼女を見張るようなことはしないと従順に約束した。今このときも、彼は彼女の邪魔をすまいと心から決めていた。おれに関心があるのはあのトランペット奏者だけなんだから、そのトランペット奏者のあとをつけまわしたところで、彼女との約束を本当に違えたことにはならないんだ、と思っていた。しかし彼は、それはただの言い訳にすぎず、ルージェナは彼の行動を非難するだろうということも知っていた。だが、それでも彼の心のなかでは、それはどんな反省あるいは決意よりも強かった。それはまるで麻薬中毒のようなものだった。というのも、彼はぜひ、あの男に会わねばならなかったからだ。もう一度あの男にゆっくりと、近くで会わねばならなかった。あの男に自分の苦しみをまともに見てもらわねばならなかった。ルージェナの体との合体など想像できず、とても信じられないように思える、その体を見なければならなかった。彼らのふたつの体の合体が考えられるものか、そうでないかをこの眼で確かめるために、その体を見なければならなかった。

舞台のうえでは、彼らがもう演奏していた。ドラムのドクター・スクレタ、ピアノの痩せて小さな男、そしてトランペットのクリーマ。練習に立ち合うために忍び込んだ何人かの若いジャズ・ファンが、ホールのなかに座っていた。フランティシェクには、自分がそこにいる動機を発見されるのを恐れる理由はなかった。あの火曜日の晩、オートバイのライトに眼がくらんだトランペット奏者には顔を見られていないのを確信していたし、またルージェナの用心深さのおかげで、彼とその若い女との関係のことを誰も大して知らなかったからだ。

トランペット奏者はミュージシャンたちの演奏を中断させ、みずからピアノに向かい、あるパッセージを小男に弾いてやったが、そのリズムは全然違っていた。ホールの奥の椅子に座っていたフランティシェクは、やがてゆっくりと影に変貌していった。そしてその日一日、その影は片時もトランペット奏者を離れることはなかった。

6

彼は森の料亭から戻りながら、顔を舐めてくれる快活な犬がもう横にいないのを心残りに思っていた。それから彼は、四十五年の人生のあいだ、その横の席を空けたままにしておくことができたのは奇跡のようだと思った。だからこそ、今のおれは荷物ももたず、重荷も引きずらず、まるで未来の基礎を築きはじめたばかりの学生みたいに、偽りの（しかし麗しい）青春の外観を保ちながら、たったひとりで、いともたやすくこの国を離れることができるのだ。

彼は、この国を離れるのだという感慨に浸ろうとした。過去の生活を思い起こそうと努めた。過去の生活をひとつの大きな風景のように、懐かしく振り返る広々とした風景、眩暈《めまい》を起こすほど遥か彼方の風景のように見立ててみようと努めた。しかしそうはできなかった。頭のなかで自分のうしろに見ることができたのは、彼にとってはごく小さなもの、閉じたアコーディオンのようにぺちゃんこなものにすぎなかった。体験した宿命といった幻想を与えてくれそうな思い出の断片を思い起こすにも、努力が必要だった。

彼はまわりの木々を眺めた。その葉は緑、赤、黄色、そして褐色だった。森は火災に似ていた。彼は、この森が燃え上がり、おれの人生も思い出もこの素晴らしく無感動な炎のなかで燃え尽きてしまう、まさにそのときにおれは出発するのだと思った。おれは苦しくないことに苦しむべきなのだろうか？　悲しくないことを悲しむべきなのだろうか？

彼は悲しみを覚えなかったが、だからといって、とくに急ぎたいとも思わなかった。外国の友人たちとの打ち合わせによれば、今このときにも国境を越えていなければならないはずだった。しかし彼は自分が再び、友人たちのあいだではよく知られ、またひどくからかわれもしている、あの優柔不断な無為の虜になるのを感じた。というのも、これまでの彼は、まさにここいちばん精力的で決然とした行動が要求される状況にかぎって、その優柔不断な無為に屈してしまったのだから。彼は自分が最後の瞬間まで、その日のうちに出発すると言いつづけるのを知っていたが、また、自分が今朝からずっと、この数年来、時々長い間隔を置いてだが、しかしつねに喜んで友人に会いに来ている、この素敵な温泉町を去る時を遅らせようとすることばかりしていることにも気づいていた。

彼は車を止め（そう、すでにトランペット奏者の白いリムジンとフランティシェクの赤いオートバイが駐車しているところだ）、三十分後にオルガがやってくることになっているカフェレストランのなかに入った。奥の窓ガラスの近くに、好ましそうなテーブルを見つけた。そこから公園の燃えるような木々が見える。しかし、あいにくそのテーブルは三十位の男によって占められていた。ヤクブはその男の隣に座った。そこからは木々は見えなかったが、その代わり彼の視線は、見るからに苛立ち、ドアから眼を離さず、足をばたつかせているその男に吸い寄せられた。

7

やっと彼女が入ってきた。クリーマは椅子から飛び跳ね、彼女を迎えにゆき、窓ガラスのそばのテーブルまで案内した。彼は彼女に微笑んだ、まるでその微笑によって、ふたりの合意がつねに有効であり、ふたりともぐるになって落ち着き、互いに信頼し合っていることを示したいとでもいうように。彼は若い女の表情のなかにその微笑にたいする肯定的な返事を捜したが、見つからなかった。彼は不安になった。彼は自分の気にかかっていることについて話す勇気はなく、その若い女を相手に気楽な雰囲気をつくりだすような、つまらない会話を始めた。けれども、彼の言葉はまるで石の壁にぶつかるように、若い女の沈黙にぶつかって跳ね返った。

やがて彼女は彼の言葉をさえぎった。「あたし、考えが変わったの。そんなことをしたら罪だわ。あなたにはたぶんできるのかもしれないけれど、あたしにはできない」

トランペット奏者は、心のなかですべてが崩れさるのを感じた。彼は表情のない視線をじっとルージェナに向けたまま、何を言っていいのかわからなかった。自分のなかにただ絶望的な疲労しか見いだせなかった。するとルージェナが繰り返した。「そんなことをしたら罪だわ」

彼は彼女を見たが、彼女が非現実的に思えた。遠くに離れているとその容貌を思い出すことができない女が今や、まるで終身刑のように彼のもとに現れた（わたしたちの誰とも同じように、クリーマは自分の生のなかに内部から、徐々に、有機的に入り込んでくるものにしか現実感を与えられなかったのに反して、外から突然、偶然やって来るものを、非現実の侵入のように感じたのだ。だが、悲しいかな！　その非現実ほど現実的なものは何もなかったのだ）。

やがて、以前にトランペット奏者に気づいたボーイがふたりのテーブルの前に現れた。彼は盆のうえにコニャックをふたつもってきて、快活な口調でふたりに言った。「ほらほら、おふたりの眼には欲望という字が書いてありますよ」。そして、ルージェナには前回と同じ注意をした。「気をつけるんだよ！　女という女がやっかんで、今にあんたの眼をくりぬきにきますぞ！」。彼はそう言ってひどく大きな声で笑った。

今度はクリーマのほうが自分の恐怖にすっかり心を奪われるあまり、ボーイの言葉に注意を払わなかった。彼はコニャックを一口飲み、ルージェナのほうに身をかがめた。「どうか、お願いだ。ぼくはふたりが合意したと信じていたんだよ。ぼくらはすべてを語り合ったじゃないか。どうして急に考えを変えるんだ？　きみもぼくと同じように、数年間はお互いのためにすべてを捧げ合ってもいいと考えたんだろう。ルージェナ！　ぼくらがそうするのは、ただぼくらの愛のためなんだよ。ぼくらがふたりとも本当に欲しいときに、一緒に子供をつくるためなんだよ」

8

ヤクブはすぐに、それが老人たちに犬のボブを引き渡したがった看護師だとわかった。彼は魅入られたように彼女を眺め、彼女とその話し相手が何を話しているのか、ひどく好奇心をそそられた。はっきり聞き取れる言葉はひと言もなかったが、その会話がきわめて緊張したものだということはよくわかった。

その男の表情から、彼が今しがた痛ましい知らせを受け取ったことも、たちまち明らかになった。言葉を取り戻すのに、彼にはしばらく時間が必要だった。その身振りから、彼がその若い女を説得しようと努め、女に懇願しているのがわかった。しかし、若い女は頑固に沈黙を守っていた。

ヤクブは、これはひとつの生命がかかっている話だな、と考えずにはいられなかった。ブロンドの若い女は彼にはつねに、この国の死刑執行人が仕事をしているあいだに、犠牲者を押さえつける用意をしている女の顔だちをしているように見え、男が生の味方で、彼女のほうが死の味方であることを一瞬も疑わなかった。男は誰かの生命を救いたがって援助を求めているのに、ブロンドの女が拒否し、その女のせいで誰かが死のうとしているのだ。

それから彼は、男が懇願するのをやめて微笑し、彼女の頰を愛撫するのもためらわないことを確認した。彼らは合意に達したのだろうか？　全然そうではない。黄色い髪の下の顔は頑固に遠くのほうを見つめ、男の視線を避けていた。

ヤクブには、前日以来、この国の死刑執行人たちの助手の顔だちをしているということ以外には思い描けない、その若い女から眼を離す力はなかった。彼女は美しいが、空虚な顔をしていた。男たちを惹きつけるには充分美しいけれど、また男たちのどんな懇願も消えてしまうのに充分なほど空虚な顔。そのうえ、その顔は誇りにみちていた。しかしヤクブは知っていた、それはその美しさではなく、その空虚さを誇りにしている顔だということを。

あの顔のなかには、よく知っている何千もの他の顔がおれを迎えにやって来るのが見えるようだ、と彼は思った。おれの人生全体があのような顔とのたえざる対話でしかなかったのだと思った。あの顔に何か説明しようとしても、侮辱されたようにそっぽを向き、おれが差し出す証拠に別の話をして答えたものだった。微笑んでやっても、あの顔はおれの無遠慮さを責め、嘆願してみても、優越感を見せびらかすだけだった。あの顔は何も理解せずにすべてを決めてしまう顔、砂漠のように空虚で、しかもその砂漠を誇りにしている空虚な顔なんだ。

あの顔は今日が見おさめだ、明日にはあの顔の王国ともおさらばだ、と彼は思った。

9

ルージェナもまたヤクブに気づいて、昨日のあの男だとわかっていた。彼女は彼の視線を感じて気後れした。彼女は、暗黙のうちに共謀しているふたりの男の包囲、二丁の銃身のように自分に照準を合わせているふたつの視線の包囲のなかに捕らえられた。

クリーマがくどくどと説得を繰り返していたが、彼女はどう答えていいかわからなかった。彼女は、生まれてくる子供の生命が問題になっているときには、理性には何も言うべきことはなく、ただ感情だけがものを言うのだと、早口で何度も自分に言い聞かせていた。彼女は押し黙ったまま、ふたりの視線を避けようと顔をそむけ、窓の向こう側をじっと眺めた。するとこ、ある程度精神が集中できたおかげで、愛人としての、そして母親としての、傷つけられた誇りの意識が自分のうちに芽生えるのを感じ、その自覚がクネーデルの生地のように醗《はっ》酵《こう》した。しかし彼女は言葉でそんな気持ちを表現できなかったので、公園の同じ一点をじっと見つめる眼にその気持ちが滲《にじ》むがままにした。

しかしまさに、その茫然とした眼をじっと固定しているところに、彼女は突然親しい人間の姿を認め、恐慌をきたした。もうクリーマの言っていることなど、全然耳に入らなくなった。それは彼女に銃口を向けている第三の視線だったのだが、それこそ最も危険な視線だった。というのも、最初のころのルージェナは、自分の妊娠の責任者が誰かを確信をもって言えなかったからだ。彼女がまず考慮したのは、公園の一本の樹の蔭に下手に隠れて、今こっそりと彼女を見張っている男だった。それは、もちろん最初のころだけだ。というのもそれ以来、彼女はトランペット奏者を父親として選ぶほうに傾いてゆき、そしてある日とうとう、父親はきっと彼に違いないと決めたのだから。ただ、よく理解しておかねばならないのは、彼女は計略によって自分の妊娠を彼のせいにしたいと望んだわけではないということだ。彼女はそのように決めることによって、計略ではなく、真実を選んだのだ。彼女は本当にそれが事実だと決めたのである。

それに、妊娠というものはじつに神聖なことだから、自分が軽蔑するような男がその原因であるなどありえないと思えるほどだった。それは少しも論理的な推論ではなく、一種超合理的な啓示だったが、その啓示によって彼女は、自分が気に入り、尊敬し、憧れている男とでなければ子供ができるはずはないと確信したのだった。だから電話で、子供の父親として選んだ男がショックを受け、怯えて、父親としての使命を拒むのをきいたとき、すべてが最終的に決してしまったのだ。というのも、そのときからというもの、彼女はただ自分の真実をもう疑わなくなったばかりでなく、自分のために闘争を開始しようと覚悟したのだから。

クリーマは黙ってしまい、ルージェナの頰を愛撫した。彼女は考えごとから引き離され、彼の微笑に気づいた。彼は、前みたいに車で田舎をひとまわりしてこよう、だってこのカフェのテーブルは冷たい壁みたいにぼくらを引き離してしまうから、と言った。

彼女は怖くなった。フランティシェクはあいかわらず公園の木蔭にいて、カフェレストランのガラス窓に視線を凝らしている。ふたりが外に出たときに、詰め寄ってきでもしたら、いったいどういうことになるのだろう？　火曜日のように騒ぎを起こしたら、いったいどういうことになるのだろうか？

「コニャックの支払いを」と、クリーマがボーイに言った。

ルージェナはハンドバッグからガラスの壺を取り出した。

トランペット奏者はボーイに紙幣を渡し、おつりを受け取るのを鷹揚《おうよう》に拒否した。

ルージェナは壜を開き、手の窪みのところに錠剤をひとつ滑らせ、飲み下した。

壜に蓋をしたとき、トランペット奏者が彼女のほうに振り向き、正面から見つめた。彼は両手を彼女の手のほうに伸ばした。すると、彼女はその指の接触を感じるために壜を離した。

「さあ、行こう」と彼が言い、ルージェナは立ち上がった。彼女は、じっとこちらを見ているヤクブの敵意ある視線を感じて、眼をそむけた。

外に出ると、彼女は心配になって公園のほうを見たが、フランティシェクはもうそこにはいなかった。

10

ヤクブは立ち上がって、まだ半分残っているグラスをとり、空いたテーブルに移って座った。彼は窓ガラス越しに赤く映える公園の木々を満足げに一瞥《いちべつ》し、これらの木々は火災の炎に似ているな、とまた同じことを自分に言って、そこに四十五年の人生を投げ捨てた。それから彼の視線はテーブルの平面のうえを滑り、灰皿のそばに忘れられたガラスの壜を見つけた。彼はそれを手にとって、観察しはじめた。壜のうえには、知らない薬の名前が書いてあり、誰かが鉛筆で「一日三錠服用すること」と書き加えていた。壜のなかの錠剤は青白い色をしていて、そのことが彼には奇妙に見えた。

それは彼が自分の国で過ごす最後の数時間だったから、どんなささいな出来事も例外的な意味を帯び、寓意的な光景に変じてしまう。これはどういう意味だろうか、と彼は考えた。ちょうど今日、ひと壜の青白い錠剤がテーブルのうえに忘れて置かれているのは？　しかも、これをここに置いていったのが、なぜ「政治的迫害の継承者」で「死刑執行人の助手」の、あの女でなければならないのか？　このことによって、あの女はおれに、青白い錠剤の必要性はまだ消え去っていないと言いたいのだろうか？　あるいは、毒薬の錠剤へのこの暗示によって、あの女はおれに、憎しみは永遠に消えないと言いたいのか？　あるいはまた、おれがこの国を去ることによって、上着のポケットに入れているこの青白い錠剤を飲み下したのと同じ諦めを表すのだと言いたいのか？

彼はポケットを探り、巻いた薄葉紙を取り出して広げた。今その錠剤を見てみると、それは忘れられた壜の錠剤よりも少し暗い色合いのように思われた。彼はその壜を開けて、手のなかに錠剤をひとつ落としてみた。そう、たしかに彼の錠剤のほうがほんの少し濃い色で、少しだけ小さめだった。彼はふたつの錠剤を壜のなかに戻した。そして今度は、そのふたつの錠剤を眺めてみて、一目ではどんな違いがあるのかわからないのを確認した。壜のうえのほうでは、仮面をつけた死が、たぶんありふれた軽微な障害の治療のものらしい無害な錠剤のうえに休らっていた。

そのとき、オルガがテーブルに近づいてきた。ヤクブは壜の蓋を閉じて灰皿のそばに置き、彼女を迎えるために立ち上がった。

「わたし今、クリーマ、あの有名なトランペット奏者とすれ違ったわ！　こんなことってあるのかしら！　と彼女はヤクブの隣の席に座りながら言った。彼、あのいやな女と一緒だったわ！　今日も彼女、温浴のあいだにわたしをさんざんな目に会わせたのよ！」

しかし彼女は話しやめた。なぜなら、そのときルージェナがやって来て、ふたりのテーブルの前に立ちはだかり、こう言ったたから。「あたしはここに錠剤を置き忘れたんです」

ヤクブが答える間もなく、彼女は灰皿のそばの壜に気づき、手を差し出した。

しかしヤクブのほうがずっと敏捷で、先に摑んでしまった。

「それをください！」と、ルージェナが叫んだ。

「ひとつお願いがあるんですが、とヤクブは言った。これを一錠くださいませんか！

——すみません！　あたし、全然時間がないんですよ！

——わたしはこれと同じ錠剤を飲んでいるもので……

——あたしは薬売りじゃないんですから！」と、ルージェナが言った。

ヤクブは蓋をはずそうとしたが、ルージェナはそんな時間を与えずに、いきなり手を壜のほうにのばした。すると急に、ヤクブは壜をこぶしに握りしめた。

「どういうことなの？　その錠剤をあたしに返して！」とその若い女が叫んだ。

ヤクブは彼女の眼を見て、それから、ゆっくりと手を開いた。

11

うるさい車輪の音をききながら、自分の旅のくだらなさが彼女にははっきりとわかってきた。どのみち彼女は、夫がその温泉町にはいないと確信していた。ではなぜ、そこに行こうとしているのか？　彼女はただ、あらかじめわかっていることを知るためにのみ、この四時間の電車の旅をしているのだろうか？　彼女は何かの理性的な意図に従っていたわけではなかった。彼女のなかのモーターが回りに回りだして、それを止める手だてなどなかったのだ。(そう、今このとき、フランティシェクとカミラは、分別を失った嫉妬に遠隔操縦されたロケットのようにわたしたちの物語のなかに発射されている——しかしそんな無分別が、どのようにして、何であれ何かを操縦することができるのだろうか？)

首都と温泉町とのあいだの交通はなま易しいものではなく、クリーマ夫人は三度も乗り換えねばならなかったので、やっとその牧歌的な駅まで辿り着いたときには、ぐったり疲れ果てていた。その駅は、治療効果抜群の温泉とその地の奇跡の泥土を勧める宣伝の掲示板に覆われていた。彼女は駅から温泉施設のほうに通じるポプラ並木を歩き、アーケードの最初の支柱のところに達して、赤い文字で夫の名前が書かれている手書きのポスターに引きつけられた。驚いてポスターの前に立ち止まり、夫の名前の下に他のふたりの男性の名前を読み取った。彼女は信じられなかった。クリーマは嘘をつかなかったんだ！　これは彼が言っていたとおりだわ。最初の数秒間、彼女は深い喜びを、ずいぶん前から失ってしまっていた信頼感を覚えた。

　しかしその喜びは長くは続かなかった。なぜなら彼女はすぐに、ライブがあるからといって、それが何ら夫の忠節の証拠にはならないことに気づいたから。彼がこんな辺鄙な温泉町で演奏することを引き受けたのは、きっと女に会うためなんだ。だとすれば、この状況は予想していたよりずっと悪い状況なんだ、わたしは罠にはまったんだ、と彼女は思った。

　彼女が来たのは、夫がここにはいないのを確かめ、そのことによって間接的に（もう一度、そしてもう何度目になるのだろう！）彼の不実を立証してやるためだった。しかし今や、事態が変わってしまっていた。つまり、彼女は夫の嘘の罪ではなく、不実の罪を（しかも直接自分の眼で）現行犯で不意に押さえることになるのだ。わたしが望んでも望まなくても、クリーマがこの一日をともに過ごした女を見ることになるんだわ。そう考えると、彼女はよろめきそうになった。もちろん、彼女はずっと前からすべてを知っているという確信をもっていたが、これまでのところは何も（夫のどの愛人も）見たわけではなかった。じつを言えば、彼女はまったく何も知らなかった。ただ知っていると思っていたにすぎず、そんな想定に確信という力を与えていたのだ。彼女は、キリスト教徒が神の存在を信じるように、夫の不実を信じていた。ただキリスト教徒は、神を見ることがけっしてないという確信とともに、神を信じている。彼女は今日これから、ひとりの女と一緒のクリーマを見ることになるのだと考えると、神があるキリスト教徒にこれからお宅に昼食にゆくと告げたら、そのキリスト教徒が覚えるのと同じような激しい恐怖を覚えた。

彼女の体中に不安が押し寄せてきた。しかし、しばらくすると、誰かに名前を呼ばれるのがきこえた。振り返ってみて、彼女はアーケードの中央に立っている三人の若い男に気づいた。彼らはジーンズにセーターという出で立ちで、そんな勝手気ままな様子が、いつもの散歩をしている温泉の他の客たちの入念だが平凡な服装と際立った対照をなしていた。彼らは笑い声で彼女に挨拶した。

「まあ、びっくりしたわ！」と、彼女は叫んだ。それは映画のスタッフで、彼女がマイクをもって舞台に立っていた頃から知っている友人たちだった。

演出をやっている一番背の高い男が、すぐに彼女の腕をとり、「きみがぼくらのためにここに来てくれたんだったら、どんなに楽しいことだろう……

――でも、きみは旦那のために来たんだろ、と演出助手が悲しそうに言った。

――なんてついていないんだ！　と演出家が言った。首都で最もきれいな女性を、あのトランペット吹きの野郎が籠のなかに監禁しているなんて。だから、もう何年もどこでも彼女にはお目にかかれなくなった……

――畜生め！　とカメラマン（あの穴のあいたセーターの青年だった）が言った。これはお祝いをしなくちゃな！」

彼らは、自分たちがそんな多弁な賛嘆の言葉を輝かしい女王に捧げるのに、女王のほうはうわのそらで、つまらない贈り物で一杯の柳の籠のなかに、その言葉をたちまち投げ捨ててしまうのだというふうに想像していた。しかし彼女はそのあいだ、まるで足の不自由な少女が親切なひとの腕に寄り掛かるように、感謝しながらその言葉を受け取っていたのだった。

12

オルガが話していたが、ヤクブのほうは、見知らぬ若い女に渡したばかりの毒薬のことを考え、あの女は今にもあれを飲んでしまうかもしれないのだと思っていた。

あれは突然起こった。あんまり急に起こったので、おれが理解する時間もないくらいだった。あれはおれが知らないあいだに起こったんだ。

オルガがあいかわらず憤懣《ふんまん》にみちた口調で話していたが、ヤクブは頭のなかで、自分を正当化する理由を捜していた。おれはあの女に壜を渡したくなかったのに、あの女が、あの女が勝手にそう仕向けたんだと思った。

しかし彼はすぐに、それは安易な言い訳だと理解した。あの女の言うことをきかないようにすることはいくらだってできた。あの女の傲慢さにたいして、おれのほうも傲慢な態度をとり、最初の錠剤を手の窪みに静かに落とし、ポケットに入れることだってできたのだ。

それに、あのときのおれは機転を欠いていて何もしなかったのだから、今からでもあの若い女のあとを追って飛び出してゆき、壜のなかに毒薬が入っていると告げることだってできるじゃないか。そこまでしなくても、どういうことがあったのか女に説明してやることぐらい、そう難しいことではないだろう。

しかしおれは行動を起こさないで、こうして椅子に座ったまま、何ごとかを説明しているオルガを眺めている。どうしてもあの看護師を捕まえに走りださなくてはならない。まだ時間がある。立ち上がって、それにおれは、彼女の命を救うためには何だってしなければならないのだ。ではなぜ、おれは椅子に座ったままなのか？　なぜ動かないのか？

オルガが話していたが、彼は自分がずっと椅子に座ったまま、動こうとしないことに驚いていた。

彼はただちに立ち上がり、看護師を捜しに行かねばならないと決心したばかりだった。しかし、今立ち去らねばならないことをどのようにオルガに説明しようかと思った。さきほど起こったことを打ち明けるべきだろうか？　彼はそんなことをするわけにはとてもゆかないと結論した。もしおれが追いつく前に、看護師が例の薬を飲んでしまったら、どういうことになるのか？　おれが殺人犯だとオルガは知るべきなのだろうか？　それにたとえ、まだ間に合ううちに看護師に追いついたとしても、どのようにオルガにたいして自分を正当化し、なぜこんなにも長いあいだためらったのか説明できるのか？　おれがあの壜をあの女に与えたことを、どのように説明できるのか？　今もすでに、おれが何もせずにぐずぐずしているこの時間のせいで、きっとどんな観察者の眼にも、おれが殺人犯だと映るにちがいないのに！

いや、オルガには打ち明けることはできない。しかし、おれに何が言えるというのか？　いきなり立ち上がって、どこともしれないところに駆けつけることを、いったいどのように説明できるのか？

しかし、そんなことが、おれがオルガに何を言うのかということが、はたして重要なことなのか？　おれはどうしてまだ、そんなつまらないことを心配していられるのか？　ひとの生死が問題になっているときに、オルガがなんと思うかなどということを、どうして気にしていられるのか？

彼には、自分があれこれ考えていることがまったく見当違いであり、一秒ためらうごとにそれだけ看護師を脅かしている危険が深刻になるのはわかっていた。じつを言えば、もう遅すぎるのだ。おれがためらっていたあいだに、彼女は男と一緒にとっくにカフェレストランからずっと離れたところに行ってしまっているはずだから、おれにはどの方面に捜しに行けばよいかということさえわからないだろう。ただふたりがどこに行ったのかわかりさえすれば？　ふたりを見つけ出すには、いったいどうすればいいんだろう？

　しかし彼はたちまち、新たな言い訳にすぎないその論拠のことで自分を責めた。たしかにふたりをすぐに捜し出すのは難しいかもしれないが、しかし不可能ではない。行動を起こすのに遅すぎるということはないのだ。そうだ、ただちに行動を起こさなくてはならない、そうでなければ手遅れになるだろう！

「今日の出だしがまずかったのよ、とオルガが言った。わたしはなかなか目が覚めないし、朝食に遅れて行ったら、何も出してもらえなかったの。そして温浴場には、あの馬鹿げた映画関係者たちが来たでしょう。今日はいい日にしようと、あれほど思っていたのに。だって、今日はここであなたと一緒に過ごす最後の日なんだもの。わたしには、それがとっても大事なことなのよ。とにかくヤクブ、わたしにはそれがどれだけ大事かっていうことぐらい、わかっているんでしょう？」

　彼女はテーブル越しに体をかがめ、彼の手を取った。

「何も心配しなくてもいいんだよ。今日が悪い日になるという理由は何もないじゃないか」と、ヤクブは努力して言った。というのも、彼女に注意を集中することができなかったから。ひとつの声がたえず、看護師がハンドバッグのなかに毒薬をもっているのだから、彼女の生死は彼にかかっているのだと思い出させた。それはうるさく、しつこい声だったが、それでいて奇妙に弱い声で、あまりにも遠い深みからやってくるように思える声だった。

13

クリーマはルージェナと一緒に森の道路を走っていたが、今度ばかりはそのデラックスな車でのドライブも、まったく好都合な結果をもたらさないのを確認した。何もルージェナを頑固な沈黙から引き離すことができず、トランペット奏者は長いあいだ何も話さずにいた。その沈黙があまりに重苦しくなったとき、彼は言った。「ライブに来るの？

——わからないわ、と彼女が答えた。

——来たら」と彼は言った。晩のライブがしばらく、口論を忘れさせる会話のきっかけを与えてくれた。クリーマは努力して、ドラムを叩く医者の滑稽な口調を真似ながら話し、そしてルージェナとの決定的な対決を晩まで延ばそうと決めた。

「ライブのあとで、ぼくを待っていてくれるといいな、と彼は言った。前のときみたいに……」。この最後の言葉を発してすぐ、彼はその意味を理解した。「前のときみたいに」とは、ライブのあとセックスしようということだった。ああ、そんな可能性のことを思ってもみなかったのは、どうしてなんだろう？

それは不思議だったが、彼女と寝ることもできるという考えは、これまで彼の心をかすめ

もしなかった。ルージェナの妊娠が、気づかぬうちにそっと、彼女を不安という無性の領域
に追いやっていたのだ。たしかに彼は彼女に優しくし、彼女を抱擁し、愛撫するように自分
に命じ、じっさいそうするように配慮したのだが、それはただのジェスチャー、空虚な記号
にすぎず、そこには彼女の体にたいする興味はまったくなかった。
彼は今そのことを考えながら内心思った、ルージェナの体にたいするあのような無関心こそ、おれがこの数日のあいだにおかした最も重大な過ちだったんだ、と。そうだ、それこそ今のおれには絶対にはっきりしていることなんだ（そして彼は、相談した友人たちがその点について注意を喚起しなかったことを恨んだ）。だから、絶対この女と寝なければならないのだ！　この女が突然よそよそしくなり、おれがどうやってもこの状態を突き抜けられないのは、まさにふたりの体が離ればなれだったからなんだ。子供を、ルージェナの腹の精華を拒否したおれは、それと同じ不快さの拒否によって、妊娠した彼女の体も撥ねつけていた。だからこそよけいに、（妊娠とは関係のない）別の意味の体に大きな興味を示してやらねばならないのだ。生殖力をもつ体と不妊の体とを対立させ、後者のなかに同盟者を見つけなければならないのだ。

そのような推論をおこなったとき、彼は心のなかに新しい希望が生まれるのを感じた。彼はルージェナの肩を抱きしめ、彼女のほうに体を傾けた。「ぼくらが喧嘩をしているのだと思うと、心が張り裂けそうになるよ。ねえ、やっぱり解決する方法を何か見つけようよ。肝

心なのは、ぼくらが一緒になることなんだよ。ぼくらは今夜を誰にも奪われないようにしよう。そうすれば、前のときのようにすばらしい夜になるだろう」

　彼は片手で運転し、もう一方の手でルージェナの肩を抱いていたが、突然、その若い女の裸の肌にたいする欲望が、体の奥底から上ってくるのを感じた。そして彼はそのことが嬉しかった。なぜなら、その欲望こそ彼女と話すことができる唯一の言葉をもたらしてくれるのだから。

「それで、わたしたち、どこで落ち合うの？」と彼女は尋ねた。

　クリーマは、どんな連れと一緒にそのライブから立ち去るのか、温泉町中の者たちに見られることになるのを知らないわけではなかった。しかし彼には逃げ道がなかった。

「終わったらすぐに、ステージのうしろに迎えに来てくれ」

14

　クリーマは〈セントルイス・ブルース〉と〈聖者が街にやってくる〉の最後の練習をするために、急いで人民会館に戻ったが、ルージェナは不安げな眼差しであたりを見回した。しばらく前、車のなかで、彼がオートバイに乗って遠くからふたりを追跡してくるのが何度もバックミラーに見えたのだ。しかし、今はどこにも彼の姿が見えなかった。

彼女は時間に追いかけられている逃亡者のような気がした。今日から明日にかけて、自分が何を望んでいるのか知らねばならないのはわかっていたが、彼女は何もわからないのだった。この世には信頼できるような人間はひとりもいなかった。自分の家族は他人も同然だった。フランティシェクは彼女を愛していたが、だからこそまさに彼女は彼に用心していた（雌鹿が猟師に用心するように）。クリーマについても、彼女は用心していた（猟師が雌鹿に用心するように）。彼女は同僚たちが好きだったが、必ずしも信頼しているわけではなかった（猟師が他の猟師たちに用心するように）。彼女は人生で孤独だったのだが、数週間前から不思議な同伴者ができた。それは彼女の腹のなかにいる同伴者で、その同伴者について、ある者たちは彼女の最大のチャンスだと言い、別の者たちはそれと正反対なことを言っていたが、彼女自身はその同伴者には無関心しか感じなかった。

彼女は何もわからなかった。彼女はなみなみと無知にみたされ、無知の化身でしかなくなった。彼女は自分がどこに行こうとしているのかさえ、知らなかった。

彼女はレストラン〈スラヴィア〉の前を通り過ぎたところだった。それはこの温泉町で最低の場所といってもいいほど汚いカフェで、この辺の人々がビールを飲みにきて、地面に唾を吐き散らしていた。昔は温泉町でたぶん最もいいレストランだったのだが、その名残として、小さな庭のなかに赤く塗られた木のテーブルが三台（その塗料はもう破片となって剝がれていた）と椅子が数脚あった。それは、戸外の派手な騒ぎ、ダンスパーティー、椅子に立てかけられた日傘といったブルジョワ的な快楽の記念物だった。しかし人生において、どんな歴史の記憶も奪われた現在という狭い歩道橋しか渡ってこなかった彼女ルージェナは、そんな時代の何を知っているだろうか？　遠い時代からバラ色の日傘がそこまで投げかけている影を見ることができず、彼女にはただジーンズの三人の男、ひとりの美しい女、それからテーブルクロスのかかっていないテーブルの中央にある一瓶のワインしか見えなかった。

男のひとりが彼女を呼んだ。彼女は振り返ってみて、それが穴のあいたセーターの男だとわかった。

「ここへ来て、ぼくらと一杯飲みませんか」と、彼は叫んだ。

彼女は従った。

「この魅力的なお嬢さんのおかげで、ぼくらは今日ちょっとしたポルノ映画を撮ることができたんですよ」とカメラマンが言って、ルージェナをその女性に紹介した。その女性はルージェナに手を差し出し、よく聞き取れない言い方で自分の名前を言った。

ルージェナがカメラマンの隣に座ると、彼は彼女の前にグラスを置き、ワインを注いだ。

ルージェナは感謝していた。なぜなら、何かが起こってくれたから。もう自分がどこに行こうとしているのかも、何をすべきかも考える必要がなくなったから。その子供を護るべきか護るべきでないかを決める必要がなくなったから。

15

とはいえ、彼は決心した。彼はボーイに勘定を支払い、出かけなくてはならないので、ライブの前にまた会うことにしようとオルガに言った。

オルガは何をしなければならないのかと尋ねたが、ヤクブはまるで尋問でもされたような不愉快な印象を抱いた。

「いいわ、と彼女は言った。でもそんなに長い時間はかからないでしょう。わたし、着替えをしに帰って、六時にここで待っている。あなたに夕ごはんをごちそうするわ」

ヤクブはオルガをカール・マルクス寮まで送って行った。部屋に通じる廊下のなかに彼女が消えると、彼は守衛のところに行って尋ねた。

「すみません、ルージェナさんは在室ですか？

——いいえ、と守衛が言った。鍵が鍵掛けにありますよ。

——ごく緊急に連絡しなければならないことがあるんです、とヤクブは言った。どこにゆけば彼女に会えるか、ご存じないですか？

——さあ、全然わかりませんが。

——わたしはさきほど、今晩ここでライブをするトランペット奏者と一緒にいるところを見かけたんですが。

——そう、わたしも彼女がそのトランペット奏者と出かけるって噂は耳にしました。今頃彼は、人民会館で練習をしているはずですよ」

ステージのうえのドラムのうしろにでんと構えていたドクター・スクレタが、ドアのかまちにヤクブの姿を認めると、合図を送った。ヤクブは微笑んでから、十二人ほどの熱狂的なファンがいる椅子の列を見回した（そう、フランティシェクもクリーマの影となってそのなかにいた）。そこでヤクブも椅子に座って、いよいよ看護師が現れるのを期待した。

彼は、まだほかに、どこか彼女を捜せるところがあるのだろうかと考えた。今このとき、彼女はいろんなところにいる可能性があるが、それがどこなのか、おれにはまったく見当もつかない。トランペット奏者に尋ねてみるべきだろうか？　しかし、いったい、どんなふうに質問したらいいのか？　それに、もうルージェナの身に何か起こってでもいたら？　ヤクブはすでに、たとえ看護師が死ぬようなことがあっても、その死はまったく説明不可能だし、動機もなしにひとを殺した犯人が発見されるはずはないと思っていた。自分に注意を引きつけるべきだろうか？　手掛かりを残し、いろんな疑いに身をさらすべきだろうか？

彼は自分を叱責した。ひとりの人間の命が危険にさらされているのだ。こんなふうに卑怯な理屈を並べている権利など、おれにはないのだ。彼は曲と曲のあいだを利用して、うしろからステージのうえに上った。スクレタは喜色満面に彼のほうを振り向いたが、ヤクブは指をくちびるに当て、一時間前にカフェレストランで一緒にいるところを見かけた看護師が今どこにいるのか、トランペット奏者に尋ねてくれるよう小声で頼んだ。

「きみたちみんなは、何でまた彼女にそう用事があるんだい？　とスクレタは不機嫌につぶやいてから、ルージェナはどこにいるんですか？」とトランペット奏者に尋ねた。トランペット奏者は赤くなって、まったく知らないと言った。

「仕方がない！　とヤクブは言い訳するように言った。続けてくれ！

――ぼくらのバンドをどう思う？　とドクター・スクレタが彼に尋ねた。

――立派なものだよ」とヤクブは言ってから、再び下りていってホールに座った。彼には自分の行動が大変まずいことがわかった。もしおれが本当にルージェナのことを心配しているのだったら、あらゆる手段に訴え、誰にだって急を知らせて、できるだけ早く見つけてもらったことだろう。しかしおれはただ自分自身の良心にたいするアリバイのためにだけ、彼女を捜しはじめたのだ。

彼は再び、毒薬の入っている壜を彼女に渡したときのことを思い描いてみた。あれは本当に、おれが理解する時間もないほど速く起こったのだろうか？　本当におれの知らないうちに起こったのだろうか？

そうではないことを、ヤクブは知っていた。彼の良心はまどろんではいなかったのだ。彼は再び黄色い髪の下のあの顔を思い浮かべ、看護師に毒薬を入れた壜を渡したのは偶然ではなく（彼の良心がまどろんでいたからではなく）、それは何年も前から機会をうかがってい た自分の古くからの願望であり、その願望があまりにも強かったので、機会のほうがやっと言うことを聞き届け、駆けつけてきたのだと理解した。

彼は身震いし、椅子から立ち上がった。彼は走ってカール・マルクス寮に戻ったが、ルージェナはやはり自室にはいなかった。

16

何という牧歌、何という休息だろう！　ドラマの途中の何という幕間《まくあい》だろう！　三人の牧神たちとの何という心地よい午後だろう！

トランペット奏者を迫害しているふたりの女（彼のふたつの不幸）は向かい合って座り、ふたりとも同じ瓶からワインを飲んでいる。そしてふたりとも同じように、そこにいて、たとえしばらくのあいだでも、彼のことを考えるのとは別なことができるのが幸福なのだ。何と感動的な共謀、何という調和だろうか！

クリーマ夫人は三人の男たちを眺めている。昔、彼女は彼らのサークルの一員だったのに、今ではまるで自分の現在の生活の陰画でも見るように、彼らを眺めている。心配事のなかに沈み込んでいた彼女が、今やまったくの無頓着さを前にして座っている。ただひとりの男に繋《つな》がれていた彼女が、今やかぎりなく多様なかたちで男らしさの化身となった三人の牧神たちの前に座っている。

牧神たちの言葉は明らかにただひとつの目的をめざしている。つまり、その夜をふたりの女と過ごすこと、五人でその夜を過ごすこと。それは空しい目的だ。なぜなら、クリーマ夫人の夫がここにいるのを彼らは知っているから。しかしその目的があまりにも美しいものなので、彼らは到達しがたいことを知りながらも、それを追求しているのだ。

クリーマ夫人にも彼らが結局どういうことをしたいのかわかっている。それでいて彼女は、それが気まぐれ、遊び、夢の誘惑にすぎないだけによけい容易に、その目的の追求に身を任せている。彼女は彼らのいかがわしい言葉に笑い、それを励ますような冗談を見知らぬ共犯者と交わし、眼前に自分のライバルを見ているというのに、真実をまともに見据える時をもっと遅らせるために、できるだけ長くその芝居の幕間を引き延ばすことを願っている。

またもう一瓶ワインをとり、みんなが陽気になり、みんなが少し酔っぱらっている。しかし酔っぱらっているといってもワインにではなく、その不思議な雰囲気、じつに速く過ぎ去るその瞬間を引き延ばしたいというその願望に、である。

クリーマ夫人はテーブルの下で演出家のふくらはぎが自分の脚を押しているのを感じる。

たしかに気がついているけれども、彼女は脚を引かない。それはふたりのあいだに官能的な交流をつくりだす接触だが、またまったく偶然生じてもよいような接触、彼女が全然気がつかないこともありうるような、じつに取るに足らない接触でもある。だからそれは、正確に無邪気と淫蕩《いんとう》の境界にある接触だといえる。カミラはその境界を越えたくないが、しかしそこに（その突然の自由という小さな領域のうえに）とどまることができるのが幸福で、その魔法の線がひとりでに別の言葉のほのめかし、別の愛撫、別の戯れのほうに移動すれば、もっと嬉しく思うことだろう。そんなふうに移動する境界の、曖昧な無邪気さに保護された彼女は、遠くに、遠くに、さらに遠くに運ばれるがままになりたいと望んでいる。

ほとんどはた迷惑なほど眩しいカミラの美しさのために、演出家がゆっくりと慎重に攻撃しなければならないのに反して、ルージェナの平凡な魅力は荒々しく直截《ちょくせつ》にカメラマンを惹きつけ、彼は彼女を抱き寄せ、手をその胸に置いている。

カミラはその光景を観察している。もうずいぶん長いあいだ、他人の淫らな動作をこんなに間近に見たことがなかったのだ！　彼女は若い女の胸を覆っている男の手が服のうえからその胸をもみくしゃにし、押しつぶし、愛撫するのを眺めている。じっと動かず、受け身の、快感に浸っているようなルージェナの顔を観察している。手が胸を愛撫し、時間がゆっくりと流れ、カミラはもう片方の脚に助手の膝を感じる。

そのとき、彼女が言った。「わたし、今夜はひと晩中でも騒ぎたいわ。

——きみの旦那のトランペット吹きなんか、悪魔にさらわれればいいんだ！　と演出家が言い放った。

——そうだ！　悪魔にさらわれろ」と、助手が繰り返した。

17

そのときルージェナは、それが誰だかに気づいた。そうだ、これが同僚に写真を見せてもらったあの顔なんだわ！　彼女はいきなりカメラマンの手を押し退けた。

カメラマンは抗議した。「きみはどうかしているよ！」

彼は再び彼女を抱き寄せようとして、再び撥ねつけられた。

「あなたは、いったい何てことをするの！」と、彼女は彼に向かって叫んだ。

演出家と助手は笑いこけた。「あなた、真面目に言っているんですか？　と助手がルージェナに尋ねた。

——もちろん、あたしは真面目に言っているわ」と、ルージェナは厳しい表情で言い返した。

助手は自分の腕時計を見て、カメラマンに言った。「ちょうど六時だ。この急変が今生じたのは、ぼくらの友が偶数の時間ごとに貞淑な女として振る舞うからなんだ。だからきみは七時まで我慢しなくてはならない」

　再び笑いがわき起こった。ルージェナは屈辱で真っ赤になった。彼女は知らない男の手に胸を触られているのに気づいた。自分の体をいじくり回されているのに気づいた。みんなに馬鹿にされているところを最悪のライバルに見られてしまったのだ。

　演出家はカメラマンに言った。「きみはたぶんお嬢さんに、どうか例外的に六時は奇数の時刻だと見なしてくださいとお願いすべきじゃないか。

――六という数字を奇数だと見なすことが理論的に可能だと、きみは思っているの？　と助手が尋ねた。

――そうだよ、と演出家が言った。有名な原理のなかで、ユークリッドはまさしくそう言っている。ある種のきわめて神秘的な状況においては、ある種の偶数は奇数として機能する、と。今のぼくらが直面している状況はちょうどそんな神秘的な状況だと、ぼくには思えるのだがねえ。

――それじゃあ、ルージェナさん、六時は奇数の時間だと思っていただけますか？」

ルージェナは黙っていた。

「そう思ってくれるの？　カメラマンが彼女のほうに体を傾けながら言った。

――お嬢さんは黙っていらっしゃる、と助手が言った。じゃあ、彼女の沈黙を同意と解釈すべきか、拒否と解釈すべきかを決めるのは、ぼくらだということになる。

——投票してもいいね、と演出家が言った。

——もっともだ、と助手が言った。ルージェナがこのさい、六時が奇数だということを受け入れるのに賛成のひと？　カミラ！　きみが最初に投票して！

——わたしはルージェナが絶対賛成だと思うわ、とカミラが言った。

——じゃあ、演出家、きみは？

——ぼくは、ルージェナさんが六を奇数と見なすことを受け入れるだろうと確信しているね、と演出家はきっぱりとした声で言った。

——カメラマンは利害がからみすぎている。したがって彼は投票しない。ぼくについていえば、ぼくは賛成票を入れる、と助手が言った。だからぼくらは三票で、ルージェナの沈黙が同意に等しいと決した。その結果として、カメラマン、きみは直ちに企てを続行してよろしい」

カメラマンはルージェナのうえに体を傾け、手が新たに彼女の胸に触れるようにしながら抱き寄せた。ルージェナはさっきよりもずっと激しく彼を押し退けて叫んだ。「触らないでよ、いやらしい！」

カミラがあいだに入った。

「まあまあ、ルージェナ、彼にはどうしようもないのよ、こんなに強くあなたに惹かれているんですもの。わたしたちさっきまで、あんなにいい気分だったんでしょう……」

数分前のルージェナはまったく受け身で、事の成り行きに身を任せきり、たまたま生じる偶然のなかに自分の運命を読み取りたいと願っているとでもいうように、勝手に何でもされるがままだった。ただ自分が入り込んだ袋小路から逃れるためなら、誘拐でも、誘惑でもされかねなかったし、どんなことでも信じてしまったかもしれなかった。

ところが彼女が懇願するような顔で見上げていたその偶然が、今しがた突然敵意をあらわにしたのだ。しかしルージェナは、ライバルの前で愚弄され、みんなによってたかって笑いものにされながら自分に言っていた、あたしにはたったひとつ強固な支えがあるのだ、たったひとつ慰めがあるのだ、たったひとつ救いの機会があるのだ、それはあたしのお腹にいるこの胎児なのだ、と。彼女の魂がすっかり（またしても！　またしても！）下のほうに、内部のほうに、体の奥底のほうに降りていって、ルージェナはますます、自分の腹のなかで静かに芽生えているこの子とは、けっして離れてはならないのだ、と確信するようになった。あたしはここに秘密の切り札をもっているのだ、これがこの連中の笑いと汚い手のはるか上方にまであたしを持ち上げてくれるのだ。彼女はそう彼らに言ってやり、彼らの顔に叫んでやり、彼らと彼らの嘲笑に復讐してやり、その女とその恩着せがましい優しさに復讐してやりたくてたまらなくなった。

だけど、何よりも落ち着かなくちゃ！　と彼女は自分に言い聞かせて、例の壜を取り出そうとハンドバッグのなかを探した。ちょうどそれを取り出したとき、誰かの手に強く手首を摑まれるのを彼女は感じた。

18

誰も彼が近づいてくるのを見ていなかった。彼は急に現れ、振り返ったルージェナに、その微笑が見えた。

彼はずっと彼女の手を摑んでいた。ルージェナは手首にその指の優しく力強い接触を感じて従った。壜は再びハンドバッグのなかに落ちた。

「みなさん、みなさんのテーブルに座ってもよろしいでしょうか？　わたしはバートレフと申します」

男たちの誰もその闖入《ちんにゅう》者の到来にいい顔をせず、ひとりとして自己紹介しなかったし、ルージェナも自分の連れを紹介するほどの社交的な習慣をもっていなかった。

「わたしが不意にやってきたことが、どうやらみなさんを面食らわせたようですね」とバートレフが言った。彼は隣のテーブルから椅子をひとつ取って、テーブルの空いている端にまで引きずってゆき、その結果ルージェナを右にして、その場を主宰する格好になった。「申し訳ありません、と彼は言葉をついだ。わたしはずいぶん前から、到着するんではなくて、突如出現するという奇妙な習慣をもっていましてね。

——そういうことでしたら、と助手が言った。ぼくらはあなたを幻として扱い、あなたには構わないことにさせていただきます。

——どうかそのようになさってください、とバートレフは軽くお辞儀をして言った。しかし、わたしの善意にもかかわらず、みなさんはそうはおできにならないのではないか、と危惧しますが」

それから彼は、照らされたカフェのホールのドアのほうを振り向き、手を叩いた。

「誰があなたをここに招待したんですか？　とカメラマンが尋ねた。

——そのことであなたは、わたしが招かれざる客だとおっしゃりたいのですかな？　わたしはルージェナを連れてただちに帰ってもいいんですが、習慣はやはり習慣でしてね。わたしは毎日午後の終わりに、ここのこのテーブルに来て、ワインを一本飲むことにしているんです」と言って、彼はテーブルのうえに置かれた瓶のラベルを調べた。「といっても、今みなさんがお飲みになっているのよりは、ずっとましなワインですがね。

——こんな安レストランで、どうやっていいワインなんか見つけられるんですかね、と助手が言った。

——どうも、あなたは大層な自慢をされる方のようですね、とカメラマンはその闖入者をからかってやろうとして言った。もっとも、ある一定の年齢を過ぎると、それ以外のことがちっともできなくなるものですがね。

——あなたは間違っておられる、とバートレフはまるでカメラマンの侮辱がきこえなかったように言った。ここの薪《まき》の束のうしろには、最高級のホテルよりもずっといいワインが何本かあるのです」

彼はもう店主に手を差し出していた。その店主はそれまでほとんど姿を見せなかったのに、今はバートレフを迎えに出て、彼に尋ねた。「みなさんのためのテーブルを用意いたしましょうか？

——もちろん、とバートレフは答えて、他の者たちのほうを振り向いた。紳士淑女のみなさんがた、ともにワインを飲んでいただくよう、わたしはみなさんを招待いたします。このワインはわたしが何度も賞味し、すばらしいと思っているワインなのです。同意していただけますか？」

誰もバートレフに答えなかったが、店主が言った。「飲むことと食べることにかけては、わたしはみなさんに、バートレフさんを全面的に信頼されるようお勧めしますよ。

——わが友、とバートレフは店主に言った。チーズの大盆と一緒にワインを二本もってきてください」。それから他の者たちのほうを振り向いて、「みなさん、遠慮はご無用。ルージエナの友だちはわたしの友だちなのですから」

カフェのホールから十二歳になったかならないくらいの男の子が、グラス、受け皿、テーブルクロスをのせた盆をもって駆けつけてきた。彼は盆を隣のテーブルのうえに置き、客たちの肩ごしに体をかがめて、半分ぐらい入っているグラスを片づけた。彼はそれを、口を切られた瓶と一緒に、今しがた盆を置いたテーブルのうえに並べた。それから、見るからに汚いテーブルを長々と布巾で拭き、そのうえに真っ白のテーブルクロスを広げた。そして、さきほど片づけたグラスを隣のテーブルのうえから再び取り上げ、客たちの前に置こうとした。

「そのグラスとその安ワインを片づけて、とバートレフは言った。きみのお父さんがいいワインの瓶をもってきてくれるんだよ」

カメラマンが抗議した。「どうかぼくらが飲みたいものを飲ませてくださいませんか?

——お好きなように、とバートレフは言った。わたしにはひとに幸福を押しつける趣味はありませんから。誰にだってそれぞれの不味いワイン、愚行、爪の垢を求める権利があるのです。ねえ、ぼうや、と彼は男の子に向かって付け加えた。みなさんにそれぞれ、元のグラスと空のグラスを差し上げてくれないか。わたしの招待客が霧の産物にすぎないワインと太陽から生まれたワインとを好きなように選べるように」

そこで、各人に空のグラスと残りのワインの入っている別のグラスとの、ふたつのグラスが与えられることになった。店主は二本の瓶をもってテーブルに近づき、最初の瓶を膝のあいだに挟んで、大仰な身振りで栓を開けた。それから、バートレフのグラスに少量注いだ。

バートレフはグラスをくちびるにもってゆき、味わってから店主のほうを向いて、「すばらしい。これは二三年ものですか？

——二二年ものでございます、と店の主人は訂正した。

——注いでください！」とバートレフが言うと、店主は瓶をもってテーブルを回り、みんなの空のグラスをみたした。

バートレフは指のあいだに自分のグラスをもった。「わが友人のみなさん、このワインを味わってください。これには過去の柔らかな味わいがあります。あたかも髄つきの骨をしゃぶりながら久しく忘れられていたひと夏を吸い込むがごとく、これを賞味してください。わたしは乾杯しながら、過去と現在、それから一九二二年の太陽と今このときの太陽を結婚させたく思います。その太陽、それはこのルージェナです。このごく慎ましやかな若い女性は、それと知らずに女王なのです。この温泉町を背景とするなら、彼女は貧民の服のうえのダイヤモンドに等しいのです。彼女は昼の青ざめた空のうえに忘れられた三日月のような存在です。雪のうえを飛んでいる蝶のような存在なのです」

カメラマンが作り笑いをして、「あなた、いくらなんでも、ちょっと大袈裟なんじゃないですか？

——いいえ、わたしは大袈裟じゃありませんよ、と言ってから、バートレフはカメラマンに向かって言った。あなたがそんな印象をもたれるというのも、あなたのように酢になってしまったような人間は、いわば存在の地下室にしか住んでいないからなんです！　あなたは酸っぱい臭いをぷんぷんさせておられるが、それは錬金術師の釜のようなあなたの心のなかで沸きたぎっている酸味なんですよ！　みずからの内部にもっている醜さをまわりに見つけられるのだったら、あなたは自分の命だって投げ出すことでしょう。あなたにとってそれが、しばし世界と仲良くする唯一の手段なのです。なぜなら、美しいこの世界はあなたを怖がらせ、苦しめ、たえずその中心からあなたを押し退けるからです。そうなんでしょう？　隣に美しい女性がいるのに、爪に垢をためているのは何と耐えがたいことでしょう！　だからこそ、まず女性を汚し、そのあとでそのことを面白がってみせなければならなくなるんですよ。あなたの状況とはそんなものでしょう？　あなたがテーブルの下に手を隠されるのは、わたしには嬉しい。わたしがあなたの爪のことを話したのは、きっと正しかったんですね。

——ぼくには、あんたのような上品振った礼儀なんかどうだっていいんですよ。それにぼくは、あんたのようにホワイトカラーにネクタイをした道化じゃないですから、とカメラマンはバートレフの言葉を遮った。

——あなたの汚い爪とあなたの穴のあいたセーターは、日のもとでは新しいものではありません、とバートレフは言った。昔、穴のあいた外套を着てアテナイの街を歩き回っていたひとりの犬儒派の哲学者がいます。それは慣習にたいする軽蔑を見せびらかすことによって、みんなに敬服されるためでした。ある日、ソクラテスが彼に出会って、こう言いました。

〈わたしにはきみの虚栄心がその外套の穴から見える〉と。あなたの汚さもまたひとつの虚栄心であり、そしてあなたの虚栄心は汚いものなのです」

　ルージェナは呆気にとられたまま、なかなか立ち直ることができなかった。湯治客として何となく知っていたその男が、まるで天から降りてきたみたいに自分を助けに駆けつけてくれたのだ。そして彼女は、彼の振る舞いの魅力的な自然さと、カメラマンの不遜さを木っ端みじんにしてしまったその残酷な自信とに魅了された。

「あなたは言葉を失われたようですね、と短い沈黙のあとでバートレフがカメラマンに言った。わたしは少しもあなたを侮辱などしたくなかったのだと、どうか信じてください。わたしが好きなのは調和であって、口論ではありません。ですから、かりにわたしが雄弁に引きずられるがままになったのだとすれば、どうかわたしを許してくださるようお願いいたします。わたしはただひとつのことしか望んでいないのです。それはみなさんがこのワインを賞味され、ルージェナのために、わたしとともに乾杯してくださることです。彼女のためにこそわたしはやって来たのですから」

　バートレフは自分のグラスを上げたが、誰も乾杯に加わらなかった。

「店主、とバートレフはその店の主人に向けて言った。あなたもわたしたちと一緒に乾杯してください！

　——このワインだったら、わたしはいつだっていいですよ！」と店主が言って、隣のテーブルから空のグラスを取り、それにワインをみたした。「バートレフさんはいいワインに通じていらっしゃるんですよ。燕が遠くからでも自分の巣を見つけるように、ずっと前からわたしの酒蔵を嗅ぎつけておられたんです」

バートレフは自尊心をくすぐられた男の幸福そうな笑い声を響かせた。

「これからわたしたちと一緒に、ルージェナのために乾杯していただけますか？　と彼は言った。

――ルージェナに？　と店主が尋ねた。

――そう、ルージェナにです、とバートレフは隣にいる女を眼で示しながら言った。わたしと同じように、あなたもこのひとを好ましく思われるでしょう？

――バートレフさん、あなたはきれいな女のひととしかご一緒されません。だから、わたしはわざわざ見るまでもなく、そのお嬢さんが美しい方だとわかります。なぜって、その方はあなたとご一緒だからです」

バートレフは再び幸福そうな笑いを響かせた。店主もそれに合わせて笑ったが、奇妙なことに、最初からバートレフの到来を面白がって見ていたカミラも、一緒になって笑った。それは予期せぬ笑いだったが、説明はできないけれども、びっくりするほど伝染力のある笑いだった。すると今度は、演出家もこまやかな連帯心を発揮してカミラに加わり、それから助手が、そしてルージェナも一緒に笑った。ルージェナはまるで情愛あふれる抱擁のなかに飛び込むように、その多声《ポリフォニック》の笑いのなかに飛び込んだ。彼女にとってそれはその日の最初の笑いだった。最初の寛《くつろ》ぎと安堵の瞬間だった。彼女は他の誰よりも強く笑い、いくら笑っても笑いたりないくらいだった。

バートレフが自分のグラスを上げて、「ルージェナのために！」と言った。すると店主もグラスを上げ、それからカミラ、そのあとに演出家と助手がグラスを上げ、全員がバートレフに続いて「ルージェナのために！」と繰り返した。そしてとうとうカメラマンまでが、自分のグラスを上げ、何も言わずに飲んだ。

演出家が一口味わって、「これは本当にすばらしいワインだ、と言った。

——そう言ったでしょう！」と店主。

そのあいだに、男の子がチーズの大盆をテーブルの中央に置いた。バートレフが、「召し上がれ、これはおいしいですよ！」と言った。

演出家はあきれかえっていた。「いったいどこで、こんなチーズの盛り合わせを見つけたんですか？　まるでフランスにいるみたいだな」

突然、緊張がまったくなくなり、雰囲気が寛いできた。みんなは饒舌《じょうぜつ》になり、チーズを食べ、店主が（チーズの種類がごくわずかしかないこの国の）どこでこんなチーズを見つけてきたのだろうかと考え、グラスにワインを注いだ。

やがて潮時を見はからってバートレフが立ち上がり、こう挨拶した。「みなさんとご一緒できてわたしは大変幸せでした。感謝いたします。わたしの友人のドクター・スクレタが、今晩ライブを開くことになっていまして、ルージェナとわたしはそこに行きたいのです」

19

ルージェナとバートレフが軽くヴェールがかかったような夕闇のなかに消えたばかりだった。ワインを飲んでいた者たちを豪奢な夢の島のほうに運んでいた最初の高揚もすっかり消え失せ、どうしてもそれを元に戻すことはできなくなった。みんな気が抜けてしまった。

クリーマ夫人にとってそれは、何としても引き延ばしたかった夢から醒めたようなものだった。彼女は、わたしは何が何でもライブに行かねばならない必要はないんだと思った。自分が夫を追い詰めるためではなく、自分の冒険のためだけにここにやって来たのだったら、これはどんなにか素敵な驚きだったろう。ずっとこの三人の映画関係者たちと一緒にいて、明日の朝こっそり家に帰るんだったら、どんなにかすばらしいことだろう。それこそまさに彼女がすべきことだと、何かが囁いていた。それこそがひとつの行為、解放、治癒、呪縛のあとの覚醒になるだろう、と。

しかし彼女はすでに酔いから醒めすぎ、どんな魔力も働かなくなっていた。彼女は自分自身、自分の過去、不安をかき立てる古くからの考えでいっぱいの重苦しい頭と向き合い、再び孤独になっていた。できればもう数時間でも、あまりにも短すぎた夢を長引かせたかったが、その夢がすでに青ざめ、さながら朝の薄暗がりのように霧散してゆくのがわかった。

「わたしも行かなくちゃ」と、彼女は言った。

彼らは、彼女を引き止めるだけの力も自信ももはやなくなっているのを知りながら、それでも彼女を思いとどまらせようとした。

「ちくしょうめ、まったく、とカメラマンが言った。あれはいったい、どういう男だったんだろう?」

彼らは店主に尋ねてみたかったが、バートレフが帰ってからというもの、もう彼らのことを構ってくれる者など誰もいなくなっていた。カフェのホールから、ほろ酔い気分の客たちの声がきこえてきたが、彼らはテーブルのまわりに座ったまま、ワインとチーズの残りを前にして見捨てられていた。

「あれがどういう男だったとしても、ともかく今晩は台無しにされてしまった。あの男が女性のひとりを連れ去ってゆき、今はもうひとりの女性がひとりで帰ろうとしている。ぼくらはカミラを送ってゆこう。

——いいの、と彼女は言った。あなたたちは残って。わたしはひとりになりたいの」

彼女の心は彼らのところにはなかった。今や、彼らの存在が邪魔になってきた。嫉妬が死のように迎えに来たのだ。彼女はその嫉妬の力に捕らえられ、もう他の誰も目に入らなくなっていた。彼女は立ち上がって、しばらく前にバートレフがルージェナを連れて遠ざかっていった方向に立ち去った。遠くでカメラマンが、「ちくしょうめ、まったく……」と言っているのがきこえた。

20

ヤクブとオルガはライブの始まる前に、楽屋に行ってスクレタと握手したあと、ホールのなかに入った。オルガは、その晩ずっとふたりきりで過ごせるよう幕間に帰りたいと言った。そんなことをすれば友人が腹を立てるからとヤクブが反対したが、オルガは早めに帰っても彼は気づかないだろうと言った。

ホールは満員で、彼らの列にはふたつしか空席がなかった。

「あの女は、まるでわたしたちの影のように、わたしたちについてくるわ」と、ふたりが座ったとき、オルガがヤクブのほうに体を傾けながら言った。

ヤクブが頭を回すと、オルガの横にバートレフが、バートレフの横に、ハンドバッグのなかに例の毒薬をもっている看護師が見えた。一瞬、心臓の鼓動がとまったが、これまで彼は常に、自分の心の奥底で生じることを隠すように努力してきた。そこで、まったく落ち着いた声で言った。「ぼくらはスクレタが友人や知人に配った招待席の列にいるんだ。彼はぼくらがどの列にいるのか知っている。だから、ぼくらがいなくなったら、気がつくよ。

——前のほうの座席だと音響が悪いから、幕間のあとでホールの奥に座りに行ったと、そう言えばいいじゃないの」と、オルガが言った。

しかしもうすでに、クリーマが金のトランペットをもってステージのうえを進んできたので、聴衆は拍手しだした。ドクター・スクレタがそのうしろから現れると、拍手がさらに強さを増し、ホール中にざわめきの波が伝わった。スクレタはトランペット奏者のうしろに謙虚に控え、ぎこちなく腕を振って、このライブの主役は首都からやってきたゲストだと知らせた。聴衆はその動作の何ともいえないぎこちなさに感じ入って、さらに強い拍手で応えたものだから誰かがホールの奥で、「スクレタ先生万歳！」と叫んだ。

三人のうちで最も目立たず喝采もされなかったピアノ奏者が、ピアノに向かって低い椅子に腰掛けた。スクレタが堂々とした一揃いのドラムのうしろに位置し、トランペット奏者は軽やかでリズミカルな足取りで、ピアノ奏者とスクレタのあいだを行き来していた。

拍手がおさまると、ピアノ奏者は鍵盤を叩き、ソロで前奏を始めた。しかしヤクブには友人がどこか苛立っているように見え、不満そうな様子でまわりを見回しているのに気づいた。トランペット奏者も医者の困難に気がついて近寄った。スクレタがなにごとか囁いて、ふたりは体をかがめて床を調べた。やがて、トランペット奏者がピアノの脚の下に落ちていた一本の小さなスティックを拾い上げ、スクレタに差し出した。

このとき、その光景を注意深く見守っていた聴衆が再び、新たな拍手を鳴り響かせたので、それを自分の前奏にたいする賛辞だと勘違いしたピアノ奏者は、演奏をやめずに聴衆に挨拶しだした。

オルガがヤクブの腕を摑んで、耳元に囁いた。「素敵だわ！　あんまり素敵だから、わたしはもう、今日の不運はこれで終わりになったんだと思うくらい」

いよいよトランペットとドラムの番になり、クリーマがリズミカルに小股で行き来しながらトランペットを吹き、スクレタは威厳のある立派な仏陀《ぶっだ》のように、ドラムのところにでんと構えていた。

ヤクブは、ライブのあいだに看護師が例の薬のことを考え、錠剤を飲んで、痙攣しながら崩れ落ち、死んだまま椅子のうえでじっとしている様を想像したが、ステージのうえのドクター・スクレタはドラムを叩き、聴衆は拍手し、わめいていた。

そのとき不意に、彼はなぜその若い女が自分と同じ列に座っているのかをはっきり理解した。それは、さきほどのカフェレストランでの予期せぬ出会いはひとつの誘惑、ひとつの試練だったということだ。あの出会いが生じたのはただ、おれが自分自身のイメージ、自分の隣人に毒薬を与える人間というイメージを、鏡に映して見られるようにするためだったのだ。

しかしおれを試練にかけた存在（彼が信じていなかった神）は、血なまぐさい犠牲を求めてはいなかった。無実の人間の血を求めてはいなかった。試練の終わりには、死があってはならず、おれ自身にたいする自己啓示がなければならなかったのだ。それは道徳的な優越性という不適切な感情がおれから永遠に取りあげられてしまうためだ。今この看護師が同じ列に座っているのは、最後の瞬間になっておれが彼女の命を助けることができるようになるためだったのだ。またださからこそ、おれが昨日知り合いになり、おれを助けることのできる男が彼女のそばにいるのだ。

そうだ、おれは次の機会を、たぶん曲のあいだにある休みの時間を待とう、そしておれとその若い女と一緒に外に出ようとバートレフに頼んでみよう。そうすれば、すべてを説明することができ、そしてこの信じられないような異常事態もお終いになるのだ。

ミュージシャンたちは最初の曲を終え、パチパチと拍手が鳴り、看護師が「すみません」と言いながら、バートレフに伴われて列から出ていった。ヤクブは立ち上がって彼らのあとを追おうとしたが、オルガが腕を摑んで引き止めた。「いいえ、お願い、幕間のあとにして！」

すべてがじつに急速に起こってしまったので、彼には理解する暇もなかった。もうミュージシャンたちは次の曲にとりかかってしまい、彼を試練にかけた存在が隣にルージェナを座らせて彼を救ってくれたのではなく、可能なあらゆる疑いを越えて彼の敗北と断罪とを確認したことを思い知った。

トランペット奏者がトランペットを吹き、ドクター・スクレタがドラムの偉大な仏陀のように立ち上がったが、ヤクブは椅子に座ったまま動かなかった。その瞬間、彼にはトランペット奏者もドクター・スクレタも見えず、ただ自分自身しか見えなかった。座って動かない自分が見え、その恐ろしいイメージから眼を離すことができなかった。

21

トランペットの澄んだ音色が耳に響いたとき、こんなふうに震えているのは自分自身であり、自分ひとりでこのホール全体をみたしているのだとクリーマは思った。自分を不屈で強い人間だと感じた。ルージェナは招待客用の無料席に座り、バートレフの隣にいた（それがまたよい幸先だった）。その晩の雰囲気はチャーミングだった。聴衆は熱心に、そしてとりわけ上機嫌に耳を傾け、そのことがクリーマに、万事うまく終わるだろうという秘かな希望を与えた。最初の拍手がパチパチと鳴ったとき、彼は優雅な身振りでドクター・スクレタを示した。その晩の医者は、なぜか感じよく身近に感じられたのだ。ドラムのうしろにでんと立ち上がっていたドクター・スクレタが会釈した。

しかし二曲目が終わって、ホールのなかを見たとき、ルージェナの椅子が空席なのに気づいた。彼は怖くなった。そのときから、彼はいらいらしながら演奏し、椅子から椅子へとホール中を見回して、席をひとつひとつ確認したが、彼女は見つからなかった。彼女がもうおれの説得をききたくないので、委員会には出まいと決心してわざと帰ってしまったのだと考えた。ライブのあと、どこへ彼女を見つけに行ったらいいんだろうか？ それに、もし彼女が見つからなかった場合には、どうなるんだろうか？

彼はうわのそらで、機械的に下手くそな演奏をしているのを感じていたが、聴衆はトランペット奏者のそんな不機嫌な気分を見抜くことができずに満足し、一曲終わるごとに、ますます熱烈な喝采をするようになった。

彼女はたぶん、トイレに行っただけなのかもしれないと考えて、彼は安心した。妊娠している女によくあるように、ちょっと気分でも悪くなったんだろう。それから三十分すると、彼女が何かを取りに家に戻っただけで、まもなくまた席に現れるだろうと思った。しかし幕間が過ぎ、ライブが終わりにさしかかっても、やはり椅子は空席のままだった。もしかすると、彼女はライブの途中にホールへ戻る勇気がないんだろうか？ ひょっとして、最後の喝采のあいだに戻ってくるんだろうか？

しかし、もう最後の喝采になっているのに、ルージェナは姿を見せず、クリーマは精根つきはてた。聴衆は立ち上がって、「アンコール！」と叫びだした。クリーマはドクター・スクレタのほうを向いて、首を振ってもう演奏したくないと伝えた。しかし、彼が出会ったのはひたすらドラムを叩くことしか、まだひと晩中でもずっとドラムを叩くことしか求めていないような、喜色に輝くふたつの眼だった。

聴衆はクリーマが首を振ったのをスターならどうしてもしなければならない気取りのポーズだと解釈し、いつまでも喝采するのをやめなかった。そのとき、ひとりの美しい女がステージの下のほうにそっと入ってきた。その女に気づくと、クリーマは今にも崩れ落ちて失神し、もう二度と目を覚まさなくなるだろうと思った。彼女は彼に微笑んで言った（彼にはその声はきこえなかったが、くちびるの動きで言葉が読み取れたのだ）。「さあ、演奏して！　演奏するのよ！」

クリーマがトランペットを持ち上げて、これから演奏することを示した。とたんに聴衆はしーんと静まり返った。

彼のふたりの演奏仲間は大喜びして、アンコールに応えて最後の曲を演奏した。クリーマにとってそれは、自分自身の柩のあとにつき従う葬送のファンファーレのなかで演奏するようなものだった。演奏こそしたものの、彼は万事休してしまい、もう眼をつぶって腕を下げ、運命の車輪に轢《ひ》き殺されるままになるしかないことを知った。

22

バートレフのアパルトマンの小さなテーブルのうえには、異国的な名前のすばらしいラベルで飾られた瓶がいくつも並んでいた。ルージェナは贅沢なアルコールについては何も知らなかったので、他のものを指定できずにウィスキーを頼んだ。

しかし彼女の理性は茫然自失のヴェールを突き抜け、その場の状況を理解しようと努めていた。彼女は何度もバートレフに、まだ自分のことをほとんど知らないのに、なぜちょうどその日に会いに来てくれたのかと尋ねた。「あたしはそれが知りたいんです、と彼女は繰り返した。なぜあなたがあたしのことを考えてくださったのか、知りたいんです。

——わたしはずっと前からあなたのことを考えていたのです、とバートレフは彼女の眼を見つめるのをやめずに答えた。

——じゃあ、どうして別の日ではなく、今日だったんですか？

——あらゆるものには頃合いというものがあるからです。そして、わたしたちの頃合いとは、今だったのです」

それは謎めいていたが、ルージェナは誠実な言葉だと感じた。彼女の状況は解決不可能なものだったために耐えがたいほどになり、とにかく何かが生じてくれなくてはならなかったのだ。

「ほんとに、と彼女は夢見るような様子で言った。ほんとうに不思議な一日だったわ。——ほら、ごらんなさい、あなた自身にもわたしがちょうどいい時にやって来たことがわかっているのです」と、バートレフはビロードのような声で言った。

ルージェナは混沌《こんとん》とはしているものの、とろけるような安堵感に浸された。バートレフがまさしく今日出現したのは、それまでに起こったことがすべて別のどこかから指示されたからであり、あたしは休らい、その大きな力に身を委ねてもいいんだと思ったのだ。

「ほんとに、そう。あなたはいい時に来てくださったんです、と彼女は言った。

——わたしにはわかっているのです」

とはいえ、彼女にはまだよくわからないことがあった。「でもどうして？　どうしてあたしに会おうとされたんですか？

——それはわたしがあなたを愛しているからです」

その「愛している」という言葉がじつにそっと発音されたのに、突然部屋中がその言葉にみたされた。

ルージェナは声を低くして、「あたしを愛している？

——そうです、わたしはあなたを愛しているのです」

フランティシェクとクリーマにもすでに言われたことがあったけれども、それを求めもせず、待ちもしていないのに、その言葉が飾り気なく実際に出てくるのを経験したのは、彼女には初めてだった。その言葉は奇跡のように部屋のなかに入り込んだ。それはまったく説明不可能だったけれども、だからこそよけいルージェナには現実的に思えた。というのも、この世で最も基本的な事柄は説明も動機もなしに存在し、それ自身のなかにみずからの存在理由を汲みとってくるものだから。

「ほんとうに？　と彼女は尋ねたが、いつもは大きすぎる彼女の声は、今はただ囁き声でしかなかった。

——そうです、ほんとうです。

——でも、あたしはまったく平凡な女なんですよ。

——全然、そんなことはありません。

——いいえ、そうなんです。

——あなたは美しい。

——いいえ。

——あなたは優しい。

——いいえ、と言って彼女は首を振った。

——あなたからは、心づかいと善良さが伝わってきます」

彼女は首を振って、「いいえ、違います、違うんです。

いるのです。

――あなたがどういうひとか、わたしにはわかっているのです。あなたよりも、わかって

――あなたは何もご存じないんですよ。

――いいえ、わたしは知っています」

バートレフの眼から発してくる信頼感は不思議な水浴のようで、ルージェナは自分を浸し、愛撫するその眼差しができるだけ長く続くことを願った。

「それはほんとうなんですか？　あたしって、そんな女なんですか？

――そうです、わたしにはわかっているのです」

それは目も眩むほどの素晴らしさだった。彼女はバートレフの眼に映る自分を繊細で、優しく、純粋だと感じた。女王のように高貴だと感じた。まるで、突然蜂蜜と芳しい植物を体中に詰め込まれたみたいな感じだった。彼女は自分を可愛らしいと思った（ああ、彼女が自分を何ともいえず可愛らしいと思ったことは、これまで一度もなかったのだ！）。

彼女は抗議しつづけた。

「だってあなたは、あたしのことをほとんどご存じないじゃありませんか。

――わたしはずっと前からあなたを知っています。ずっと前から、あなたを見守っているのに、あなたがそうとは思ってもみなかっただけです。わたしはあなたのことなら、何から何まで知り尽くしているんですよ」と言って、彼は彼女の顔をそっと撫でながら、「あなた

の鼻、あなたの優雅な微笑、あなたの髪……」

それから彼が彼女の服のボタンを外しはじめたのだが、彼女は抵抗しなかった。彼女はただ自分の眼を彼の眼に、水のように、ビロードみたいに柔らかな水のように、自分を取り巻いている彼の眼差しのなかに沈めるだけにした。彼女は裸の胸のまま彼の前に座っていたが、その胸は彼の眼差しの下でぴんと立ち、見られ讃えられたがっていた。彼女の全身が、太陽のほうを向くひまわりのように、彼の眼のほうに向かっていた。

23

彼らはヤクブの部屋にいた。オルガが話し、ヤクブのほうはまだ間に合うのだと自分に繰り返していた。カール・マルクス寮に引き返してもいいんだし、もしそこにいなかったら、隣のバートレフのアパルトマンに邪魔をして、あの若い女がどうなったのか尋ねてみてもいいんだ。

オルガがおしゃべりをしていたが、彼のほうは心のなかで、看護師に事情を説明し、言い淀み、いろいろ口実をもうけ、弁解し、錠剤の壜を奪い返そうとする辛い場面を体験しつづけていた。やがて突然、まるで数時間前から直視しているそんな光景にうんざりしたとでもいうように、彼は深い無関心に捕らえられるのを感じた。

それはただ疲労からくる無関心だけではなかった。意図的で戦闘的な無関心でもあったのだ。じっさいヤクブはちょうど、あの黄色い髪をした女が生き延びることなど、自分にとってまったくどうでもよいことで、彼女を救おうなどとするのは事実上、偽善であり、くだらない芝居にすぎないのだと理解したばかりなのだ。そんなことをすれば、おれを試練にかけた存在を騙すことにしかならないだろう。なぜなら、おれを試練にかけた存在（存在しない神）は、現実にあるがままのおれをこそ知りたかったのであって、おれがどんな人間であるふりをするかを知りたかったのではないのだから。そこでヤクブは、自分にたいして誠実になり、現実にあるがままの人間になろうと決意したのだった。

ふたりは向かい合って肘掛け椅子に座っていたが、彼らのあいだには小さなテーブルがあった。オルガがそのテーブル越しに彼のほうに体を傾け、その声がこんなふうに言うのがきこえた。「わたし、あなたにキスしてほしい。わたしたちがこんなに長いあいだ知り合っているのに、一度もキスをしたことがないのは、どうしてかしら？」

24

クリーマ夫人は無理やり微笑を浮かべていたけれども、楽屋にいる夫のうしろにそっと入ったときには、心の奥に不安を隠していた。夫の愛人の真の顔を発見するのが怖かったのだ。しかし、愛人らしい女はいなかった。クリーマにサインを貰おうとして動き回っている何人かの娘たちがいるにはいたが、そのいずれも彼を個人的に知っているわけではないことがわかった（彼女は鷲のように慧眼《けいがん》だったのだ）。

それでも彼女は、ここのどこかに愛人がいるはずだと確信していた。真っ青になってぼんやりしているクリーマの顔からそう見抜いたのだ。彼は、彼女が微笑したのと同じくらい無理やり彼女に微笑した。

ドクター・スクレタ、薬剤師のほか、たぶん医者とその妻たちにちがいない数人の者がお辞儀して、クリーマ夫人に自己紹介した。そのひとりが、この場所の唯一のバーに行ってゆっくりしようと提案した。クリーマは疲れを理由に遠慮した。クリーマ夫人は、愛人がバーで待っているのにちがいない、だからクリーマが行くのを断ったのだと考えた。そして磁石のように不幸に引きつけられ、彼女は、わたしを喜ばせるためにどうか疲れを我慢して、と彼に頼んだ。

しかしバーにもやはり、クリーマとの関係を疑うことができそうな女はひとりもいなかった。みんなは大きなテーブルに座った。ドクター・スクレタはよくしゃべり、さかんにクリーマを讃えた。薬剤師は遠慮がちな幸福感にみたされてはいたものの、それをどう表現していいのかわからないようだった。クリーマ夫人は魅力的になり、快活におしゃべりしたいと思った。「先生、先生はすばらしかったわ、と彼女はスクレタに言った。あなたもですよ、薬剤師さん。それに、雰囲気が本物で、明るくて、気取っていなくて、首都のライブよりどれだけよかったかわからないくらいだったわ」

彼女は見こそしなかったものの、一瞬も彼を観察するのをやめなかった。彼女には、彼がひどく緊張することによってしか苛立ちを隠せず、心がここにはないことを見せないようにと、ときどき言葉を発するにも努力しているのが感じられた。彼女が彼の何かを、しかも尋常ではない何かを台無しにしたのは、あきらかだった。もしそれが普通の浮気にすぎないのだったら（クリーマはいつも、別の女に夢中になることはけっしてないと誓っていた）、こんなに深い落胆に陥ってしまうことはないだろう。たしかに愛人は見えなかったけれども、愛が、夫の顔のなかの愛（苦しみ絶望している愛）が見えるように思えた。そしてその光景のほうがずっと彼女には辛かった。

「どうなさったんですか、クリーマさん、と口数が少なかっただけによけい観察力のあった薬剤師が、突然愛想よく尋ねた。

——何も、全然何でもありません！　と恐怖に捕らえられてクリーマが言った。少し頭が痛いんです。

——カプセルが欲しくありませんか？　と薬剤師が尋ねた。

——いいえ、いいえ、とトランペット奏者は頭を振りながら言った。でも、もしぼくらが少し早く帰るようなことがあったら、どうかご勘弁ください」

25

とうとう彼女が思い切ってそんなことをしたのは、どうしてなのだろうか？

カフェレストランでヤクブに再び会ってから、彼女は彼の様子がいつもとはちがうと思っていた。彼は寡黙だったが愛想よく、ずっと何かに注意をすることができないけれども従順で、頭のなかでは別のところにいるのに、彼女が望むことは何でもしてくれた。そんな集中力の欠如（彼女はそれをすぐ間近に迫った出発のせいにしていた）は、彼女には心地よかった。彼女はうわのそらの顔に向かって話していたのだが、それがまるで、自分の言うことがきこえない遠いところで話しているように思われたからだ。だから彼女は、これまで彼にはけっして言えなかったことが言えたのだった。

今キスをしてくれるように誘って、彼女は彼の邪魔をし、心配させたような気がした。しかし彼女はそんなことには少しもくじけず、それどころか、そのことがかえって嬉しかった。なぜなら、彼女はやっと、つねにそうなることを願ってきた大胆で挑発的な女、状況を支配し、状況を動かし、相手を興味深く観察し、相手を困惑に陥れる女になったように感じたから。

彼女はしっかり彼の眼を見つづけていたが、やがて微笑んで言った。「でも、ここじゃいやよ。キスをするのに、テーブル越しに体を寄せ合うなんて滑稽でしょう。いらっしゃい」

彼女は手を差し出して、彼をソファのほうに導き、みずからの振る舞いの繊細さ、優雅さ、落ち着き払った威厳を味わった。それから彼女は彼にキスをして、今まで一度も経験したことのないほど情熱的に行動した。けれどもそれは、みずからを抑制することができない体の自然の情熱ではなく、意識的で意図的な頭の情熱だった。彼女はヤクブから父親のような役割という偽装を剝ぎ取り、彼を面食らわせ、彼が動揺する様を見て興奮したかった。彼をレイプし、彼をレイプしている自分を見てみたかった。彼の舌の味わいを知り、彼の父親のような手が少しずつ大胆になって、自分を愛撫で覆ってくれるのを感じたかった。

彼女は彼の上着のボタンを外して脱がせた。

26

ライブのあいだ、彼はずっとその男から眼を離さず、それから、思い出のためにアーチストたちにサインをして貰おうとステージのうしろに駆けつけたファンたちのあいだに混じった。しかしそこにはルージェナはいなかった。彼は、トランペット奏者が温泉町のバーに連れていった小グループの人々のあとをつけていった。きっとそこでルージェナがミュージシャンを待っているにちがいないと確信しながら、彼らと一緒になかに入った。それは間違いだった。彼は外に出て、長いあいだ入口の前で見張った。

突然彼は、苦痛が体を突き抜けるのを感じた。ちょうどそのとき、トランペット奏者がバーの外に出てきて、ひとりの女らしい人影が体を彼に押しつけていたのだ。彼はそれがルージェナだと思ったが、違っていた。

彼がふたりのあとをつけてリッチモンドまで行くと、クリーマはその見知らぬ女と一緒になかに入った。

彼は公園を通って急いでカール・マルクス寮に行った。門はまだ開いていた。彼は守衛にルージェナが在室しているかどうか尋ねた。彼女はいなかった。

彼は再びリッチモンドに走って行きながら、ルージェナがそこでクリーマと落ち合っているのではないかと恐れた。彼は公園の散歩道を行ったり来たりしながら、眼をずっと入口に釘付けにしていた。何が起こったのか、さっぱりわからなかった。いくつもの仮定が心に浮かんできたが、そのどれも重要なものではなく、重要なのは自分がそこにいて見張っていることだと思われた。だから彼には、自分がこれからも彼らの姿をこの眼で見るまで見張っているだろうことだけがわかったのだった。

なぜか？　それが何の役に立つのか？　それよりも家に帰って寝たほうがいいのではないだろうか？

彼は、やっと真実のすべてを知ることになるのだと自分に繰り返していた。

しかし彼は、本当に真実を知りたかったのだろうか？　ルージェナがクリーマと寝るのを確かめることを、本当にそんなに強く願っていたのだろうか？　それよりもむしろ、ルージェナの潔白の証拠を期待したいのではなかろうか？　とはいえ、疑い深かった彼は、たとえそんな証拠があったとしても、はたしてそれを信用しただろうか？

彼は自分がなぜ待っているのか知らなかった。ただ自分は長く、必要ならひと晩でも、さらに幾晩でも待つだろうということだけを知っていた。というのも、嫉妬に駆り立てられた時間は信じられないような速度で過ぎるから。嫉妬は情熱的な知的労働よりもずっと完全にひとの精神を占領する。精神はもはや一秒も安らぐことがなくなる。嫉妬の虜になっている者は退屈を知らないのだ。

フランティシェクは散歩道の、わずか百メートルたらずの距離しかない一区画をせかせか歩き回っていた。その区画からリッチモンドの入口が見えるのだ。彼はそんなふうに、他のみんなが眠り込んでしまうまで、ひと晩中行ったり来たりしていることだろう。彼はそんなふうに、翌日まで、次の章の始めまで行ったり来たりしていることだろう。

しかし、それにしても彼はなぜ座らないのか？　リッチモンドの正面にはいくつもベンチがあるというのに！

彼は座ることができなかった。嫉妬は激しい歯痛のようなものだから、ひとは嫉妬しているときには何もできないのだ、たとえ座ることでも。ある地点から別の地点まで、行ったり来たりすることしかできないのである。

27

彼らはバートレフとルージェナ、ヤクブとオルガと同じ道を辿った。階段から二階へ、それから赤のフラシ天の絨毯を歩いてバートレフのアパルトマンの大きなドアで終わっている廊下の端まで。その右にはヤクブの部屋のドアがあり、左にはドクター・スクレタがクリーマに貸した部屋があった。

彼はドアを開けて明かりを灯したとき、詮索するように部屋中をさっと見回したカミラの視線に気づいた。彼女が女の形跡を捜しているのがわかった。彼はその視線を知っていた。彼は彼女についてすべてを知っていた。彼女の愛想のよさが本心からのものではないことも、彼女が彼を見張るためにやってきたことも、彼を喜ばせるためにやってきた振りをすることも。また、彼女がはっきりと彼の困惑を感じ取り、彼の恋のアヴァンチュールを台無しにしたと確信していることも。

「ねえ、あなた、わたしが来たことが、本当に迷惑じゃなかったの？」と、彼女は尋ねた。

すると彼は、「どうして迷惑になるんだい！

――こんなところで、あなたは気が滅入ってしまうんじゃないかって、わたし心配だったの。

――そうだよ、きみがいないと、ぼくは気が滅入ってしまうだろう。きみがステージの下に拍手しにきてくれるのが見えたときには、嬉しかったよ。

――あなた疲れているみたいね。それとも腹を立てているの？

――いや、いや、腹なんか立てていないよ。ただ疲れているだけなんだ。

――ここではずっと男たちばかりといたので、あなたは悲しいんでしょう。それで、落ち込んでいるんでしょう。でも、もうあなたは美しい女と一緒にいるのよ。わたしは美しい女じゃないかしら？

——そうだよ、きみは美しい女だよ」とクリーマは言ったのだが、それは彼がその日、彼女に言った初めての誠実な言葉だった。カミラはこの世ならぬ美しさだったので、クリーマはこんな美しい女が致命的な危険を冒すのかと思うと、かぎりない苦しみを覚えた。しかしその美しい女が微笑み、彼の見ている前で服を脱ぎはじめた。彼はその体が裸になるのを眺めていたが、それはまるでその体に別れを告げるような具合にだった。その胸、清らかで無垢な美しい胸、くびれた胴、今そこからパンティーが滑り落ちた腹。彼はそれを何かの回想のように、懐かしさを覚えながら見守っていた。まるでガラス越しに見るように、遠くから眺めているように。彼女の裸がじつに遠いところにあったので、彼はどんなささいな興奮も覚えなかった。しかしそれでも、貪婪《どんらん》な眼差しでじっと彼女を見ていた。死刑囚が処刑の前に最後の一杯を飲むように、彼はその裸を飲んだ。失われた過去と失われた生を飲むように、その裸を飲んだ。

カミラは彼に近づいてきて、「どうしたの？　あなた脱がないの？」

彼は服を脱ぐよりほかなかったが、ひどく悲しかった。

「わたしがあなたに会いに来たんだから、疲れてもいいだなんて思わないでね。わたしはあなたが欲しい」

そうではないことを彼は知っていた。カミラにセックスをしたい気など少しもないのを知っていた。無理にそんな挑発的な振る舞いに及んだのはただ、彼の悲しみが見えたからで、彼女がその悲しみを別の女にたいする彼の愛のせいにしているのを知っていた。彼女はそんな愛の挑戦によって彼を試練にかけたがっているのだが、それは彼の心がどこまでその別の女に奪われているのか知るためだということも知っていた（ああ、彼は何とよく彼女を知っていたことか！）。彼は彼女が悲しみで自分を苦しめることも知っていた。

「ぼくは本当に疲れているんだよ」と、彼は言った。

彼女は彼を腕に抱きしめ、ベッドまで導いた。「さあ、わたしがどんなふうにその疲れを忘れさせてあげるか見ていらっしゃい！」。そして彼女は彼の裸の体を弄《もてあそ》びはじめた。

彼はまるで手術台のうえにのぼったように横たわっていた。妻のどんな試みも無駄だろうとわかっていた。彼の体は内側に縮こまり、どんな膨張力ももはやなくなっていた。カミラは濡れたくちびるで彼の全身を舐め回したが、彼女が自分を苦しめ、彼を苦しめていることがわかって、彼は彼女を憎んだ。彼のかぎりない愛によってそんな彼女を憎んだ。彼女、そしてこんな嫉妬、疑惑、不信を示す彼女ひとりで、そして今日こんなふうに訪れてきた彼女ひとりですべてを台無しにしたんだ。彼女のせいで、別の女の腹のなかに置かれた爆薬によって、七カ月後に爆発しすべてを一掃してしまうその爆薬によってふたりの結婚が一触即発の危機に陥ったんだ。ふたりの愛をあまりにも案じすぎる彼女、そして彼女ひとりですべてを破壊してしまったんだ。

彼女は口を彼の腹のうえにつけた。すると彼はその愛撫によってセックスが縮こまり、内側に引っ込み、彼女から逃れてだんだん小さくなり、だんだん落ち着かなくなるのを感じた。そして、カミラがそんな肉体の拒否によって別の女にたいする彼の愛の大きさを測ることを彼は知っていた。彼女がひどく苦しむだろうし、彼女が苦しめば苦しむほど、ますます彼を苦しめることになること、そこでますます意地になって力のない彼の体をくちびるで舐め回すことを知っていた。

28

その娘と寝ることほど、彼が願わなかったものは何もなかった。彼はその娘に喜びをもたらし、ありったけの優しさでみたしてやりたいとは望んだが、その優しさは肉体的な欲望とは何らかかわりがなく、もっと言えば、肉体的な欲望をすっかり排除してしまうものだった。なぜなら、その優しさは純粋で、無私で、どんな快楽とも無縁なものたろうとしていたのだから。

しかし今の彼に何ができるだろうか？　彼の優しさを汚さないようにするためには、オルガを押し退けねばならないのだろうか？　それはとてもできなかった。そんなふうに拒否すれば、オルガを傷つけ、その傷が長いあいだ残るだろう。彼は、優しさの聖杯は苦くてもその澱《おり》まで飲まねばならないことを理解した。

やがて突然、彼女は彼の眼の前で裸になった。彼女は高貴で穏やかな顔をしているな、と彼は思った。しかし、その顔を体とひと続きのものとして見たときには、それは貧弱な慰めでしかなかった。その体は長く細い茎に似ていて、その先に異様に大きなヘアの花があった。しかし美しかろうがなかろうが、もはやそれを逃れる手だてなどないことをヤクブは知っていた。それに彼は、彼の体（彼の卑屈な体）がすっかり、またしても愛想のよい槍を立てる気になっているのを感じた。とはいえ、その興奮は彼の魂の外遠く、誰か別の人間に生じていることのように思われた、まるでみずから参加せずに興奮し、ひそかにその興奮を軽蔑しているといったふうに。彼の魂は見知らぬ女のハンドバッグのなかにある毒薬という考えにつきまとわれ、体から遠いところにあった。その魂は、ひたすら容赦なくみずからのくだらない利害を追いかける体を、せいぜい遺憾に思いながら観察しているだけだった。

一瞬、ひとつの思い出が彼の頭をよぎった。彼が十歳のとき、子供がどのように生まれてくるのかを知った。それ以来、その考えがどうしても頭から離れなかった。年月とともに、女性の器官の具体的な細部を詳しく知るようになっただけに、なおさらそうだった。それ以来、彼はよく自分自身の誕生の光景を想像した。自分の小さな体が湿った狭いトンネルのなかを滑り抜け、鼻も口も奇怪な粘液でいっぱいになっている様を想像した。彼の全身がその粘液を塗られ、その痕跡を残していた。そう、女性の粘液が痕跡を残し、彼の一生のあいだ、その謎めいた力を振るい、いつでも彼を自分のもとに呼び寄せ、彼の体の特異なメカニズムを制御することになったのだ。そんなことすべてが常に彼に嫌悪感を抱かせ、彼は少なくとも女たちには自分の魂を与えるのを拒み、自分の自由と孤独を護り、「粘液の力」を人生の一定の時間だけに制限することによって、そんな隷従に反抗してきた。そう、おれがあれほどオルガに情愛を抱いていたのは、たぶんおれにとって彼女がすっかり性の限界の彼方にある存在であり、その体によっておれの誕生の恥ずべき様式をけっして思い出させないことが確信できたからかもしれない。

彼は急いでそんな考えを追い払った。というのも、ソファのうえの状況が急速に進展してきたからで、彼は今にも彼女の体のなかに入らなくてはならなくなったのだが、嫌悪感を抱いたままそうしたくなかった。彼は思った、おれの前に体を開いているこの女はおれが人生で唯一の純粋な愛を捧げた存在なのだ、今おれがこの女を愛そうとしているのは、この女が幸せになり、歓びを知って自信をもち、明るくなるためなんだ。

彼は自分自身に驚いた。彼は彼女の体のうえで、まるで優しさの波のうえで揺れているように、自分の体を動かしていたからだ。彼は幸福で、気持ちよく感じ、彼の魂は謙虚に彼の体の動きと一体になっていた、まるで愛の行為が心のこもった優しさの、隣人にたいする純粋な愛の物理的な表現だとでもいうように。何の障害もなければ、違和感もなかった。ふたりはぴったり体を絡ませ、彼らの息づかいがひとつになっていた。

それは美しく長い時間だったが、やがてオルガが彼の耳に猥褻《わいせつ》な言葉を囁いた。彼女は一度囁き、もう一度、そしてみずからその言葉に興奮しながらさらにもう一度囁いた。

優しさの波が一挙に引いてゆき、ヤクブは砂漠の真ん中でその若い女とふたりきりでいるような気がしてきた。

いや普段の彼は、セックスのあいだに発せられる淫猥な言葉を嫌っていたわけではない。それは彼のなかに好色と残忍さを呼び覚まし、彼の魂とは無関係に女たちを気持ちよく、彼の体には欲情をそそるものにしてくれたのだ。

しかしオルガの口から出たその淫猥な言葉は、いきなりあらゆる快い幻想を無に帰してしまった。優しさの雲は消えてなくなり、今や急に、さきほどまで彼に見えていたオルガが腕のなかに見えた。つまり頭髪の花の下で震えているほっそりとして茎のような彼女の体が。こんなにも痛ましい女が、痛ましいままに売春婦のような挑発的な振る舞いに及んだのだが、そのことがその猥褻な言葉に何か滑稽で物悲しいものを与えた。

しかしヤクブは、何も表に出してはならず、自分を抑えて善良さの苦杯を飲まねばならないことを知っていた。なぜなら、その不条理な抱擁こそが彼の唯一の善行、唯一の贖罪《しょくざい》(彼は一瞬も他人のハンドバッグのなかの毒薬を思い出すのをやめなかった)、唯一の救いだったのだから。

29

バートレフの豪華なアパルトマンは、貝のふたつの殻に挟まれた大きな真珠のように、ヤクブとクリーマが占めているそれより豪華でないふたつの部屋に、両側から挟まれていた。しかし、ずっと前から隣のふたつの部屋では沈黙と静けさが支配しているなかで、バートレフの腕に抱かれたルージェナは歓びの最後の吐息を漏らした。

それから彼女は彼の横に穏やかに身を横たえたまま、彼の顔を愛撫していたが、しばらくすると、わっと泣きだした。彼女は長いあいだ泣き、彼の胸に顔を埋めていた。

バートレフは彼女を少女のように愛撫してくれたが、彼女は本当に自分をごく小さく感じていた。かつてなかったほど小さく（彼女はこれまで一度もそんなふうに誰かの胸に顔を隠したことがなかった）、しかしまた、かつてなかったほど大きくも感じた（彼女は今日ほど快感を覚えたことはなかった）。そして、せわしない動きに伴われたそのすすり泣きは、やはりこれまで経験したことのない至福感のほうに彼女を押し流した。

今このとき、クリーマはどこにいるのか？　またフランティシェクはどこにいるのか？　彼らははるか遠くの霞のなかのどこかにいて、その影はうぶ毛のように軽く地平線に遠ざかっていく。また、クリーマを捕まえ、フランティシェクを厄介払いしたいという彼女の願望は、どこにいったのか？　引きつったような彼女の怒りに、傷つけられて今朝から鎧《よろい》のようになかに閉じこもっていた彼女の沈黙に、何が生じたのか？

彼女は横たわり、むせび泣いていた。そんな彼女の顔を彼は愛撫していた。彼は彼女に眠るようにと言い、自分は隣に寝室があるからと言った。するとルージェナは眼を開けて彼を見た。バートレフは裸だった。彼は浴室に行き（水の流れる音がきこえた）、やがて戻ってきて戸棚を開き、そこから毛布を出して、優雅な手つきでルージェナの体のうえに掛けてくれた。

ルージェナには彼のふくらはぎの静脈瘤《りゅう》が見えた。彼が彼女のうえに身をかがめたとき、その巻き毛が半白でまばらなうえ、肌が透けて見えるのに気づいた。そう、バートレフは六十男で、少し腹さえ出ていたのだが、ルージェナにとってそんなことはどうでもよかった。それどころか、バートレフの年齢は彼女を落ち着かせ、まだ灰色でさえない彼女自身の青春に輝かしい光を投げかけてくれて、彼女は自分が生命にあふれ、人生の道の、ほんの出だしのところにいるにすぎないのだと感じた。彼女は彼を前にして、自分がまだまだ若いのだから あせる必要なんかないし、時間を恐れる必要も全然ないことを発見した。バートレフはちょうど彼女のそばに再び座ったところで、彼女を愛撫していたが、彼女は力づけるようなその指の接触よりも、安心感を与える彼の年齢の抱擁によって匿われるような気がした。

やがて意識が薄れ、彼女の頭のなかには、眠りが近づいてくるときの混乱した幻覚が駆けめぐった。彼女がはっと覚醒すると、部屋中が不思議な青い光に浸されているように見えた。彼女が一度も見たことのないその独特の輝きは、いったい何なのだろうか？　青いヴェールに包まれた月がここまで降りてきたのだろうか？　そうでなければ、ルージェナは眼を開けたまま、夢を見ているのだろうか？

バートレフは彼女の顔を愛撫するのをやめずに、微笑んだ。

そしてたった今、彼女はとうとう眠りに運ばれて眼を閉じた。

五日目

1

まだ夜だったが、クリーマはひどく浅い眠りから覚めた。彼は仕事に出かける前にルージェナを見つけたかった。しかし、夜明け前にひと走りしなければならないということを、どのようにカミラに説明すればいいのか？

彼は腕時計を見た。朝の五時半だった。ルージェナに会い損ねたくないのなら、ただちに起きなければならなかったが、口実が見つからなかった。心臓がどきどきしてきたが、いったい何ができるだろうか！　彼は起き上がって、カミラの眼を覚まさないようにそっと服を着はじめた。上着のボタンを閉めたとき、妻の声がきこえた。それは半睡状態からやってくる鋭く小さな声だった。「どこに行くの？」

彼はベッドに近づき、くちびるにそっとキスをした。「眠っていて、ぼくはじきに戻ってくるから」

――わたしも一緒にゆく」とカミラは言ったが、たちまち眠り込んでしまった。

クリーマはすばやく外に出た。

こんなことがありうるのだろうか？　彼はあいかわらず行ったり来たりしているのだろうか？

2

そうなのだ。しかし突然、彼は立ち止まった。リッチモンドの入口にクリーマの姿が見えたのだ。彼は隠れ、カール・マルクス寮までこっそりあとをつけた。彼は守衛室の前を通り（守衛は眠っていた）、ルージェナの部屋のある廊下の角で立ち止まった。トランペット奏者が看護師のドアを叩いているのが見えた。誰も答えなかった。クリーマはさらに何度か叩いたが、やがて踵を返して立ち去った。

フランティシェクは彼のあとから走って建物の外に出た。クリーマが長い道を上って、半時間後にルージェナが業務につく治療センターのほうに向かうのが見えた。彼は駆け足でカール・マルクス寮に引き返し、ルージェナのドアをとんとん叩き、小さいがはっきりした声で鍵穴に向かって言った。「おれだよ！　フランティシェクだ！　おれだから何も心配することはないんだよ！　おれには開けてもいいんだよ！」

誰も答えなかった。

彼が戻ると、ちょうど守衛が起きたところだった。

「ルージェナは在室していますか？　とフランティシェクは守衛に尋ねた。
――昨日から戻っていませんよ」と、守衛が言った。
フランティシェクは道に出た。センターのなかに入るクリーマの姿が遠くに見えた。

3

ルージェナは規則正しく五時半に眼を覚ましていた。その日は、じつに気持ちよく眠った後だったので、それ以上寝ていられなかった。彼女は起き上がり、服を着て、爪先でそっと隣の小さな寝室に入った。

バートレフは横向きに眠り、深い寝息を立てていたが、昼のあいだは入念になでつけてあるその髪は乱れ、禿げた頭皮が見えた。眠っている彼の顔は、灰色でずっと老けて見える。ナイト・テーブルのうえに薬の壜が何本も並べてあったが、それはルージェナに病院を思い出させた。しかし彼女には、そんなことが何ひとつ気にならなかった。彼女は彼を見ていたが、その眼に涙が浮かんできた。昨晩のようにすばらしい晩を経験したことは一度もなかった。彼女は彼の前に跪《ひざまず》きたいという奇妙な欲求を覚えたが、そうはせずに彼の額にそっとキスをした。

外に出て治療センターに近づくと、彼女のほうにやってくるフランティシェクが見えた。

昨日だったらまだ、その出会いは彼女を動転させたことだろう。彼女はトランペット奏者に恋していたとはいえ、フランティシェクもまた大事な存在だった。彼はクリーマと切り離せないカップルを成し、一方が平俗の、他方が夢の化身だった。一方が彼女を欲し、他方が彼女を望まなかった。彼女は一方から逃れ、他方を求めたかった。そのふたりの男のそれぞれが他方の存在の意味を決定していたのだ。孕んでいるのはクリーマの子供だと彼女が決めたとき、だからといって自分の生からフランティシェクを消し去ったわけではない。それどころか、まさにフランティシェクこそが彼女をそのような決意に駆り立てたのだ。彼女はまるで自分の生の両極のように、そのふたりの男のあいだにいた。ふたりは彼女の惑星の北と南であり、彼女はそれ以外の惑星をひとつも知らなかった。

しかしその朝、彼女は突然、それだけが住むことのできる唯一の惑星ではなかったことを理解した。彼女はクリーマもフランティシェクもいなくても生きてゆけることを、急ぐ必要など全然なく、充分時間があることを、ひとがじつに速く老いてゆくその魔法にかけられた領域から遠く離れたところに、ひとりの賢明で成熟した男に連れてゆかれてもいいではないかと理解したのだ。

「どこで夜を過ごしたんだ？　とフランティシェクはいきなり言った。

——あんたには関係がないでしょう。

――おれはあんたのところに行ってきた。部屋にいなかったじゃないか。

――あたしがどこで夜を過ごしても、そんなこと、あんたには全然関係がないでしょう、とルージェナは言って、立ち止まりもせずに温泉場の門を越えた。それに、もうあたしに会いに来ないで。絶対だめよ」

フランティシェクは治療センターの前にずっと突っ立っていたが、歩いて夜を過ごしたせいで足が痛かったので、入口を見張ることができるベンチに座った。

ルージェナは四段ずつ階段を昇り、二階の広々とした待合室のなかに入った。そこには患者用の椅子と肘掛け椅子が壁に沿って並べられていた。クリーマが彼女の働いている業務用のドアの前に座っていた。

「ルージェナ、と彼は立ち上がって言い、絶望の眼差しで彼女を見た。お願いだ。お願いだ、むちゃはやめてくれ！　ぼくが一緒についてゆくから！」

彼の不安はむきだしで、それまでの何日か、あれほど努力を傾けた感傷的なでっちあげ話《デマゴギー》がすっかり影をひそめていた。

ルージェナは彼に言った。「あなたはあたしを放り出したいんでしょう」

彼は怖くなった。「ぼくはきみを放り出したくなんかない。それどころか、ふたり一緒にもっと幸せに生きられるように、何でもするつもりなんだよ。

――嘘をつかないで、ルージェナは言った。

――ルージェナ、お願いだ！　もしきみが行かなかったら、不幸なことになるんだよ！

――あたしが行かないなんて、誰が言ったの？　あたしたちにはまだ三時間あるわ。今はまだ六時でしょう。あなたは安心して、ベッドの奥さんのところに戻ってあげたら！」

彼女はうしろ手でドアを閉め、白衣をはおって四十女に言った。「ちょっと、あたし九時に留守にしなくてはならないの。一時間代わってもらえないかしら？

――じゃあ、あれほど言ったのに、あんた言いなりになったんだね、とその同僚は咎めるような口調で言った。

――いいえ、違うの。あたしは恋に落ちたの」と、ルージェナが言った。

4

ヤクブは窓に近づいて開いた。彼は青白い錠剤のことを考えていたのだが、それを前日、見知らぬあの女に本当に与えたのだとは信じられなかった。彼は青い空を見て、秋の朝の新鮮な空気を吸い込んだ。窓から見える世界は正常で、静かで、自然だった。看護師との前日のエピソードは突然、彼には馬鹿げていて、ありそうもないものに思えてきた。

彼は受話器をとって治療センターの番号を回し、女性班の看護師ルージェナと話したいと頼んだ。長いあいだ待って、やっと女の声がきこえた。看護師ルージェナと話したいと繰り返すと、女の声は、看護師ルージェナは今温浴場にいるので戻れないと答えた。彼はありがとうと言って、電話を切った。

彼は深い安堵感を覚えた。看護師は生きていたのだ。壜の錠剤は一日三錠と決められていたから、彼女はきっと昨晩に一錠、今朝もう一錠飲んだにちがいなく、したがってヤクブの例の錠剤はずっと前に飲んだことになる。突然、彼にはすべてがまったく明瞭になってきたように思われた。つまり、彼が自由の保障としてポケットに入れていたあの青白い錠剤が偽物だったということだ。彼の友人は架空の錠剤をくれたのだ。

ああ、おれはこれまで、どうしてそのことを一度も考えなかったのだろうか？　彼はもう一度、友人たちに毒薬をくれるよう頼んだ遠い日のことを思い起こしてみた。当時の彼は監獄から出たばかりだったのだが、今長い年月を置いてみると、あの連中はたぶんその依頼のなかにただ、耐え忍んだ自分の苦しみにあとになって注意を引きつけることを目的とする、芝居がかった身振りしか見ていなかっただろうと理解した。しかしスクレタはためらいもせずに、彼が求めたものをくれると約束した。そして数日後、青白く輝く錠剤をもってきてくれた。どうして彼がためらいなどしたろうか、どうして彼が思いとどまらせようなどとしただろうか？　彼はおれの要求を撥ねつけた連中よりも、はるかに巧みに事をさばいたのだ。彼はおれに落ち着きと確信の幻想を与え、しかもそのことで生涯の親友だと印象づけたのだ。

どうしてそれまで、その考えが一度も彼に訪れなかったのか？　あのとき彼は、スクレタがありふれた工業製品の外観をした毒薬の錠剤をくれたことを、やや奇妙に思ったものだった。スクレタが生化学者として様々な毒物を入手できることを知りながらも、なぜ錠剤をプレスする機械を自由にできるのかわからなかった。しかし彼は、そのような質問を自分にしてみたことがなかった。彼はあらゆることを疑ってみるたちだったとはいえ、ひとが聖書を信ずるようにその錠剤を信じていたのだ。

今、その深い安堵の瞬間に、もちろん彼は友人のその欺瞞に感謝してはいた。看護師が生きていて、あの馬鹿げた厄介ごとが悪夢にすぎず、人騒がせな夢にすぎなかったことが嬉しかった。しかしこの世では何事も長続きはしないもので、弱まってゆく安堵の波のうしろから、後悔のか細い声が立ちのぼってきた。

何てグロテスクだったんだ！　おれがずっとポケットに入れていた錠剤はおれの一歩一歩に芝居がかった荘厳さを与え、そのことでおれは自分の人生を壮大な神話のようにしていたんだ！　おれは薄葉紙に包んで自分の死を持ち運んでいると確信していたのに、じつはそれはスクレタの穏やかな笑いでしかなかったのだ。

ヤクブには、とどのつまりは友人のほうが正しかったことがわかっているが、それでも、彼があれほど愛していたスクレタが一挙に、ほかにいくらでもいるような、ごく普通の医者になってしまったと思わざるをえなかった。まるで当然のことのように毒薬を与えてくれたことが、ヤクブの知っていた人々と彼とを根底的に区別するものだった。彼の行動のなかにはどこか本当らしくないところがあり、彼は通常ひとが他人にたいして振る舞うようには振る舞わなかった。ヒステリーもしくは意気消沈したときに、誤ってその毒薬を服用するのではないかなどとは思ってもみずに、ヤクブを完全に自己抑制でき、人間的な弱さなどもっていない人間として扱ってくれた。彼らは互いにたまたま人間どものあいだで生きざるをえなくなった神々のように振る舞っていた――そしてまさにそれこそがすばらしく、忘れがたいことだった。しかし突然、それがお終いになったのだ。

ヤクブは青い空を見て、心に思っていた。彼は今日、おれに安堵と平和をもたらしてくれたが、それと同時におれからおれ自身を奪ってしまい、おれからおれのスクレタを取り上げてしまったのだ、と。

5

ルージェナの同意はトランペット奏者を驚かせ、気持ちよくぼっとなったが、その最大の報いに釣られた彼は、待合室の外に行く気は全然なくなった。どうにも説明できない仕方でルージェナがいなくなってしまったことが、昨日から脅迫めいた形で記憶に刻まれていた。

誰も彼女を思い止まらせ、連れ去り、取り上げないように、ここでじっと我慢して待っていようと彼は決意した。

湯治客たちがやって来はじめ、ルージェナが消えたドアを開け、そのままなかに残っている者もいたが、廊下に戻ってきて、壁に沿って並んでいる肘掛け椅子に座る者もいて、その全員が物珍しそうにクリーマを眺め回した。というのも、その女性用の待合室のなかでは男の姿を見かけることがなかったからだ。

やがて、白衣を着た太った女が入ってきて、長々とクリーマを見た。それから、彼に近づき、ルージェナを待っているのかと尋ねた。彼は赤くなって、そうだと言った。

「待っていても無駄よ。今から九時までは、だいぶ時間があるわよ」と、女はむっとするほど馴れ馴れしく言ったので、クリーマは部屋にいる全員がその声をきき、自分の事情がみんなに知れわたったような気がした。

ほぼ九時十五分前に、ルージェナが再び外出着を着て現れた。彼は彼女のあとにぴったりつき、ふたりは黙ったまま治療センターの外に出た。ふたりはそれぞれの物思いに耽っていて、公園の茂みに隠れてあとをつけてくるフランティシェクには気づかなかった。

6

ヤクブにはもはや、オルガとスクレタに別れを告げることしか残っていなかったが、しばらくひとりで（最後に）もう一度公園を散歩し、炎に似ている木々を懐かしく眺めてみたいと思った。

彼が廊下に出たとき、ひとりの若い女性が向かいのドアを閉めているところで、そのすらりとした姿が彼の視線を捕らえた。彼女が振り向いたとき、彼はその美しさに茫然とした。

彼は彼女に言葉をかけた。「あなたはスクレタ先生のお友だちですか？」

女は愛想よく微笑んで、「どうしておわかりになるんですか？

——ドクター・スクレタが友人たちのために確保している部屋から、あなたが出てこられたからですよ、とヤクブは言って自己紹介した。

——はじめまして、わたしはクリーマの妻です。先生はここに夫を泊めてくださっているんです。わたし、夫を捜しているんですが、きっと先生とご一緒なんでしょう。どこに行けば会えるのかご存じありませんか？」

ヤクブは飽くことのない喜びを覚えながら、その若い女性を眺めていたが、心に（またしても！）これがここで過ごす最後の日であり、そのためにどんなささいな出来事でも特別な意味をもち、象徴的なメッセージになるのだという考えが浮かんだ。

しかしこのメッセージは、はたしてどんな意味なのだろうか？

「スクレタ先生の家まで送ってさしあげてもいいですよ。

――そうしていただけたら、とっても嬉しいですわ」と、彼女は答えた。

そうか、でもこのメッセージはいったい、どんな意味なんだろうか？

それはまず、何でもないひとつのメッセージで、それ以上のものではなかった。ヤクブは二時間後に出発することになっていたので、やがてこの美しい女性の何も彼には残らなくなってしまうだろう。この女性は拒否のしるしとして彼の前に現れたのだ。彼が出会ったのはただ、彼女が彼のものにはなりえないことを確信するためだった。彼はその出発によって失ってしまうすべてのもののイメージとして、彼女に出会ったのだ。

「これは不思議だ、と彼は言った。わたしは今日、スクレタ先生にたぶん自分の人生で最後の話をしに行くんですよ」

しかしこの女性が彼にもたらしたメッセージはまた、それ以上のことをも語っていた。そのメッセージは、最後の瞬間になって、彼に美を告げにやって来たのだ。そう、美だ。そしてヤクブは、自分が美について何も知らず、これまで美を見ずに過ごしてきて、美のために生きようとしたことが一度もなかったのを理解して愕然《がくぜん》とした。彼はその女性の美しさに魅了され、突然、自分のすべての計算には最初からずっと、何か間違いのようなものがあったのだという気がしてきた。考慮するのを忘れていた要素があったのだという気がしてきた。もしこの女性を知っていたら、自分の決定も違ったものになっていただろうと思われた。

「いったいどうして、最後なんておっしゃるんですか？

——わたしは外国に行くんです。しかも長期間」

いや、彼はきれいな女たちとの経験がなかったというのではない。しかし彼にとっては、その女たちの魅力はいつも、どこかアクセサリーのようなものだった。彼を女たちのほうに駆り立てていたのは、復讐の願望であり、淋しさと不満だった。そうでなければ、同情か憐《れん》憫《びん》だった。彼にとって女性たちの世界は、彼がこの国で参加し、そのなかで迫害者と被迫害者になり、多くの闘争を経験したが、ひとつの牧歌も経験しなかったという苦いドラマと一体になっていた。しかしその女性は、そんなものすべてと切り離され、彼の生と切り離されて、不意に目の前に現れたのだった。彼女は外部から彼のところにやって来て、ただ美しい女性としてだけではなく、美そのものとして目の前に出現し、ひとはここで別なふうに、そして別のもののために生きることもできるのだと告げていた。美は正義よりも、真実よりもすぐれたものであり、はるかに現実的で議論の余地がなく、またずっと近づきやすいものでもあること、そして美はあらゆるものの上に立つのであり、今このときの彼には決定的に失われたものなのだと告げていた。その美しい女性は、彼がすべてを知っていて、ここでの生の可能性をすべて汲み尽くして生きてきたなどとは思わないように、彼のもとに姿を現したのだ。

「それって羨ましいことですわ」と、彼女が言った。

彼らは一緒に公園を歩いていたが、空は青く、木の茂みは黄色く、そして赤く、ヤクブは再び、木の葉は火のイメージを思わせ、その火のなかで過去のすべての冒険、すべての思い出、すべてのチャンスが燃えているのだと思った。

「羨ましいことなんて何もありませんよ。今このわたしは、もしかすると出発すべきではないのではないか、という気がしているくらいなんです。

――どうして？　最後の瞬間になって、ここがお好きになってきたんですか？

――好きになってきたのは、あなたです。わたしは恐ろしいほど、あなたが好きになってきた。あなたは途方もなく美しいひとだ」

彼は言い方も知らずにそう言ったのだが、数時間後に出発してしまうのだから何を言ったって構わないのだし、その言葉は自分にも彼女にもあとを残さないのだと考えた。突然発見したそんな自由は、彼をうっとりさせた。

「わたしはまるで闇のなかで生きてきたようなものなんです。何も見ないで。今日初めて、美が存在することを理解しました。そしてわたしはこれまで、美から遠く離れて生きてきたのだと」

彼にとって彼女は、音楽と絵画、つまり彼が一度も足を踏み入れたことのない王国と一体になった。まわりのさまざまな色の木々と一体になった。そこで彼は急に、その木々にメッセージもしくは意味（火災あるいは火葬のイメージ）を見るのをやめ、その女性の足音に触れ、声に触れて神秘的に目覚めた美の恍惚以外の何も見なくなった。

「わたしをあなたに結びつけるためなら、何だってやりたいくらいです。わたしはすべてを捨て、ただあなたのために、そしてあなたゆえに、自分の人生を別なふうに生き直してみたい。しかしわたしにはそれはできません。なぜなら、今この瞬間、わたしはもう本当にはここにいないからです。わたしは昨日出発するはずだったので、今日ここにいるわたしはもう、遅れたわたしの影でしかなくなっているのです」

ああ、そうなんだ！　彼はそのとき、なぜ彼女と出会うことが定められていたのかを理解した。つまり、その出会いは彼の人生の外で、彼の運命の隠された面のどこかで、彼の伝記の裏側で生じたのだ、と。しかし、だからこそよけい好き勝手に話すことができたのだが、それは彼が突然、どのみち人は結局、思っていることをすべて話すことなど、とうていできはしないだろうと感じたときまでだった。

彼は彼女の腕に触れた。「ここにスクレタ先生の診察室があります。二階です」

クリーマ夫人は長々と彼を眺め、ヤクブは眼を遠方の風景のような、彼女の潤んで優しい眼差しのなかに沈めた。彼はもう一度彼女の腕に触れてから、踵を返して遠ざかった。

しばらくして、彼が振り返ると、クリーマ夫人があいかわらず同じ場所に立ち、彼を眼で追っているのが見えた。彼は何度も振り返ったが、彼女はあいかわらず彼を見ていた。

7

二十人ばかりの女たちが心配そうに待合室に座っていた。ルージェナとクリーマは椅子を見つけられなかった。彼らの正面の壁には、女たちに堕胎を思いとどまらせることを目的とした絵やスローガンの大きなポスターが何枚も掛けてあった。

「ママ、どうしてぼくが欲しくないの?」と、太字で書いてあるポスターには、掛け布団のうえで微笑んでいる子供の絵がついていた。その子供の下にゴチック体で一篇の詩が印刷されていたが、その詩のなかの胎児は、子宮の搔爬《そうは》をしないでくださいと母親に懇願し、その見返りとして数々の幸福を約束していた。「ママ、あなたは誰の腕のなかで死んでゆくの? もしぼくを生きさせてくれないのなら」

他のポスターには、乳母車の押し棒をもって微笑んでいる母親の写真や小便をしている最中の男の子の写真があった。(小便をしている男の子は、子供の誕生のための文句のつけようがない説得手段になるのだ、とクリーマは思った。ある日、ニュース映画で小便をしている男の子を見て、館内中が女たちの至福のため息に震えたのを思い出した)

しばらく待ったあと、クリーマはドアをノックした。看護師が出てきたので、クリーマはドクター・スクレタの名前を告げた。やがてドクター・スクレタがやって来て、クリーマに調査用紙を差し出して、それに書き込んでからそのまま待っているようにと言った。

クリーマは調査用紙を壁に押しつけて、名前、生年月日、出生地といった様々な項目に書き込みだした。ルージェナがそっと答えを囁いてくれた。それから、「父親名」と記された項目に差しかかったとき、彼はためらった。その不名誉な資格をはっきりと見て、そこに自分の名前を添えることを不愉快に思ったのだ。

ルージェナはクリーマの手を見て、震えているのに気づいた。そのことが彼女を喜ばせた。

「さあ、書くのよ！　と彼女は言った。

——何て名前を書けばいいんだよ？」とクリーマが囁いた。

彼女は彼を意気地がなく卑怯な男だと思って、軽蔑した。このひとは何でも怖がる、責任を怖がり、公式の調査用紙のうえに書く自分の署名を怖がるのだ。

「ちょっと！　誰が父親だか、わかっていたはずだけど！　と彼女は言った。

——ぼくはそんなことは重要じゃないって思っていたんだよ」と、クリーマが言った。

彼女はもう彼にはこだわっていなかったが、心の奥底では、この意気地のない男は自分にたいして罪があるのだと確信していた。だから彼を罰してやるのが嬉しかった。「もし嘘をつきたいんだったら、あたしたちが了解し合ったなんて信じられなくなるわ」。彼がその欄に自分の名前を書き入れたとき、彼女はにっこり微笑んで付け加えた。「どっちみち、あたしはまだ自分がどうするのかわからないんだから……。

——何だって？」

彼女はぎょっとした彼の顔を見た。「手術のときまでに、あたし、気が変わるかもしれないの」

8

彼女は肘掛け椅子に座り、脚をテーブルのうえに広げて、温泉町の陰気な日々のために買っておいた推理小説を走り読みしていた。しかし読書に集中できなかった。昨晩の状況と言葉がたえず頭に浮かんできたからだ。その晩に起こったことすべてが彼女の気に入ったが、とりわけ彼女は自分に満足していた。彼女はとうとう、いつもそうなりたいと願っていた女になったのだ。もう男たちの様々な意図の犠牲者ではなく、みずから自分の冒険の作者になったのだ。彼女はヤクブに演じさせられていた無垢な孤児という役割を最終的に投げ捨てた。それどころか、自分の欲望に従って自分で自分を作り直したのだ。

彼女は自分を優雅で、独立し、大胆な女だと思った。彼女は、白のジーンズをぴたりとはいてテーブルのうえにのせていた自分の脚を見つめた。ドアをノックする音がすると、彼女は快活に叫んだ。「入って、待っていたの！」

ヤクブは入ったが、悲嘆にくれたような様子をしていた。

「こんにちは！」と彼女は言ったが、まだしばらくテーブルのうえの脚を見ていた。彼女はヤクブが途方にくれたような様子をしていると思ったが、そのことが嬉しかった。それから彼に近づき、その頰に軽くキスをした。「しばらく、いられる？」

——いや、とヤクブは悲しそうな声で言った。今度こそ、本当にさよならを言いに来たんだ。ぼくはしばらくしたら出発する。最後に温泉場まできみを送ってゆこうと考えたんだ。

——わかったわ、とオルガは快活に言った。散歩に行きましょう」

9

ヤクブはあふれんばかりに美しいクリーマ夫人のイメージに充たされていた。だから、前夜から彼の心中に気詰まりと汚れしか残さなかったオルガにさよならを言いに来るのに、ある種の嫌悪感を乗り越えねばならなかった。しかしどんなことがあっても、そんなことを気取られてはならなかった。彼は、ふたりの戯れがどれだけわずかの快楽と歓びしかもたらさなかったかを疑われないようにするため、そして彼女がそれを最良の思い出としておけるようにするために、ことさら機転をきかせて振る舞うよう自分に厳命していた。彼は深刻そうな様子を装い、憂鬱そうな口調で訳のわからない文句を口にし、曖昧に彼女の手に軽く触れ、ときどき彼女の髪を撫でた。また彼女が彼の眼を見るときには、悲しそうに見えるよう努力した。

途中、彼女はもう一度ワインを飲みに行こうと提案したが、ヤクブは辛いものになってきたその最後の出会いをできるだけ短くしたかった。「ひどく辛いものなんだよ、別れというやつは。ぼくはそれをのばしたくないんだ」と、彼は言った。

温水治療センターの前にくると、彼は彼女の手をとり、その眼を長々と見つめた。

オルガが言った。「ヤクブ、来てくれて本当にありがとう。昨日はすてきな晩を過ごせたわ。あなたがやっと父親ごっこをするのをやめて、ヤクブになってくれたのが嬉しい。すばらしかったわ、昨日は。あなたには、すばらしくなかったの?」

ヤクブは自分が何もわかっていなかったことを理解した。もしかするとこのデリケートな娘は、昨日の愛のひと晩にただの気晴らししか見ていなかったのだろうか? この娘はどんな感情をも免れた肉欲によって、おれのほうに駆り立てられたのだろうか? この娘にとっては、たった一夜の愛の楽しい思い出のほうが最終的な別れの悲しみよりも重いのだろうか?

彼は彼女にキスをした。彼女はよい旅を、と言ってから、大きな門のなかに消えていった。

10

彼は二時間前から、総合病院の建物の前を行ったり来たりしていたが、我慢できなくなりだしていた。彼は自分を叱りつけ、騒ぎを起こしてはならないのだと言い聞かせていたが、まもなくもう自制する力がなくなってくるのを感じた。

彼は建物のなかに入った。この温泉町は大きなところではなく、みんなが彼のことを知っていた。彼は守衛に、ルージェナが入るのを見たかどうか尋ねた。守衛はそうだ、彼女がエレベーターに乗るのを見たと言った。エレベーターは四階にしかとまらず、それより低い階には階段で上ることになっていたので、フランティシェクは建物の上の階の二つの廊下に疑いを限定することができた。その一方の側には事務所がいくつかあり、もう一方の廊下には産婦人科があった。彼は最初の廊下（ひとけがなかった）に行き、それから次の廊下に入ったのだが、男がこんなところに入ってはいけないんだという不愉快な気持ちがした。彼は顔見知りの看護師に気づいて、ルージェナのことを尋ねてみた。看護師は廊下の先の、あるドアを指さした。そのドアは開かれていて、何人かの女と何人かの男が敷居のところに立って待っていた。フランティシェクは待合室のなかに入った。座っている他の女たちが見えたが、ルージェナもトランペット奏者もそこにはいなかった。

「若い女性を見かけなかったですか？　ブロンドの髪の？」

ひとりの婦人が事務室のドアを示して、「彼らはそこに入りましたよ」

フランティシェクはポスターに眼を上げた。「ママ、どうしてぼくが欲しくないの？」それから彼は別のポスターの、小便をしている男の子の写真や新生児の写真を見ることができた。ようやく事態が飲み込めてきた。

11

部屋のなかには、長いテーブルがあった。クリーマはルージェナの隣に座ったが、彼らの前には、ドクター・スクレタがふたりの豊満な女に付き添われてふんぞりかえっていた。

ドクター・スクレタはふたりの申請人に眼を上げ、不快そうに頭を振った。「あなたがたを見るだけで、わたしは胸が痛む。子供をもてない不幸な女性たちに生殖能力を返してあげるのに、ここでわたしたちがどんな苦労をしているか、あなたがたはご存じなんですか？ところが、あなたがたのように元気で、丈夫な若い人々が、人生がわたしたちに与えてくれる最も貴重な贈り物を好んで厄介払いしたがる。あなたがたにはっきり警告しておきますが、この委員会は中絶を奨励するためではなく、規制するための委員会なんですよ」

ふたりの女が同意の唸り声を発し、ドクター・スクレタはふたりの申請人にたいして道徳訓話を続けた。クリーマの心臓の鼓動がひどく激しくなった。ドクターの言葉は自分ではなく、出産を拒む若い女性をその母性的な腹の全精力を傾けて憎悪しているふたりの陪席者に向けられたものだということは見当がついたものの、それでも彼は、ルージェナがその話に動揺させられるのではないかと恐れたのだ。しばらく前に彼女は、まだどうするかわかっていないと言わなかったろうか？

「あなたがたは、いったい何のために生きているんですか？　とドクター・スクレタは言葉を続けた。子供のいない人生は葉っぱのない木のようなものです。もしわたしがこの国の権力の座についていたなら、中絶を禁止するでしょう。毎年人口が減少すると考えると、あなたがたは不安にならないんですか？　しかもこのわたしたちの国では、母親と子供は世界のどこよりも保護されているんですよ！　ここでは、誰ひとり自分の将来を心配する必要はないんですよ！」

ふたりの女が再び同意の唸り声を発し、スクレタは続けた。「同志は妻帯者で、無責任な性関係の結果のすべてを引き受けることを恐れられている。ただです、それは事前に考えるべきことだったんですよ、同志！」

ドクター・スクレタは一呼吸置いてから、再びクリーマに向けて言った。「あなたには子供がない。この胎児の未来のために離婚することが、本当にできないんですか？

——それは不可能です、とクリーマが言った。

——わかっています、と言ってドクター・スクレタはため息をついた。わたしは精神科医の意見を受け取りました。それによると、クリーマ夫人は自殺癖に苦しんでおられるという。子供の誕生は夫人の生命を危険にさらし、家庭を破壊し、看護師ルージェナは未婚の母親になってしまうかもしれない。わたしたちに何ができるでしょうか？」と言って、再びため息をついた。それから調査用紙をふたりの女の前に押しやると、今度は彼女たちがため息をついて、必要欄に署名した。

「次の火曜の朝八時に手術を受けにきてください」と、ドクター・スクレタはルージェナに言い、引き取ってもよいというそぶりを示した。

「しかし、あなた、あなたはここに残ってください！」と、太った女のひとりがクリーマに言った。ルージェナが出てゆくと、その女が言葉をついだ。「妊娠中絶はあなたが思っておられるほど軽い手術ではないのです。大量の出血を伴うんですよ。あなたの無責任さによって、あなたは同志に血を失わせるのです。あなたが自分の血を与えるのは、ごく当然なことでしょう」。それから彼女は一枚の用紙をクリーマの前に押しやって言った。「ここに署名してください」

混乱しきっていたクリーマは、おとなしく署名した。

「これは献血協会への加入用紙です。隣の部屋に行ってください。看護師がただちにあなたの採血をします」

12

ルージェナは眼を伏せて待合室を横切ったので、廊下で声をかけられるまでフランティシェクの姿が見えなかった。

「どこから出てきたんだ?」

彼女は怒り狂った彼の顔が怖くなって、歩調をはやめた。

「どこから出てきたんだときいているんだよ。

――あんたに関係ないでしょう。

――わかっているよ、どこから出てきたか。

――じゃあ、きかなきゃいいじゃないの」

彼らは階段を降りたが、ルージェナはフランティシェクとの会話から逃げるために段を駆け降りた。

「あれは中絶審査委員会だったんだ」と、フランティシェクが言った。

ルージェナは黙っていた。彼らは建物の外に出た。

「あれは中絶審査委員会だったんだ。おれは知っているよ。だから、あんたは中絶してもらいたいんだ。

——あたしは自分が好きなようにするわ。それもあんたには関係ないことでしょう」

ルージェナは歩調をはやめ、ほとんど走っていた。フランティシェクも彼女の後から走った。ふたりが温泉場の門のところに達すると、彼女が言った。「あたしのあとについてくるのはやめて。あたしは今から、仕事をするのよ。あんたには勤務中のあたしを邪魔する権利はないわ」

フランティシェクはひどく興奮していた。「おれに向かって命令するな！

——あんたにはそんな権利はないのよ！

——あんたこそ、そんな権利がないんだよ！」

ルージェナは建物のなかに駆け込んだが、フランティシェクがついてきた。

13

ヤクブはすべてが終わり、もうスクレタに別れを告げるという、ただひとつのことしか残っていないのが嬉しかった。彼は温泉場から公園を通って、ゆっくりとカール・マルクス寮まで歩いていった。

公園の大きな散歩道の遠くから、女の先生、そして先生のあとに続いて二十人ほどの幼稚園児が、彼のほうにやって来た。先生は長く赤い紐を手にもち、そのうしろに子供たち全員が紐をもって一列に並んでついてくる。子供たちはゆっくりと歩き、先生は灌木や高木を示してその名前をいちいち教えていた。ヤクブは立ち止まった。というのも彼は、植物のことは何ひとつ知らなかったからで、カエデがカエデといい、クマシデがクマシデということをいつも忘れていたのだ。

女の先生はこんもりと黄ばんだ葉のある樹木を示して、「これが菩提樹です」

ヤクブは子供たちを眺めていた。彼らはいずれも青の小さな外套を着て赤のベレー帽を被り、まるで小さな兄弟たちのようだった。彼はその子供たちを正面から見ていたのだが、彼らが似ているのは服装のせいではなく、むしろ容貌のせいだと思った。彼はそのうちの七人が顕著に突出した鼻と大きな口をしているのに気づいた。その子供たちはドクター・スクレタに似ていた。

彼は森の料亭の長い鼻をした男の子を思い出した。あの医者の優生学的な夢は、ただの妄想とは別のものなのだろうか？　この国に大スクレタを父とする子供たちが生まれてくることが、本当にありうるのだろうか？

ヤクブはそれを滑稽だと思った。この子たちが似ているのはただ、この世のすべての子供たちが似ているからにすぎないのだ。

それでも彼はこう考えざるをえなかった。もしスクレタが本当にあの奇妙な計画を実現するのだとすれば？　どうしてそれが奇妙な計画だからといって、実現されないと言えるのか？

「みんな、これ、これは何でしょうか？

――それは白樺です」と小スクレタが答えた。そう、その子はスクレタの肖像そのものといってもよかったのだ。ただ長い鼻をしているというだけではなく、小さな眼鏡もかけていて、その鼻にかかった発音がじつに感動的な滑稽さでドクター・スクレタの話し方を伝えていたのだ。

「大変結構よ、オルジフ」と、女の先生が言った。

ヤクブは、十年、二十年もすれば、この国には何千ものスクレタが登場することになるのだと思った。そして再び、おれはこの国で何が起こっているのか知らずに生きてきたんだという奇妙な感情を抱いた。おれはいわば活動の中枢で生きてきた。そのときどきの現実のどんなささいな出来事をも生きてきた。政治にかかわり、あやうく命を失いそうにもなった。そして権力から遠ざけられたときでさえ、政治はおれの最大の関心事だった。おれはつねに、この国の胸で鼓動を打っている心臓に耳を傾けているのだと信じていた。しかし、おれが本当は何をきいていたのか誰が知ろう？　あれは心臓だったのだろうか？　あれは古い目覚まし時計にすぎなかったのではないだろうか？　人工の時間を測定する、スクラップにされた目覚まし時計にすぎなかったのでは？　おれの政治的な闘いのすべては、おれを大事なものから目を背けさせた鬼火とは別のものだったのだろうか？

女の先生は公園の大きな散歩道で子供たちを引率していたが、ヤクブは自分がずっとあの美しい女性のイメージに充たされているのを感じていた。その美しさの思い出がたえず、彼の心に疑問をもたらした。もしおれが自分で想像していたのとはまったく違った世界で生きてきたのだとすれば？　また、もしおれがあらゆるものを裏側から見ていたのだとすれば？　また、もし美が真実以上のものを意味するのだとすれば、そしてあの日、バートレフにダリアをもってきたのが本当の天使だったのだとすれば？

彼には女の先生がこう尋ねるのがきこえた。「そして、これ、これは何でしょう？」眼鏡の小スクレタが答えた。「それはカエデです」

14

ルージェナは階段を四段ずつ上って、振り返らないように努めた。彼女は業務用の部屋のドアをぱたんと閉めて、急いで更衣室のなかに入った。彼女は素肌にじかに看護師用の白衣をはおると、やっと安堵のため息をついた。フランティシェクとの喧嘩は彼女を狼狽させたが、それと同時に奇妙に心を鎮静させた。彼女は彼ら、フランティシェクもクリーマもふたりとも今の自分には縁がなくなり、遠い存在になってしまったと感じていたのだ。

彼女が更衣室から出て、ホールのなかに入ると、女たちが温浴のあとでベッドに横たわっていた。

四十女の同僚がドアのそばの小さなテーブルに座っていた。「じゃあ、許可をもらったわけね？　と彼女はそっけなく尋ねた。

——そう、どうもありがとう」とルージェナは言って、自分で新しい患者に鍵と大きなタオルを渡した。

同僚が出てゆくとすぐに、ドアが半開きになり、フランティシェクの顔が現れた。

「あんたにしか関係がないというのは、本当じゃない。あれはおれたちふたりに関係あることだ。おれにだって、言い分があるんだ！

――お願いだから、どっかに行ってよ！　と彼女は応酬した。ここは女の場所なの、ここでは男は何もすることがないのよ！　すぐに出ていって！　でないと、つまみ出してもらうわよ！」

フランティシェクは真っ赤な顔をしていたが、ルージェナの脅迫の言葉にかっとなった。そしてとうとう、部屋のなかに入ってきて、うしろ手でドアをばたんと閉めて、「おれはつまみ出されたって全然平気だよ！　全然平気だよ！　と叫んだ。

――すぐに出ていってと言っているのよ！　とルージェナが言った。

――あんたたち、あんたたちふたりのことを、おれは突き止めたんだ！　やつなんだ！　あのトランペット吹きなんだ！　全部、嘘とコネなんだ！　やつがあんたの代わりに医者と話をつけたんだろう、昨日やつは医者とライブをやったからな！　しかしおれは、おれにははっきりわかっているんだ。だから、おれはおれの子供を殺させないようにしてやる！　おれは父親なんだ。だからおれにも言い分がある！　あんたにおれの子供を殺させはしないぞ！」

フランティシェクがわめき、毛布にくるまれてベッドに寝ていた女たちが何だろうと頭を上げた。

今度はルージェナのほうがすっかり動転してしまった。フランティシェクがわめいているのに、その剣幕をしずめるのにどうすればいいのか、彼女にはわからなかったから。

「あれはあんたの子供じゃないの、と彼女は言った。あんたがそんなことを勝手にでっち上げているのよ。子供はあんたのものではないの。

——何だって？　とフランティシェクはわめいて、ホールのなかにどんどん入り込み、テーブルを回ってルージェナに近づいた。何だって！　おれの子供じゃないって！　それを知るのに、おれがいちばん都合のいい立場にいるんじゃないのかよ！　おれは知っているんだよ、このおれは！」

そのとき、温浴場から出てきたびしょ濡れの裸の婦人が、タオルでくるんでベッドに連れていってもらうために、ルージェナのほうに進んできた。その婦人は数メートル先にいるフランティシェクに気づいた。彼は実際には何も見えない眼でじっとその婦人のほうを見ていたのだ。

ルージェナにとっては、それはしばらくの休止になった。彼女はその婦人に近づいて、タオルでくるんでやり、ベッドに導いた。

「あの男、ここで何やっているの？　と、婦人はフランティシェクのほうを振り返って尋ねた。

——気が変なんですよ！　あの男、頭がどうかしたんです。だから、わたしにもどうやってここから連れだせばいいのか、わからないんですよ。あの男をどう扱ったらいいのか、わからなくなったんですよ」と、ルージェナは温かい毛布で婦人をくるんでやりながら言った。

寝そべっていたひとりの婦人がフランティシェクに叫んだ。「ねえ、あなた、あなたはここでは何もすることなんかないんですよ！　出ていってください！

――おれには、ここでやることがあるんだ！」と、フランティシェクは頑固に一歩も動かずに言い返した。ルージェナが彼のそばに戻ると、彼はもう真っ赤ではなく、蒼白になっていた。もう叫ばず、小さいが決然とした声で話した。「あんたにひとつ言っておこう。もしあんたが子供を始末したら、おれももうこの世にいなくなるからな。その子供を殺せば、あんたの良心にはふたりの人間の死がのしかかることになるんだからな」

ルージェナは深いため息を漏らし、テーブルを見た。そこに、青白い錠剤の壜が入ったハンドバッグがあった。彼女は錠剤をひとつ手の窪みにとって、飲み下した。

フランティシェクはもはや叫ばずに、嘆願するような声で言った。「お願いだ、ルージェナ。お願いするよ、おれはあんたなしでは生きられないんだ。おれは自殺してしまうよ」

そのとき、ルージェナは腸《はらわた》に激しい苦痛を覚えた。そしてフランティシェクには苦痛に引きつった彼女の顔がすっかり変わり、眼が異様に大きく開いているのに光を失い、体が捩《よじ》れてふたつに折れ、手が腹を押さえるのが見えた。

15

オルガは温浴場のなかでもたもた歩いていたが、突然きこえた……いったい何がきこえたのか？　彼女には何がきこえたのかわからなかった。ホール中が混乱した。そばの女たちが温浴場から出て、近くのすべてのものを吸い寄せているらしい隣の部屋のほうを眺めていた。オルガもまたその抵抗できない吸引の流れに捕らえられて、何も考えずに、しかし不安な好奇心でいっぱいになって、他の者たちのあとに従った。

隣の部屋に行くと、ドアのそばに一群の女たちが見えた。その女たちの背中が見えたのだが、彼女たちは裸でびしょ濡れになって、尻を突き出して体を床に傾けていた。その女たちの前に若い男がひとり突っ立っている。

他の裸の女たちが押し合いへし合いしながらその集まりに加わってきたので、オルガもその人込みをかき分けて進み、そこで看護師のルージェナが床のうえに横たわったまま身動きしないのを知った。若い男が跪き、わめきだした。「おれが殺したんだ！　おれが殺したんだ！　おれは殺人犯なんだ！」

女たちは湯をしたたらせていた。そのひとりが横たわったルージェナの体にかがみ込んで脈をとった。しかしそれは無駄な動作だった。というのも、死は歴然としていて、誰の眼にも疑いの余地はなかったから。女たちのびしょ濡れの裸体が、間近に死を、親しみのある顔のうえにある死を見るために、もどかしげに押し合いへし合いしていた。

フランティシェクはあいかわらず跪いていた。彼はルージェナを腕に抱きしめ、その顔に接吻していた。

女たちは彼のまわりにどっしりと立っていたが、フランティシェクはその女たちを見上げて繰り返した。「おれが殺したんだ！　おれなんだ！　おれを逮捕してくれ！

——何かしなくちゃ」と、女のひとりが言った。すると、もうひとりが廊下に出てひとを呼びだした。しばらくすると、ルージェナのふたりの同僚が駆けつけ、そのあとに白衣の医者がついてきた。

このときになって初めて、オルガは自分が裸のまま、知らない若い男と医者の前で他の裸の女たちにまじって押し合いへし合いしているのに気づき、そんな状況が突然滑稽に見えてきた。しかし、だからといってこの人込みのなかにとどまり、心を奪う死を眺めるのが妨げられるわけではないことも彼女は知っていた。

医者は横たわっているルージェナの手をとって、空しく脈を測ろうとしていたが、フランティシェクはこう繰り返すのをやめなかった。「おれが殺したんだ！　警察を呼んでくれ！　おれを逮捕してくれ！」

16

ヤクブは、総合病院から戻ったばかりの友人にその診察室で会った。彼は友人に前夜のドラムのパフォーマンスをほめそやし、ライブのあとで待っていなかったことを謝った。

「何とも苛々させられたよ、と医者は言った。今日はきみがここで過ごす最後の日で、夕方にはどこにいるものやらわからないんだろう。ぼくらには議論すべきことが、たくさんあったんだよ。しかも最悪なのは、きみはきっとあの痩せっぽっちの女の子と一緒にいたことだね。まったく感謝というのは、たちの悪い感情だな。

——何の感謝だい？　何でまた、ぼくが彼女に感謝しているというんだい？

——彼女の父親がきみに大変よくしてくれたと言っていただろう」

その日、ドクター・スクレタには診療がなく、部屋の奥の婦人科用のテーブルには誰もいなかった。ふたりの友は肘掛け椅子に向かい合って座った。

「とんでもない、とヤクブは言った。ぼくはただ、きみに彼女の面倒をみてもらいたかっただけで、彼女の父親には恩義があると言ったほうが、話がずっと簡単だと思ったんだよ。しかし、じつは全然そうじゃないんだ。すべてに終止符を打つ今だから、こういうことも言えるんだが、ぼくが逮捕されたとき、彼女の父親は完全に同意していたんだよ。彼女の父親がぼくを死に追いやったんだ。その六カ月後に彼が絞首台に立たされたのに反して、ぼくのほうは運がよくて、そこから出られたんだ。

——ということはつまり、下劣な奴の娘じゃないか」と、医者は言った。

ヤクブは肩をすくめた。「彼はぼくが革命の敵だと信じたのだ。みんなが彼に繰り返しそう言ったので、説得されたんだよ。

——じゃあ、どうしてきみは、彼がきみの友だちだと言ったんだ？

——ぼくらは友だちだったんだよ。だからこそよけい、ぼくの逮捕に賛成票を入れることが、彼にとっては重要だったんだ。彼はそのことによって、理想を友情に優先させたことを示そうとしたんだ。ぼくを革命の裏切り者として告発したとき、彼はより崇高なものの名において個人的な利害を沈黙させるといった気持ちだったんだ。だから彼は、それを自分の人生の最大の行動として生きたんだよ。

——で、それがあの醜い娘を愛する理由になるのかね？

——彼女はそれとは何も関係がない。彼女は無実だよ。

——彼女のように無実な者なら、いくらだっているさ。きみがその全員のなかから彼女を選んだのは、たぶん彼女がその父親の娘だからだろう」

ヤクブは肩をすくめたが、ドクター・スクレタは続けた。「きみは彼と同じくらい倒錯しているんだよ。きみだってやっぱり、その娘にたいする友情を人生の最大の行動だとみなしているんだと思うね。きみは寛大な人間であることを自分に示すために、心のなかで自然な憎悪を、当然の嫌悪を押し殺したんだよ。それは立派だが、それと同時に反自然的で、まったく無駄なことだというべきだね。

――それは違うよ、とヤクブは抗議した。ぼくは何も心のなかで押し殺したくなんかなかったし、自分が寛大な人間だと示そうとしたこともない。ぼくはただ彼女がかわいそうだっただけなんだ。最初に彼女を見たときからね。彼女が家を追われたときは、まだ子供だった。彼女は母親と一緒にどこかの山村に住んでいたが、人々は彼女たちと話すのを怖がっていた。才能のある娘だったのに、長いあいだ進学の許可がもらえなかった。親のせいで子供を迫害するのは、卑劣なことだよ。もしかしてきみは、ぼくにもやはり父親のせいで彼女を憎んで欲しかったのかい？　ぼくは彼女がかわいそうだった。ぼくが彼女をかわいそうに思ったのは、彼女の父親が処刑されたからだ。ぼくがかわいそうに思ったのは、彼女の父親が友人を死に追いやったからだ」

そのとき電話が鳴った。スクレタは受話器をとり、しばらく聴いていたが、やがて暗い顔つきになって言った。「わたしは今、仕事中なんですよ。本当にわたしが行かなきゃならないんですか？」。それからしばらく沈黙があって、やがてスクレタは言った。「よろしい。わかりました。では、行きましょう」。彼は受話器を戻して、口汚く罵った。

「きみが呼ばれたんなら、ぼくには気を遣わなくてもいいよ。どのみち出発しなきゃならないんだから、とヤクブは言って肘掛け椅子から立ち上がった。

——いや、きみは出発してはいけない！　ぼくらはまだ何についても全然議論していないじゃないか。それにぼくらは今日、あることを話し合うはずじゃなかったのかい？　どうも頭が混乱させられたな。で、それは重要なことだったんだよね。ぼくは今朝からそのことを考えていたんだが。どういうことだったか、きみ覚えていないかい？

——いや、とヤクブは言った。

——やれやれ、しかもぼくは治療センターまで走っていかなきゃならないんだよ……

——こんなふうに別れるほうがいいんだよ、会話の途中でね」とヤクブは言って友人の手を握った。

17

ルージェナの生命を失った遺骸が、普段は夜番の医者たちが使っている小さな部屋に安置されていた。数人の者たちが忙しそうに立ち回っていたが、刑事課の警部ももうそこにいて、フランティシェクを尋問し終え、その供述を記録していた。フランティシェクはかさねて逮捕されたいという願望を述べた。

「あの錠剤を彼女に与えたのはあなたなんですか、そうじゃないんですか？　と警部が尋ねた。


——そうじゃないです！

——じゃあ、彼女を殺したなどと言わないでください。

——彼女、いつもおれに自殺すると言っていたんです、とフランティシェクが言った。

——なぜ自殺すると言っていたんですか？

——おれが彼女の人生を台無しにするようなことをしつづけたら自殺すると、そう言っていたんです。子供が欲しくないと言っていました。子供をもつくらいなら自殺すると」

ドクター・スクレタが部屋のなかに入ってきた。彼は愛想よく警部に挨拶してから、故人に近づいた。彼は結膜の色を見るために彼女の瞼を引き上げた。

「先生、先生はこの看護師の上司でしたね、と警部が言った。

——そうです。

——先生は彼女が、おたくの薬局で普通に手に入る毒薬を使ったかもしれないと考えられますか？」

スクレタは再びルージェナの遺骸のほうを振り返り、その死の細部を説明してもらった。それから彼は言った。「それはわたしどもの診察室で入手できるような医薬品でも物質でもなさそうですね。おそらくアルカロイドだったんでしょう。どんなアルカロイドだったのか、それは検視によってわかるでしょう。

――しかし彼女はどうやってそれを入手したんでしょうか？

――アルカロイドは植物からつくられる毒薬です。彼女がどのように入手したのか、わたしには何とも言いかねますね。

――今のところは、謎だらけなんです、と警部が言った。動機もです。この若い男がさきほど、彼女が彼の子供を身ごもっていたけれども、中絶してもらいたがっていたと言ってくれたんですが。

――あいつがそう仕向けたんだ、とフランティシェクが叫んだ。

――それは誰ですか？　と警部が尋ねた。

――トランペット吹きですよ。あいつがおれから彼女をとりあげ、子供をおろさせたがったんだ！　おれはふたりのあとをつけてやった！　あいつは彼女と一緒に委員会にいたんだ。

――わたしからもそれは確認できます、とドクター・スクレタが言った。たしかに、わたしたちは今日の午前、この看護師の中絶の申請を審査しましたから。

――そのトランペット吹きは彼女と一緒だったんですか？

――そうです、とスクレタが言った。ルージェナは彼が子供の父親だと申し立てました。

――それは嘘だ！　あれはおれの子供なんだ！　とフランティシェクが叫んだ。

――誰もそのことを疑っていません、とドクター・スクレタは言った。しかしルージェナは、委員会に妊娠中絶を許可してもらうために、既婚の男性を父親として申し立てなければならなかったのです。

——じゃあ、あんたは嘘だと知っていたんだ！　とフランティシェクはドクター・スクレタに叫んだ。

——法律によれば、わたしたちは当事者たる女性の申し立てを信用しなければならないのです。ルージェナがクリーマ氏の子供を妊娠していると言い、クリーマ氏がその申し立てを承認されたからには、わたしたちのうちの誰もその反対のことを主張する権利がなかったのです。

——しかしあなたはクリーマ氏が父親だとは信じられなかったんでしょう？　と警部が尋ねた。

——そうです。

——では、あなたの意見にはどんな根拠があるんですか？

——クリーマ氏はこの温泉町に合計たったの二度しか来ていません。しかも、ごく短時間です。そんな彼とここの看護師とのあいだに性関係が生ずることは、ほとんどありえません。この温泉場はあまりにも小さな町ですから、そんなことがあれば、当然わたしの耳に入っているはずです。クリーマ氏が父親であるというのは、どう見ても、ルージェナが委員会に中絶許可をもらうよう彼を説得して行ったカモフラージュです。事実、この方だったら、きっと中絶に同意されることはなかったでしょう」

フランティシェクにはもう、スクレタの言っていることがきこえていなかった。彼はその場に突っ立ったまま、何も見ていなかった。彼にはただルージェナの言葉しかきこえなかった。「あんたは今にわたしを自殺させるのよ、きっと自殺させるのよ」。だから彼には彼女の死の原因がわかっていたのだが、しかしそれがなぜなのかはわからず、すべてが説明しがたいものに思えた。彼はそこに、奇跡に直面した野蛮人のように突っ立っていた。非現実的なものを前にしたように突っ立っていた。そして突然、彼は何もきこえず、何も言えなくなった。なぜなら、彼の理性は自分に襲いかかった不可解なものが何かを理解できなかったから。

(かわいそうなフランティシェク、きみは一生のあいだ何も理解できずに過ごすことになるだろう、きみの愛がきみの愛する女を殺したという、ただひとつのことを除いて。きみはまるで恐怖の暗号のようにその確信を持ち運ぶことだろう。愛するひとに説明しがたい災厄をもたらす不吉な病人のようにさまようことだろう。一生のあいだ、不幸の配達人のようにさまようことだろう。)

彼は青ざめ、塩の像のように動かず、たった今、動転した男がもうひとり部屋のなかにはいってきたことにさえ気づかなかった。新来者は死者に近づき、長々と眺め、その髪を撫でた。

ドクター・スクレタが囁いた。「自殺です。服毒による」

新来者は激しく頭を振った。「自殺？　わたしは命にかけて誓ってもよい、この女性がみずからの生を絶ったのではないと。彼女が毒薬を飲んだのだとすれば、それは殺人以外ではありえない」

警部はびっくりして新来者を眺めていた。それはバートレフで、彼の眼は怒りの炎に燃えていた。

18

ヤクブがエンジンキーを回して、車が動きだした。温泉場の最後の家並みを過ぎ、彼は広大な風景のなかに出た。国境まで約四時間だとわかっていたが、急ぎたくなかった。これを最後にそこを走っているのだという考えは、その風景を彼の心に親しいものにするとともに、また突飛なものにもした。彼はたえず、自分はその風景を知らない、想像していたものとは違っている、もっと長くここにとどまれないのは残念だという印象を抱いた。

しかし彼はすぐに自分に言い聞かせた、それが一日でも数年でも、どんな出発の延期もどのみち、今のおれが苦しんでいることを変えるわけではないのだ、今日知っているより親しくこの風景を知ることはないのだ、と。彼はその風景を知ることなく、その魅力を究め尽くすことなく、その風景と別れねばならないのだ、債務者であると同時に債権者としてその風景と別れねばならないのだという考えを受け入れざるをえなかった。

それから彼は、医薬の壜のなかに忍び込ませて毒薬を与えたあの若い女のことを再び考え、おれの殺人犯としてのキャリアはあらゆるキャリアのなかで最も短いものだったな、と思った。おれは約十八時間の殺人犯だったんだ、とひとりごちて微笑した。

しかしたちまち、異論が出てきた。それは違う、おれはそんな短いあいだの殺人犯ではなかったのだ。おれは現に殺人犯であり、死ぬまで殺人犯なんだ。というのも、あの青白い錠剤が毒薬であるかないかはどうでもよく、重要なのはおれがそれを毒薬だと信じ、それにもかかわらず見知らぬ女にそれを与え、女を救うのに何もしなかったということなのだ。

それから彼は、それらすべてのことを、自分の行為が純粋な実験のレベルにあると理解した人間のような無頓着さで考察しはじめた。

おれの殺人は奇妙だった。あれは動機のない殺人だった。あの殺人は犯人のどんな利益も目的としていなかった。では、いったいその意味は何だったのだろうか？　おれの殺人の唯一の意味は明らかに、おれが殺人犯だということをおれ自身に知らせることだったのだ。

実験としての、自己認識の行為としての殺人。それは彼にあることを思い出させた。そうだ、あれはラスコリニコフ［ドストエフスキー著『罪と罰』の主人公］のような振る舞いだったんだ。人間には劣った存在を殺す権利があるのかどうか、自分にはそのような殺人に耐えうる力があるのかどうか知るために、ひとを殺したラスコリニコフ。彼はその殺人によって、自分自身について問いかけていたのだ。

そう、たしかに彼をラスコリニコフに近づけるものがあった。それは殺人の無益性、その理論的な性格である。しかしまた、違いもいくらかある。ラスコリニコフは、才能のある人間にはみずからの利益のために自分より劣った生命を犠牲にする権利があるのかどうかと自問していた。ヤクブが毒薬の入った壜を看護師に与えたとき、彼の心のなかにはそれに近いものなどまったくなかった。ヤクブは、人間には他人の生命を犠牲にする権利があるのかどうかなどとは自問しなかった。それどころか、ヤクブは人間にはそんな権利はないとずっと確信していた。ヤクブが恐れていたのは、むしろ誰でもがそんな権利をわがものにするのではないかということだった。ヤクブは人々が抽象的な観念のために他者の生命を犠牲にする世界で生きていた。ヤクブは、ある時には傲慢なくらいに無邪気だったかと思えば、またある時には悲しくなるほど卑劣になる顔、いろんな言い訳があるとはいえ、その残酷さを知っている判決を隣人にたいして入念に執行した顔など、そんな人々の顔をよく知っていた。よく知ってはいたが、彼はそうした顔を憎んでいた。そのうえヤクブは、どんな人間も他者の死を願うが、ただ刑罰の恐怖と殺すことの物理的な困難だけが、ひとに殺人を思いとどまらせることを知っていた。どんな人間にでも遠いところから秘かに殺す可能性があるなら、人類は数分のうちに消滅してしまうだろうということを知っていた。したがって彼は、ラスコリニコフ的な実験はまったく無意味だと結論しなくてはならなかった。

　それではいったい、なぜ彼は看護師に毒薬を与えたのか？　あれはたんなる偶然ではなかったのか？　そういえば、ラスコリニコフはその犯罪を長期間にわたって計画し、準備したけれども、ヤクブのほうは瞬時の衝動に突き動かされて行動したのだった。しかしヤクブはまた、自分もやはり長い年月のあいだ無意識的にその殺人を準備していたのであり、ルージェナに毒薬を与えた瞬間は裂け目のようなものであって、その裂け目に彼の全過去が、人間への不快感のすべてが梃《てこ》のように打ち込まれたのだということも知っていた。

　老いた高利貸を斧で暗殺したとき、ラスコリニコフは自分が恐るべき境界線を越えたことを、神の掟に反したことをよく知っていた。その老婆は何の価値もない人間であるとはいえ、神の創造物であることを知っていた。ラスコリニコフが覚えたそんな恐怖を、ヤクブは経験しなかった。彼にとっては人間存在は神の被造物ではなかった。彼は魂の繊細さや高邁さを愛していたが、それが人間の特質ではないことを確信していた。ヤクブは人間をよく知っていたが、だからこそ人間が嫌いだった。ヤクブには高邁さがあったが、だからこそ人間たちに毒薬を与えたのだ。

　おれは高邁さによる暗殺者なのか、と彼は心に思ったが、その考えは滑稽で悲しいものに思えた。

　ラスコリニコフは老いた高利貸を殺したあと、猛烈な後悔の嵐を抑える力がなかった。人間には他人の生命を犠牲にする権利はないと深く確信しているヤクブのほうが逆に、何の後悔も覚えなかった。

彼は自分が罪悪感を覚えないのかどうか見ようと、看護師が本当に死んだのだと想像してみた。いや、彼はそんなものを少しも覚えなかった。彼は心穏やかに落ち着き払って、自分にさよならを言ってくれる優しく温かい地方を走っていた。

ラスコリニコフはその犯罪を悲劇のように生き、ついに自分の行為の重みに圧し潰されてしまった。ところがヤクブのほうは、自分の行為がじつに軽く、何の重みもなく、自分を圧し潰しもしないことに驚いている。そしてこのような軽さは、あのロシア文学の主人公のヒステリックな感情とは別のかたちで恐ろしいものではないのかと思っている。

彼はゆっくり運転し、考えを中断して風景を眺めた。そしてあの錠剤のエピソードはすべて、ただの戯れ、彼が何の痕跡も、根っこも、軌跡も残さずに、今そよ風のように、気泡のように立ち去ってゆくこの国での全生活と同じく、何の重大な結果ももたらさない戯れにすぎなかったのだ、とひとりごちた。

19

血液四分の一リットルぶんだけ軽くなったクリーマは、待合室のなかでドクター・スクレタを待ちながら、大層やきもきしていた。彼はドクターに別れを告げ、少しばかりルージェナの面倒をみてもらうことを頼まずにはこの温泉町を離れたくなかったのだ。「手術のときまでに、あたし、気が変わるかもしれないの」。彼にはまだ、看護師のその言葉がきこえ、その言葉に怯えていた。出発のあと、ルージェナが彼の影響力を逃れ、最後になって決心を翻すのではないかと恐れていたのだ。

やっとドクター・スクレタが現れた。クリーマは彼のほうに駆けつけ、別れを告げて、ドラムのすばらしい演奏に感謝した。

「あれは盛大なライブでしたね、とドクター・スクレタが言った。あなたの演奏はお見事でした。もう一回できたらいいんですがねえ！　これからは別の温泉町でもあのようなライブを開催する方法を考えなきゃなりませんな。

――そうですね、ぜひお願いします。あなたがたと演奏できて、ぼくは大変嬉しかったんですよ！　とトランペット奏者はわざとらしく言ってから、付け加えた。もうひとつお願いしたいことがあったんです。それは、あなたにちょっとルージェナの面倒をみていただけないものか、ということなんです。ぼくは彼女がまたかっとなるんじゃないかと、それが心配なんです。女性というのはじつに予想しにくいものですから。

――今となってはもう、彼女はかっとなどなりませんよ、とドクター・スクレタが言った。

ルージェナはもう生きていないんですから」

一瞬クリーマは理解できなかったが、ドクター・スクレタは何が起こったのか説明した。そしてこう言った。「あれは自殺です。しかしそれにしても、かなり謎めいたところがあるのです。彼女があなたと一緒に委員会にやってきた一時間後に、自分の命を絶ったことを不審に思うひとがいるかもしれません。いや、いや、いや、何も心配されることはありませんよ、と彼は付け加えてトランペット奏者の手を取った。彼が真っ青になるのが見えたからである。――あなたにとって幸いだったのは、ルージェナには若い修理工のボーイフレンドがいましてね、そのボーイフレンドが子供は自分のものだと信じ込んでいるということです。わたしは、あなたと看護師とのあいだには絶対に何もなく、カップルがいずれも独身の場合には委員会から中絶の許可がもらえないので、彼女があなたに父親のふりをしてくれるよう説き伏せただけだと申し立てておきました。ですから、万が一尋問されるようなことがあっても、けっして口を割ってはいけませんよ。あなたは相当神経がまいっておられる。見るからにそうですよ。残念ですなあ。まあ、元気を取り戻してくださいよ。わたしたちの前には、いくつもライブが控えているんですから」

クリーマは言葉を失った。何度もドクター・スクレタにお辞儀をし、何度も手を握った。

カミラがホテルの部屋で待っていた。クリーマはものも言わずに彼女を腕に抱きしめ、頬に接吻した。彼は彼女の顔のそれぞれの部分にキスをしてから跪き、彼女のドレスの上から膝のところまでキスした。

「いったい、どうしたの？

――どうもしないさ。きみがいてくれて、ぼくはじつに幸せなんだ。きみがこの世にいてくれて、ぼくはじつに幸せなんだ」

彼らは持ち物を旅行鞄に片づけて、車に乗り込んだ。クリーマは、疲れているので運転してくれるようにと彼女に頼んだ。

彼らは黙って走っていた。クリーマは文字通りぐったり疲れ切っていたけれども、大きな安堵を覚えていた。しかし尋問されるかもしれないと考えると、まだ少し心配だった。そうなると、カミラにもやはり何かを嗅ぎつけられるかもしれない。だが彼は、ドクター・スクレタの言ったことを繰り返し繰り返し自分に言い聞かせた。もし尋問されても、おれは頼まれて父親になりすましてやった優しい男という、無実の（そしてこの国ではかなりありふれた）役割を演じてやろう。誰もおれのことを恨まないだろう、たまたまそのことが知れたとしても、カミラだって恨みはしないだろう。

彼は彼女を見た。その美しさはくらくらする香りのように車の狭い空間をみたした。もう一生のあいだ、おれはこの香りしか嗅ぎたくない、と彼は思った。すると、自分のトランペットの遠く甘美な音楽がきこえたような気がして、おれは一生のあいだ、このかけがえのない、最もいとしい女性を喜ばせるためにだけこの音楽を演奏するんだと自分に誓った。

20

車のハンドルを握って運転するたびに、彼女は自分がより強く独立したように感じるのだったが、今度ばかりは、ただハンドルだけがそんな自信を与えたのではなく、リッチモンドの廊下で会った見知らぬ男の言葉にも自信が与えられたのだ。彼女はその言葉を忘れることができなかった。それから、夫のすべすべした顔よりずっと男らしい、その顔も忘れることができなかった。わたしって本当に男らしい男を一度も知らなかったんだわ、とカミラは思った。

彼女はトランペット奏者の疲れた顔を斜めに見た。その顔にはたえず、にたにたと訳のわからない微笑が浮かび、その手はいとしそうに彼女の肩を愛撫している。

そんな過剰な優しさは彼女を喜ばせず、感動もさせなかった。彼女特有のあの説明しがたいものによって、彼女はもう一度、トランペット奏者には自分だけの秘密、彼女に隠し、彼女が入ることを許されない自分だけの生活があるのだと確認するしかなかった。しかし今は、その確認も彼女を苦しめないで、無関心なままにしておいてくれた。

あの男は何て言っていたのかしら？　永久に出発するって言っていた。ある長く優しい懐かしさが彼女の心を締めつけた。それはただその男にたいする懐かしさだけではなく、ひとつの失われた機会にたいする懐かしさでもあった。さらにその機会だけではなく、あるがままの機会というものにたいする懐かしさでもあった。彼女は過ぎ去り、逃れ去るままにしたすべての機会、自分が逃げだしたすべての機会、また自分がもったこともないすべての機会にたいして懐かしさを覚えた。

あの男は彼女に、自分は一生をずっと闇のなかで生きてきたようなものだ、そして美が存在することなど思ってもみなかったと言った。彼女はそんな彼を理解した。というのも、それは彼女にとっても同じことだったからだ。わたしだってやっぱり、闇のなかで生きてきたんだわ。わたしには嫉妬という激しいヘッドライトに照らされた、たったひとつの存在しか見えていなかった。でも、もしそのヘッドライトが突然消えてしまったら、どんなことになるんだろう？　昼のぼんやりした光のなかに、他の存在がいくらでも出現してくるだろう。そして、わたしがこれまでこの世で唯一の存在だと信じていた男が、多くの男のなかのひとりになってしまうだろう。

彼女はハンドルを握り、自分に自信をもち、自分が美しいことを感じていた。そして再び心に思った。わたしをクリーマにつなぎとめていたのは本当に愛だったのかしら、それともたんに彼を失うことの恐怖だったのかしら？　そしてもし、最初はその恐怖が不安な愛のかたちだったのだとしても、時とともに（疲れ衰弱した）愛がそのかたちから逃げだしてしまったのではないかしら？　結局、その恐怖だけが、愛のない恐怖だけが残ったのではないかしら？　だからもし、その恐怖が消え去ったら、いったい何が残るのかしら？

トランペット奏者は彼女の横で、何とも説明しがたい微笑を浮かべていた。

彼女は彼のほうを向いて、もしわたしが嫉妬するのをやめれば、もう何も残らなくなってしまうだろうと自分に言った。彼女は猛スピードで運転しながら、前方の、人生の途中のどこかに、このトランペット奏者との訣別を意味する一本の線が引かれているのだと思った。そして初めて、そんな考えが彼女に不安も恐怖も吹き込まなかった。

21

オルガはバートレフの部屋のなかに入って弁解した。「予告もなしにお邪魔してごめんなさい。でも、わたし、とてもひとりじゃいられない状態なんです。本当にご迷惑ではありませんか？」

その部屋にはバートレフ、ドクター・スクレタ、それに警部がいた。オルガに答えたのは警部だった。

「全然そんなことはありません。わたしたちの会話はもう何ら公務とは関係のないものになっていますから。

――警部さんはわたしの旧友なんですよ、と医者がオルガに説明した。

――お聞きしたいんですが、彼女はどうしてあんなことをしたんですか？　とオルガは尋ねた。

――彼女はボーイフレンドと喧嘩をした。で、その言い合いの最中にハンドバッグのなかから何かを探し出し、毒薬を飲んだ。わたしたちはそれ以上のことはわかりません。わたしには今後もそれ以上のことはわからないんじゃないかと思われます。

――警部さん、とバートレフは勢いよく言った。どうかわたしが供述のなかで申し上げたことに注意を払っていただきたい。わたしは、まさにこの部屋でルージェナの最後の夜をともに過ごしたのです。たぶんわたしは、肝心なことについては充分強調しなかったかもしれません。あれはすばらしい一夜でした。そしてルージェナはかぎりなく幸福だったのです。あの控えめな娘が愛とデリカシーと心の気高さにみちた輝かしい人間、そんなところがあったとは、あなたがたには思いもつかないような女性になるには、無関心で陰鬱な周囲が彼女を閉じ込めていた束縛を投げ捨てるだけでよかったのです。わたしは断言しますが、昨夜のあいだに、わたしが彼女に別の生の扉を開いてやり、そしてまさに昨夜、彼女は生きたいという気持ちを抱きはじめたのです。ところが、そのあとで誰かが邪魔をしに入ってきた……とバートレフは言い、急に物思いに耽る様子になって小声で付け加えた。わたしの直感では、そこには地獄の介入があったのではないかという気がするんですが。

——警察は地獄の力には少しも影響力がないんですが」と、警部が言った。

バートレフはそんな皮肉には取り合わず、「自殺という仮定にはまったく意味がありません、と言葉をついだ。そのことを理解されるよう、お願いいたします！　彼女がまさに生きはじめたいと思っているときに自殺するなどということは、ありえないのです！　繰り返して申し上げますが、わたしは彼女が自殺で告発されることは認められないのです。

——ねえ、あなた、と警部は言った。誰も彼女を自殺で告発などしませんよ。ただたんに、それは犯罪ではないからです。自殺は司法にかかわる事件ではありません。それはわたしたちの仕事ではないのです。

——そうですよ、とバートレフは言った。あなたがたにとっては、自殺は過ちではありません。それはあなたがたにとっては、生が価値のないものだからです。しかしわたしは、警部さん、わたしは自殺以上に大きな罪を知らないのです。自殺は殺人より悪いことなのですよ。ひとは復讐もしくは貪欲によって人殺しをするかもしれません。しかし貪欲でさえも生への倒錯した愛の表現なのです。しかし自殺することは、生を嘲笑するかのように神の足元に投げ出すことです。自殺することは、〈主〉の顔に唾をかけることです。あの若い女性が無実だと証明するためには、わたしは何でもすると申し上げておきましょう。あなたが彼女はみずから自分の生を絶ったと言われるからには、その理由を説明していただけませんか？

あなたはどんな動機を見つけられたんですか？

——自殺の動機はいつも謎なのです、と警部が言った。加えて、その動機の追及はわたしたちの権限外です。わたしが自分の職務の範囲内にとどまるからといって、悪く思わないでください。わたしには職務がたっぷりあって、それに対処する時間がかろうじてあるだけの状態なのです。もちろんこの一件は落着してはいませんが、わたしが殺人という仮定を考慮していないことは、あらかじめ申し上げられます。

——あなたはご立派だ、とバートレフはきわめて甲高い声で言った。ひとりの人間存在の生に線を引いてしまおうとされる、その素早さは何ともご立派だ」

オルガは警部の頰に血の気がさすのに気づいた。しかし彼は自制し、しばらく沈黙したあとで、ほとんど愛想がよすぎるといってもいい声で言った。「わかりました、じゃあ、あなたの仮定を、すなわち殺人が犯されたのだと認めることにします。それで、その殺人がどのような手段で遂行されたのか考えてみましょう。わたしたちは被害者のハンドバッグのなかに精神安定剤を一壜みつけました。看護師は気を鎮めるためにその一錠を飲もうとしたが、誰かがあらかじめその医薬の壜のなかに、同じ外見だが毒の入っている別の錠剤をこっそり入れておいた、そんなふうに想定できます。

——ルージェナは精神安定剤の壜のなかに入っていた毒薬を飲んだと、そう考えられるんですか？　とドクター・スクレタが尋ねた。

――もちろん、ルージェナがその壜の外の、ハンドバッグの特別な場所に置いていた毒薬を飲んだことだってありえますが、それはむしろ、自殺のケースのときに生じることかもしれません。しかし殺人の仮定を維持するとすれば、ルージェナの錠剤と見紛うほどよく似た錠剤を誰かがその壜にこっそり入れたのだと認めねばなりません。それが唯一の可能性です。

――逆のことを言うようで恐縮なんですが、とドクター・スクレタが言った。しかしアルカロイドの入った普通の外見の錠剤をつくるのは、そう簡単なことではありませんよ。そのためには調剤室に出入りできなければなりませんが、この町では誰にもそんなことが可能ではありません。

――普通の個人には、そんな錠剤を手に入れることは、まず不可能だとおっしゃるんですか？

――不可能ではありませんが、きわめて困難です。

――それが可能だとわかりさえすれば、わたしには充分なんです、と言って警部は続けた。それで今度は、誰があの女性を殺して得をするか、ということを考えてみる必要があります。彼女は豊かではなかった。したがって、金銭的な動機を除外することができます。また政治的な動機、あるいはスパイ活動も除外していいでしょう。したがって、残るは個人的な性質の動機だけになります。どんな被疑者がいるでしょうか？　まず、死の直前にルージェナと激しい言い争いをした彼女の恋人がいます。みなさんは、彼がルージェナに毒薬を与えたのだと思われますか？」

　誰も警部の質問に答えなかったので、警部は続けて言った。「わたしはそうは思いません。あの若い男はルージェナに愛着し、結婚したがっていました。彼女は彼の子を孕んでいました。またたとえその子供が別の男の子だったとしても、重要なことは、あの若者が彼女は自分の子供を孕んでいると確信していたということです。彼女が中絶したがっているのを知ったとき、彼は絶望を感じました。しかし、これは理解しなければならない大切なところなんですが、ルージェナは妊娠中絶を審査する委員会から戻ってきたのであって、いささかも流産して戻ってきたのではないということです！　絶望したその男にとっては、まだ何も失われてはいなかったのです。胎児はあいかわらず生きていたので、その若い男は胎児を守るためには何でもする覚悟をしていた。そんなときに彼女に毒薬を与えるというのは馬鹿げています。彼は彼女と一緒に暮らし、彼女に子供を産んでもらう以外には何も望んでいなかったのですから。それに先生がさきほどわたしたちに説明されました、普通の錠剤の外見をした毒薬を入手するのは誰にでもできることではないと。社会的なコネがないあの純朴な青年が、いったいどこでそれを手に入れられたというのでしょうか？　あなたは、わたしに説明してくださいますか？」

　ずっと警部に言葉を向けつづけられていたバートレフは、肩をすくめた。

「では、別の被疑者に移りましょう。首都からきたあのトランペット奏者がいます。彼はここで故人と知り合いましたが、ふたりの関係がどこまでだったのか、わたしたちはけっして知ることはないでしょう。いずれにしろ、故人が胎児の父親になりすましてくれと頼むのをためらわず、また中絶審査委員会に同行してもらうには充分なほどには、ふたりは親しかった。しかしなぜ、ここの誰かではなく、彼に頼んだのでしょうか？　それは推察しがたいことではありません。この温泉町に住んでいるどんな既婚男性でも、もし事が漏れたなら、妻とのあいだに面倒なことが起きるのを恐れることでしょう。ここの人間ではない者だけが、ルージェナにそんなことをしてやれたのです。そのうえ、彼女が有名なアーチストの子供を孕んでいるという噂は、看護師の自尊心をくすぐるだけであって、別にトランペット奏者に迷惑がかかるわけではなかった。だからこそ、クリーマ氏はまったく無頓着に、彼女の頼みをきいてやれたのだと想定できます。それがあの不幸な看護師を殺す理由になったでしょうか？　先生がさきほど説明されたように、クリーマ氏が子供の本当の父親だということは、あまりありそうなことではありません。しかしそんな可能性を認め、クリーマ氏が父親であり、それが彼にとってきわめて不愉快なことだったと仮定してみましょう。彼女が妊娠中絶を承知し、手術が公的に許可されたというのに、いったいどうして彼が看護師を殺すのか、あなたは説明できますか？　それとも、バートレフさん、わたしたちはクリーマ氏を犯人だとみなさねばならないのでしょうか？

——あなたはわたしのことを理解しておられない、と穏やかにバートレフは言った。わたしは誰かを電気椅子に送り込みたいわけではないのです。ただルージェナの罪を晴らしたいだけなのです。なぜなら、自殺は最大の罪だからです。たとえ苦しみの生であっても何かしらの秘かな価値はあります。たとえ死の間際の生であっても素晴らしいものです。死を一度もまともに見たことのない者は、そのことを知らないのです。しかしわたしは、警部さん、わたしは知っているのです。だからこそ、あの若い女性が無実であることを証明するためには、何でもすると申し上げているんです。

――しかし、わたしだってその証明をしてみたいですよ、と警部は言った。そういえば、もうひとり第三の被疑者がいます。アメリカの実業家、バートレフ氏です。彼はみずから、故人がその人生最後の一夜をともに過ごしたことを白状しました。もし彼が犯人ならば、たぶんそんなことを自発的に白状するわけはない、という反論はありえます。しかし、その反論は検証に耐えるものではありません。昨晩のライブのあいだ、バートレフ氏がルージェナの隣に座っていて、ライブが終わる前に一緒に帰ったことを会場中の人々に見られています。それならば、他人に暴かれるよりもさっさと白状してしまったほうがいいことを、バートレフ氏はじつによく知っておられた。バートレフ氏はわたしたちに、看護師ルージェナはその夜に満足していたと断言されました。それはわたしたちを驚かすにたるものではありません！　バートレフ氏は魅力的な男性であるばかりか、とりわけアメリカの実業家であり、ドルをもち、世界中を旅行して歩けるパスポートをもっておられる。ルージェナはこの辺鄙な田舎に閉じ込められた生活をし、何とかこの外に出られる手段を空しく捜し求めていました。彼女にはボーイフレンドがいましたが、このボーイフレンドはただ結婚しか求めず、しかも当地の若い修理工でしかありませんでした。もし彼と結婚すれば、彼女の運命は永遠に密封され、彼女は永久にこの外には出られません。当地には彼女には彼の他に誰もいなかったので、彼とは別れなかった。しかしそれと同時に、彼女は彼と決定的なかたちで結びつくのを避けていました。なぜなら、彼女は自分の希望を断念したくなかったからです。ところが突然、洗練された物腰の異国風のひとりの男が出現し、彼女はのぼせ上がってしまった。彼女はその男と結婚し、この見捨てられたような片田舎から最終的に立ち去れるものとばかり信じた。最初の頃こそ、彼女は目立たない愛人として振る舞うことができたものの、やがてだんだん厄介になってきた。彼女は彼を諦めることはないと理解させ、彼を脅迫しはじめた。しかしバートレフ氏は結婚しており、もしわたしの間違いでなければ、彼の妻は愛されている妻であり、一歳の男の子の母親で、明日ここにやってくることになっている。バートレフ氏としてはどうしてもスキャンダルは避けたかった。彼はルージェナがつねに精神安定剤の壜を持ち歩いていることを知っていたし、その錠剤がどんなものに似ているかも知っていた。彼は外国に幅広い人脈をもち、またたくさんの金もある。彼にとっては、ルージェナの医薬と同じ外見をした有毒の錠剤を作らせることぐらい、何でもないことだった。そのすばらしい夜のあいだ、愛人が眠っているすきに、彼はそっとその毒薬を壜のなかに入れた。わたしはこう考えるのです、バートレフさん、と警部は厳かに声を高くして結論した。あなたこそあの看護師を殺す動機がある唯一の人物であり、またその手段をもっていた唯一の人物です。どうか自白されたらいかがですか」

　部屋中がしーんと静まり返った。警部は長々とバートレフの眼を見つめ、バートレフのほうも同じくじっと黙ったまま警部を見返していた。彼の顔は驚きもなく、悔しそうでもなかった。やっと彼が口を開いた。

「あなたの結論にわたしは驚いていません。あなたが犯人を発見することができないからには、どうしても誰かを見つけ出し、罪をなすりつけなければならない。無実の者が有罪の者の罪を贖《あがな》わねばならないというのは、どうやら人生の不思議な謎のひとつのようですな。どうぞ、わたしを逮捕してください！」

22

　田園は柔らかい薄暗がりに領されていた。ヤクブは国境の検問所からわずか数キロの村で車を止めた。彼はこの国で過ごす最後の時間をもう少し引き延ばしたかった。彼は車から降りて村の道をしばらく歩いた。

その道は美しくなかった。低い家並みに沿って錆びた鉄線のロール、捨てられたトラクターの車輪、古鉄の屑などが投げ出されている。それは打ち捨てられたような醜い村だった。錆びた鉄線が散らばるこのゴミ捨て場は、おれの祖国がさよならの代わりに言ってくれる猥褻な言葉みたいだな、とヤクブはひとりごちた。彼は道の端まで歩いて行った。そこには、池のある広場があった。その池もやはり、投げやりで、あおうきくさに覆われていた。池の縁には、鵞鳥《がちょう》が何羽かくちばしで水のなかをあさっていたが、年少の少年が棒で手前に引き寄せようとしていた。

ヤクブは車に戻るために踵を返した。彼は一軒の家の窓ガラスのうしろに立っている、ひとりの男の子の姿に気づいた。五歳になったかならないくらいのその男の子は、窓ガラス越しに池のほうを見ていた。池を見ているのだろうか、それとも少年が棒の先で打っている鵞鳥を見ているのか。男の子は窓ガラスのうしろにいて、ヤクブはその子から眼を離すことができなかった。それはあどけない顔だったが、ヤクブの心をとらえたのはその眼鏡だった。子供は大きな眼鏡をかけていたので、厚いレンズだということがわかった。頭が小さく、眼鏡が大きかった。子供は重荷のようにその眼鏡をかけていた。まるで格子越しに眺めるように、眼鏡のフレーム越しに眺めていた。そうだ、あの子は格子のようにあの眼鏡のフレームをかけ、それを一生のあいだ引きずってゆかねばならないのだ。そしてヤクブは眼鏡の格子越しにその子の眼を見て、突然心が大きな悲しみでいっぱいになるのを感じた。

それは急に川の土手が決壊し、水が田園に広がったようなものだった。ずいぶん前からヤクブは悲しくなったことがなかった。じつに長い年月のあいだ、彼は怨恨、苦渋こそ経験したが、悲しみは経験しなかった。ところが今、その悲しみに襲われ、もう身動きできなくなってしまったのだ。

彼の眼の前には格子をまとった子供が見え、彼はその子を、そして彼の国をかわいそうだと思った。おれはこの国をあまり愛さなかったし、下手くそに愛したんだな、と考え、その拙《つたな》くしくじった愛のせいで悲しかった。

突然、おれがこの国を愛することができなかったのは誇り——高貴さ、高邁さ、繊細さの誇り、おれに同類たちを愛せなくさせ、同類たちのなかに暗殺者しか見ないため、同類たちを嫌悪させていた誇り——のせいだったんだ、という考えが浮かんだ。そして彼は、見知らぬ女の医薬の壜のなかに毒薬を入れたことを思い出し、自分自身もまた暗殺者だったことを思い出した。彼も暗殺者だったのであり、彼の誇りは粉々に砕けてしまった。おれは彼らのひとりになり、あの嘆かわしい暗殺者たちの兄弟になったんだ。

大きな眼鏡の男の子は化石になったように、窓に身を寄せたまま、じっと視線を池に固定していた。やがてヤクブは、その男の子自身はそんなことには関係がなく、ただこの世に弱い眼をして生まれてきて、ずっとそうであるにすぎないことに気づいた。そしてまた、おれが他人たちを恨む理由になっていたものは、所与のもの、それとともに彼らがこの世に生まれてきて、彼らが重い格子のように持ち運ばねばならないものだったのだと思った。さらに、おれ自身には高邁さへのどんな特権もなく、至高の高邁さとは、暗殺者であるにもかかわらず、人間たちを愛することなのだと思った。

それから彼はもう一度、青白い錠剤のことを思い浮かべ、おれはあの反感をそそる看護師の壜のなかに弁解として、彼らの列に加えてもらう依頼として、あれを入れたのだと思った。彼らはいつもおれを彼らのひとりとして数えることを拒否したけれども、おれを仲間として認めてくれるように懇願する祈りとして、あれを入れたのだと思った。

彼は足早に車に向かい、ドアを開いてハンドルを握り、国境に向けて出発した。昨日はまだ、それが安堵の瞬間になるだろうと彼は考えていた。喜んでここを立ち去るだろうと。間違ってこの世に生まれ、そして事実自分の国にいる気はしなかったこの場所におさらばするんだと。しかしこのとき、彼は自分が唯一の祖国と別れるのであり、他に祖国などないことを知った。

23

「嬉しがらないでください、と警部は言った。監獄はその栄光の扉を、あなたがゴルゴタの丘にのぼるイエス・キリストのように越えるために開きはしません。あなたがあの若い女性を殺したなどという考えは、一度だってわたしの頭をかすめたことはないのです。わたしがあなたを告発したのはただ、あなたが彼女は殺されたなどと頑固に言い張られないようにするためです。

――あなたがその告発を真面目に考えておられないことを、わたしは嬉しく思います、とバートレフは和解するような口調で言った。それにあなたのおっしゃることはもっともです。ルージェナの正しさをあなたに認めさせようとしたのは、わたしとしては穏当さを欠いていました。

――おふたりが和解されたことを確認して、わたしも嬉しい、とドクター・スクレタが言った。ただ、わたしたちを力づけてくれることが、少なくともひとつあります。ルージェナの死がどのようなものであれ、彼女の最後の夜はすばらしい一夜だったということです。

――月をごらんなさい、とバートレフは言った。あの月は昨日とまったく同じです。そしてあの月が、この部屋を公園に変えてくれるのです。わずか二十四時間たらず前には、ルージェナはこの公園の妖精でした。

――だから正義には、さほどわたしたちの興味を惹くものは何もないんですよ、とドクター・スクレタは言った。正義は非人間的なものです。絶対的で残酷な法律上の正義はありますが、またたぶん、もうひとつの正義、よりすぐれた正義もあります。しかし、この正義はわたしには理解不可能なものです。わたしはいつも、〈正義の外で〉この世を生きているというような気がしているんです。

――何ですって？　とオルガは驚いた。

――正義はわたしには関わりがないのです、とドクター・スクレタが言った。それはわたしの外と上方にある。いずれにしろ、それは非人間的なものです。わたしはそんな不快な権力にけっして協力しないでしょう。

――そのことであなたは、とオルガは尋ねた。どんな普遍的な価値も認めないとおっしゃりたいんですか？

――わたしが認める価値には、何ら正義と共通のものはありません。

――たとえば？　とオルガが尋ねた。

――たとえば、友情です」と、ドクター・スクレタはゆっくりと答えた。

みんなが黙ってしまい、警部が立ち上がって別れを告げた。そのとき突然、オルガにひとつの考えが浮かんだ。

「ルージェナが飲んでいた錠剤は、どんな色をしていたんですか？

――青白い色です、と警部は言って、興味を取り戻したように付け加えた。でも、どうしてそんな質問をされるんですか？」

オルガは警部に自分の考えを読み取られるのを恐れ、後ずさりした。「彼女が錠剤の壜をもっているのを見たことがあるんです。それがわたしの見た墟かどうかと思ったので……」

警部には彼女の考えが読み取れなかった。彼は疲れていたのでみんなに別れを告げた。

警部が出ていったとき、バートレフが医者に言った。「われわれの妻たちがそろそろ着くはずです。迎えにいらっしゃりたいですか？

——もちろんですとも。今日は薬をいつもの倍飲んでくださいね」と、医者は気をつかって言った。そしてバートレフは隣の小さな部屋に引っ込んだ。

「昔、先生はヤクブに毒薬を与えたでしょう、とオルガが言った。あれは青白い錠剤でしたね。彼はずっとそれをもっていました。わたし、知っているんです。

——馬鹿な話をでっち上げないでください。わたしがそのようなものを彼に与えたことは、一度もありません」と、医者はきわめて勢いこんで言った。

やがて、新しいネクタイをしめたバートレフが隣の小さな部屋から戻ってきて、オルガはふたりの男に別れの挨拶をした。

24

バートレフとドクター・スクレタはポプラの並木道を通って駅に行った。

「あの月を見てくださいい、とバートレフは言った。ねえ、先生、昨日の夕と夜は奇跡のようでしたね。

――そうですとも、しかしお体をいたわっていただかないと困りますね。そのようなすばらしい一夜に必然的に伴う運動は、あなたには本当に重大なリスクを冒させるんですよ」

バートレフは返事をしなかったが、その顔は幸福な誇りで輝いていた。

「大変うるわしいご機嫌のようですね、とドクター・スクレタが言った。

――あなたは間違っておられない。もし、わたしのおかげで彼女の最後の夜がすばらしいものになったのなら、わたしは幸せです。

――ねえ、とドクター・スクレタはだしぬけに言った。わたしはあなたに、ひとつ妙なことをお願いしたかったんですが、今まで言いだせなかったんです。でも、わたしたちは今日はじつに例外的な一日を経験しているので、もしかすると大胆になれるかもしれない……

――先生、おっしゃってください！

――わたしをあなたの養子にしていただきたいのです」

バートレフは茫然として立ち止まった。そこでドクター・スクレタは彼の依頼の動機を説明した。

「ねえ、先生、あなたのためなら何だっていたします！　とバートレフは言った。ただ、わたしが心配なのは、妻がそれを奇妙に思うんじゃないかということです。妻は自分の息子より十五歳年下になってしまうことになりますから。ただそれは、法律的観点から言って可能なんですか?

——養子がその両親より若くなければならないとは、どこにも書いてありません。これは血による息子ではなく、まさしく縁による息子ということですから。

——それは確かですか?

——わたしはずっと前から法律家に相談しているのです、とドクター・スクレタははにかみながらも落ち着いて言った。

——いや、それは何とも面白い考えですね。わたしは少しびっくりしています、とバートレフは言った。しかし今日のわたしはまことに、うきうきとした状態なものですから、ただひとつのことしか、すなわち全世界に幸福をもたらすことしか望んでいないのです。だからもし、それがあなたに幸福をもたらすのであれば……わが息子よ……」

そして、ふたりの男は道の真ん中でひしと抱き合った。

25

オルガはベッドに横たわっていた(隣の部屋のラジオは静かだった)。そして彼女にとっては、ヤクブがルージェナを殺したのであり、彼女とドクター・スクレタを除けば、誰もそのことを知らないのは明らかだった。彼がなぜあんなことをしたのか、彼女がそれを知ることはけっしてないだろう。激しい恐怖の震えが彼女の肌を駆け抜けたが、やがて（わたしたちが知っているように、彼女は自分をよく観察できたので）、その恐怖が甘美で、その恐怖が誇りにみちたものだったことを確認して驚いた。

前日、彼女はヤクブとセックスしたが、ちょうどそのときに、彼はこのうえなく恐ろしい考えの虜になっていた。だからわたしはそんな彼を、その考えも一緒にそっくり吸い込んでしまったのだ。

それがわたしに嫌悪を与えないのは、どうしてかしら？　と彼女は考えた。どうしてわたしは彼を密告しに行かない（そして今後もけっして行かない）のだろうか？　わたしもまた、正義の外で生きているからなんだろうか？

しかし彼女は自問すればするほど、ますます自分のなかにあの奇妙で幸福な誇りが大きくなるのを感じた。彼女はレイプされたのに、いきなり眼が回るような快感に捕らえられ、強く押し退けようとすればするほど、ますます快感が強烈になる、そんな娘のようだった……

26

電車が駅に着き、ふたりの女が降りてきた。

ひとりは三十五歳ぐらいで、ドクター・スクレタのキスを受けた。もうひとりはもっと若く洗練された服装をして、腕に赤ん坊を抱いていた。彼女にキスをしたのはバートレフだった。

「奥さま、わたしたちにあなたの坊やを見せてください！　と医者は言った。わたしはまだお目にかかったことがないんですから！

——もしあなたのことをこれほど知らなかったら、わたしはきっと疑ったことでしょうよ、と笑いながらスクレタ夫人が言った。見て、この子は上くちびるのところに、まったくあなたそっくりのほくろがあるでしょう！」

バートレフ夫人はスクレタの顔をじっと見て、ほとんど叫びそうになって言った。「ほんとうだわ！　ここで治療していただいていたときには、先生にそんなものがあるなんて全然気がつきませんでした！」

バートレフは言った。「それは何とも驚くべき偶然だから、わたしはそれを奇跡に加えさせていただこう。スクレタ先生は、女性たちに健康を取り戻させてくださる方だから、天使の仲間に入る。だから天使のように、この世に生まれてくるのを助けられた子供たちに先生のしるしを与えられる。これはほくろではなく、天使のしるしなんだよ」

その場に居合わせた者たち全員がバートレフの説明にうっとりとなり、快活に笑った。

「それから、とバートレフは魅力的な妻に向かって言葉をついだ。わたしは厳粛にきみに告げよう、数分前から、先生はわたしたちの可愛いジョンのお兄さんになられたのだ、と。だから、このふたりは兄弟なので、同じしるしをもっているのは、いたって当然なんだよ。

——やっと！　やっとあなたは決心したのね……とスクレタ夫人が幸福のため息を漏らして言った。

——わたしは何のことだか全然わからない、全然わからないわ！　とバートレフ夫人が言って説明を求めた。

——あとですべてを説明してあげよう。わたしたちには今日、話し合うこと、お祝いすることがたくさんあるんだよ。わたしたちには、すばらしい週末が待っているんだよ」と、バートレフが言って妻の腕をとった。それから彼ら四人は、プラットホームの街灯の下を通って駅から出た。

本書は一九九三年六月に、集英社より
単行本で刊行された作品の文庫化です。

訳者あとがき

本書『別れのワルツ』は、Milan Kundera : *La valse aux adieux*（Éditions Gallimard, 1986）の全訳である。

もともとこの小説は、著者が生まれ四十年以上生活していたチェコでまず一九七三年にチェコ語によって書かれ、その後一九七五年に政治的な理由で彼が事実上の亡命を強いられたフランスで仏訳されて、一九七六年にパリで出版された。ただ一九八〇年代中頃になって作者は、それまでの自作の翻訳に深刻な違和感を抱き、相当の時間とエネルギーを費やしてみずから全面的に見直し改訳した結果、以後全作品のフランス語訳に「チェコ語のテキストと同じ価値の真正さ」を与えるようになった。のちの『不滅』（一九九〇年）では初版から適用されることになるこの原則は、もはやフランスに亡命したチェコ人作家としてではなく、フランスで生活するヨーロッパ人作家として自己を選びとったクンデラの不退転の決意に基づくものだったのであり、『別れのワルツ』の新版フランス語訳も一九八六年に出版された。

本書は、そんな原著者の希望もあって、当然これを底本としている。

クンデラの小説ではフランスで『存在の耐えられない軽さ』（一九八四年）以上に読まれているこの『別れのワルツ』について、断片的ながら、クンデラ自身がこれまで何度かインタヴューに答えたり書いたりしているので、解説代わりにそのいくつかを訳出しておこう。

その一。一九七六年に初版がでた折に、《ル・モンド》紙（同年一月二十三日付け）の記者に、『別れのワルツ』の登場人物のうち誰が最もあなたに近いのかと尋ねられて、

「誰にも――なぜなら作者が登場人物のひとりに同化してしまうような小説は、空中楼閣のように、すぐに崩れ去ってしまうものだから。ある作品のなかにはつねに自伝的な要素が痕跡をとどめているとしても、真の小説家はみずからに抗して登場人物たちを創りだし、いわば〈自己を異化しつつ〉、誰ひとり、何ひとつイロニーから免れない虚構の世界に入るのです。小説の世界とは相対性の世界であり、そこには最高の裁き手など存在しません。パスカルの神と同じように、そこでは真理は隠れているのです」

その二。第一評論集『小説の技法』（一九八六年）のなかで、『別れのワルツ』の小説的特質について語って、

「これは、ある意味で、私にとって最も懐かしい小説です。『可笑しい愛』（フランス語版一九七九年）と同じく、他の小説よりもずっと面白さと楽しみを感じながら、またまったく

異なる精神状態で、しかもずっと速く、この小説を書きました。（五部で構成されている）この小説は、（七部で構成されている）私の他の小説とはまったく別の形式的な原型に基づいており、完全に均質で、逸脱がなく、唯一の手法で構成され、同一のテンポで語られる。これはヴォードヴィルの形式にのっとり、きわめて演劇的で、様式化されている（……）いわば五幕物のヴォードヴィルです。（ヴォードヴィルとは）予期せぬ誇張された偶然の一致を存分に活用することによって、大いに筋を引き立たせる形式です。ラビッシュがそうです。小説のなかではヴォードヴィル的な行き過ぎをもつ筋ほど、疑わしく、滑稽で、時代後れで、悪趣味なものは何もありません。フローベール以来、小説は筋立ての技巧を目立たなくしようと努め、その結果しばしば、どんな陰鬱な人生よりもさらに陰鬱なものになってしまったのです。しかしながら（……）初期においては、ヨーロッパの偉大な小説はひとつの気晴らしだったのであり、真の小説家ならそれにノスタルジーを抱いているものです。さらに、気晴らしは何ら深刻さを排除するものではありません。『別れのワルツ』のなかの登場人物は、人間はこの地上で生きるに値するだろうか、〈人間の爪からついに地球を解放す〉べきではないだろうか、と自問します。このように問いの極端な重さと形式の極端な軽さとを結び合わせるというのが、私の年来の野心なのです。しかもそれは、純粋に芸術的な野心ではありません。軽薄な形式と深刻な主題との結合こそ、私たちのドラマ（私たちのベッドで起こるドラマと同様、〈歴史〉の大舞台で私たちが演ずるドラマ）を、その恐るべき無意味さのうちに明らかにするものなのです」

その三。やはり『小説の技法』のなかで、小説には〈歴史〉について言うべき固有のことがあるのかと尋ねられて、

「いわゆる歴史は社会の歴史を書くのであって、人間の歴史を書くのではありません。だからこそ、私の小説の語る歴史的な出来事は、歴史家たちによってしばしば忘れられるのです。一例をあげましょう。一九六八年のロシア軍のチェコスロヴァキア侵攻に続く数年のあいだ、住民にたいするテロに先立って、公的に組織された犬の虐殺がありました。それは完全に忘れ去られ、歴史家、政治学者にとって何の重要性もないエピソードですが、人間学的には最高に意味深いエピソードなのです！　私はそのたったひとつのエピソードによって、『別れのワルツ』の歴史的雰囲気を暗示したのでした」

その四。ヨーロッパの小説の精神とはユーモアの精神であり、すぐれたユーモアにみちた小説を書いたがゆえに迫害されているサルマン・ラシュディを見捨てるのは、ヨーロッパにとって恥ずべき自己放棄にほかならないと論じた「パニュルジュがひとを笑わせなくなる日」（《ランフィニ》誌、一九九二年秋号）のなかで、『別れのワルツ』にでてくる奇妙な産

婦人科医スクレタについて語って、

「もし誰かが読者と私とのあいだに最も頻繁に生ずる誤解の原因とは何かと尋ねたら、私はためらわずに、ユーモアと答えるだろう。フランスに来て日も浅く、私はことのほかうんざりしていた。『別れのワルツ』が好きだというある医学部の大教授がそんな私に会いたいと言ってきたとき、私は大いに自尊心をくすぐられた。彼によれば、私の小説は予言的なのだという。ある温泉保養地で、どうやら不妊症らしい女たちに特殊な注射器をつかって自分の精液を注入することで、その女たちを治療しているドクター・スクレタという人物を登場させた私は、未来の大問題に言及していたというのである。彼は私を人工受精にかんする討論会に招待したあと、ポケットから一枚の紙を取り出し、自分の発表の下書きを私に読んでくれた。それによれば、精液の贈与は匿名で、無償でなければならず、また（とこのとき彼はじっと私の眼を見た）三つの愛を動機としていなければならない。おのれの使命を全うしたいと願う未知の卵細胞への愛、贈与によって延長されるみずからの個性への愛、そしてれから三番目に、みたされぬ思いで苦しんでいるカップルへの愛だという。それから彼は再びじっと私の眼を見て、私はあなたを尊敬申し上げておりますが、しかしあえて批判をお許しくださるなら、あなたは精液贈与の道徳的美点のことを十全な力強さで表現することに成功しておられませんね、と言った。私は自己弁護して、あの小説は滑稽なものなんですよ！　あの医者は空想家なんですよ！　すべてをそんなふうに真面目に受け取ってはならないんですよ！　じゃあ、あなたの小説を、と彼は疑い深そうに言った、あなたの小説を真面目に受け取ってはならないとでもおっしゃるんですか？　私はわけがわからなくなったが、やがて突然理解した、ひとにユーモアを理解させることほど難しいことは何もないのだ、と」

『別れのワルツ』の作者ミラン・クンデラは、フランスでは珍しく、あらゆるテレビ出演とあらゆるインタヴューを拒否する、きわめて気難しい作家だとされている。昨年、そんなクンデラに時々面会を許された私は、たまたま狼男のような珍奇な人間、もしくは世紀の美女にでも出会った人間さながらに、クンデラの人となりについて尋ねられることがある。たしかに気難しいといえば気難しい人物ではあるが、彼は狼男でも、もちろん世紀の美女でも美男でもなく、ただたんに残された余生をできるだけ自分の本質的な仕事のために使いたいと願う、じつに率直だが、また（仕方なく）ひとと会ったからにはそのひとの気をけっして逸らさないように努める繊細さを併せもつ、シャイでごく洗練された初老の紳士である。

昨年五月に、十年以上の年月を隔てて再会しても互いに何の違和感もなく、食前酒を飲みながら、ベルリンの壁が崩壊し、チェコスロヴァキアが共産主義から解放された今、祖国に戻ってみたいなんて気が起こらないものなんですかね、と尋ねる私に、もう二十年もパリ暮らしをしているので、今更引っ越しなんて面倒くさくてね、と答えた。また、せっかく独立を回復したチェコスロヴァキアが、何とも不合理で非理性的な内部対立のためにチェコとスロヴァキアに分裂してしまう三日前にも、政治好きなフランスのマスコミは大変騒いでいたのに、彼自身は何ら特別な感慨も抱いていないようだった、あたかも「歴史はあいかわらず冗談を言っている」とでも思っているかのように。ここ数年の〈歴史〉の、それこそ「世紀の」大変化を目の当たりにして、クンデラはいったい何を考えているのだろうか。私はあえてそんなことを尋ねるほどの素朴さをもう失っていた。したがって何も尋ねるようなことはせず、ただ「ストラヴィンスキーに捧げる即興」と題する次のような文章（《ランフィニ》誌、一九九一年冬号　なお、この論考は前出の「パニュルジュがひとを笑わせなくなる日」と同じく、後に評論集『裏切られた遺言』（一九九三年）に収録）から、今の彼の心境、もしくは自己認識を想像したばかりである。以下、「音楽」とあるところを「文学」と解されたい。

「疑いもなくストラヴィンスキーは、他のすべての者たちと同様に、みずからの亡命の傷を心のうちに抱えていた。疑いもなく、もし彼が生まれたところにとどまり続けることができたなら、彼の芸術的な変遷は別の道を辿っていたにちがいない。じっさい、音楽史を駆けめぐる彼の旅の始まりは、彼にとって祖国がもはや存在しなくなった時期にほぼ一致している。他のいかなる国も祖国に取って代わることができないと理解した彼は、自分の唯一の祖国を音楽のなかに見いだした。私としては、これをたんなる美しい抒情的な言い回しとして言っているのではない。私はこれ以上はないくらい具体的に、そのように考えているのだ。彼の唯一の祖国、唯一のわが家、それは音楽、あらゆる音楽家たちの音楽のすべて、すなわち音楽の歴史だった。そこにこそ彼は腰をおろし、根づき、住もうと決意した。そこにこそ彼はついに、唯一の同国人たち、唯一の近親者たち、唯一の隣人たちを見いだしたのだ。そして、そんな彼らとともに、彼はみずからの死とともにしかやまなかった長い対話を始めたのである」

この「訳者あとがき」を終えるにあたり、少なくとも私にとって快楽の連続だった本書の翻訳を依頼かつ勧めてくれたミラン・クンデラと、「気難しい」ミランの比較的気難しくない時を選んで楽しい会話の機会をつくってくれた、繊細で心優しいヴェラ・クンデラに感謝したい。

一九九三年五月四日

西永良成

文庫版あとがき

ミラン・クンデラのチェコ時代の長編第三作『別れのワルツ』が集英社から単行本として刊行されたのは一九九三年、じつに今から二〇年前のことである。そこで、今回集英社文庫に収められるに当たって、訳文を全体的に見直し、必要な改訳をおこなうのは当然のことであった。二十一世紀の現在、たとえば「看護婦」という言葉は廃れ、「看護師」でないと現用に反することになる。また、ジャズの演奏会のことを「コンサート」ではなく、「ライブ」と言うほうが現代的な感性にマッチするようだ。このような語彙ばかりでなく、現代日本語では会話体が二〇年前とはかなり変わってきているのも事実であろう。

そこで今度の文庫版では、それらの変化をできるだけ訳文に反映させるとともに、旧版で見られた不適切な言い回しなども改めることができたのは、訳者としてはまことに幸運だったと思う。

今回の改訳をおこないながら感じたのは、この小説が扱っている不妊治療などのテーマは、むしろ奇妙に今日性を帯びてくるということだった。もっとも、今日性といっても相当にアイロニカル、あるいはペシミスティックなブラックユーモアに近いものであるのは事実だが。

ただ、この文庫によって初めて『別れのワルツ』を読まれる新世代の読者がどのような感想を抱かれるのか、旧世代の訳者としては大変気になるところである。

二〇一三年一〇月

訳者識

存在の耐えられない軽さ
NESNESITELNÁ
LEHKOST BYTÍ
ミラン・クンデラ
Milan Kundera
千野栄一訳
集英社文庫

●集英社文庫

不滅

ミラン・クンデラ　菅野昭正＝訳

パリのプールサイド。見知らぬ女性の戯れの手の仕草を目にした「私」の心に「アニェス」という名前が浮かんだ…。詩、小説論、文明批評、哲学的省察、伝記的記述、異質のテクストが混交する中を軽やかに駆け抜けていくポリフォニックな物語。存在の不滅、魂の永遠性を巡る、愛の変奏曲。

●集英社文庫

笑いと忘却の書

ミラン・クンデラ　西永良成＝訳

〈笑い〉と〈忘却〉というモチーフが、さまざまなエピソードを通して繰り返しバリエーションを奏でながら展開され、共鳴し合いながら精緻なモザイクのように編み上げられる物語。後の作品で追求される「変奏形式の小説」という技法を初めてクンデラが意識的に導入した小説。

[S] 集英社文庫

別《わか》れのワルツ

2013年12月20日　第1刷
2024年6月17日　第2刷

定価はカバーに表示してあります。

著　者　ミラン・クンデラ
訳　者　西永良成《にしながよしなり》
編　集　株式会社　集英社クリエイティブ
東京都千代田区神田神保町2-23-1　〒101-0051
電話　03-3239-3811
発行者　樋口尚也
発行所　株式会社　集英社
東京都千代田区一ツ橋2-5-10　〒101-8050
電話　【編集部】03-3230-6095
【読者係】03-3230-6080
【販売部】03-3230-6393(書店専用)
印　刷　図書印刷株式会社
製　本　図書印刷株式会社

フォーマットデザイン　アリヤマデザインストア　　マークデザイン　居山浩二

ISBN978-4-08-760679-9 C0197